ジェンダー・クライム

天童荒太

文藝春秋

〈目次〉

装画　山瀬尚子
装丁　関口聖司

第一章　目には目を

1

からだの力を抜き、前方に倒れ込む。落下の感覚に身をゆだねる。

殺す、ぶっ殺す。

とっさに頭を股の下に入れ、畳《たたみ》を蹴って回転し、遠心力と全身の力を左手一本に集めて、畳を強く打ちつける。

「絶対殺す」

怒りは、熱い息とともに外に漏《も》れた。打った反動で立ち上がり、すぐにまた前方に身を丸めて回転し、左手で汗の染み込んだ畳を打つ。

　殺す、つぶす、と食いしばった歯の奥でうめきながら、つづけて前方に回転し、左手で畳を打って、立ち上がる、という一連の動きを、大きく円を描くかたちで繰り返す。汗の結晶まじりの微細なほこりが、畳の目のあいだから舞い上がる。

　ガラリと引き戸が開く音がした。畳を敷き詰めた道場内に、廊下の明かりが差し込む。

「やっぱりここにいた。クラさん、クラさん。聞こえないのかな……鞍岡《くらおか》警部補っ」

　聞こえてはいた。だが興奮のほむらはすぐには収まらず、さらに二回同じ動きをつづけてから、鞍岡直矢《なおや》は出入り口を振り返った。

「十分後、あ、もうあと七分後に出動ですよ」

　八歳年下の後輩、篠崎亮兵《しのざきりょうへい》巡査部長が、焦った口調で声をかけてくる。「どうしてまた出動間際に、受け身の練習なんかしてんですか？」

「何の取り締まりか、知ってるだろ？」

　鞍岡は、短く刈った髪の毛の間から流れてくる汗を、柔道着の袖でぬぐい、「発散しとかないと、刑事でいられなくなっちまう」

「強行犯係《キョウハン》は今回、生活安全課《セイアン》のお手伝いってこと、忘れないでくださいよ」

　篠崎は釘を刺すように言って、「あと、汗くさいと嫌われますよ」

「はあ？　誰がそんなこと気にするよ」

　鞍岡は、柔道着の上を脱ぎ、ついさっき、更衣室ではなく道場の隅で着替えた下着のシャツに手を伸ばす。

「生活安全課の依田《よだ》課長。クラさん、同じ車ですよ、鉄マンと」

第一章　目には目を

「嘘だろ、なんで」

「鉄マンの直接のご指名です。デートのお誘いじゃないっすか」

「彼女の前でそんな冗談言ったら、おまえ、頬が倍に腫《は》れるぞ」

鞍岡は、汗に濡れた上半身を道着で拭いて、「ちょっと汗流してくるわ」

「んな時間ないですよ。汗と遅刻、どっちも嫌うでしょうけど、強いて言えば？」

鞍岡は、舌打ちをして、手早く柔道着の下も脱いだ。ワイシャツで厚い胸板を覆《おお》い、太い脚を無理やりズボンに突っ込んで、手錠を吊っているベルトをきつく締める。

「クラさん、防刃《ぼうじん》。必要ないのは知ってますけど」

篠崎が、ナイフなどの刃物から身を護る特殊素材でできたベストを投げてくる。

「このくっそ暑いのに……」

ぼやきながらも、鞍岡はシャツの上から防刃ベストに袖を通した。

「柔道着は、誰かに片付けておくよう言っておきますよ」

篠崎の言葉を受けて、鞍岡は柔道着を隅に追いやり、上着を手に道場を出る。

「シノ。男に言えよ、道着の始末。あとでうるさいから」

「あ、女にばかりそういう仕事を押しつけて、差別だとか？」

篠崎はわけ知り顔で、「汗くさい道着を片付けさせて、セクハラってのもあるか」

「道着に名前が入ってんだ、おれのせいになるだろ。家じゃ娘が、くさいのが移るからって、洗濯はおろか、ずいぶん前から脱衣かごも別だ」

「娘は父親のにおいを毛嫌いするって聞きますね。うちは息子でよかったですよ」

二人はエレベーターの前に立ち、篠崎がボタンを押す。「クラさんはまたひときわ獣くさいしな。八王子南署イチの、いや警視庁イチの雄ゴリラか、イボイノシシか」

「イボいるか？」

「そこですか？」

「うっせ。ともかく手入れから帰ってきたら、道場で乱取り、五分を六本な」

「んな、全日本二位の相手なんて、できませんよ」

「二十年近く前の話だ。それに、おまえがオリンピック代表なら、勝てるってことだろ」

「関東大会にだって出られなかったへなちょこですよ。それにクラさん、八十一キロ以下級でしょう。自分、六十六キロ以下ですから」

「へらず口なら、百キロ超級だよ」

エレベーターの扉が開いた。鞍岡は、せっかちに閉のボタンを先に、次に一階のボタンを押す。すべり込むように追ってきた篠崎を横目で見て、

「あと、おまえ、依田課長の例の呼び方、やめろ」

「え、鉄マンですか？　だって元はクラさんが付けたんでしょ？」

「ばか言え。当時の先輩連中だ。親睦《しんぼく》会で酌《しゃく》して回るよう上司が求めたのを、彼女が断ってからだ。女子の仕事だの、美人が酌すると上が喜ぶだの言われても、一切聞かなかった。その後も何度か似たことがあったが、彼女は態度を変えなかったからな」

昇進試験の成績は優秀で、本庁に早々に呼ばれ、将来を嘱望《しょくぼう》された彼女は、男の上司や上級官僚たちへの挨拶を兼ねた食事の席でも、酌は断り、酔った相手がからだにふれると注意した。執《しつ》拗《よう》な相手には、平手打ちを食らわせたという噂もある。

「だから鉄の女で、鉄……」

第一章　目には目を

「やめろって」

エレベーターが一階に着き、扉が開いた。目の前に若い男性署員がいる。

篠崎は、階級が巡査である相手に、道場の隅に道着を置いたままだから洗濯に回しといて、と早口で言ってから、署の玄関口とは反対方向へ進んでいく鞍岡に並んだ。

「でも、みんな、陰で言ってますよ。婦警の何人かも口にしてたし」

「婦警ってのも、いまはナシな」

「あ、女性警官か。でも市民も、婦警さんと呼ぶでしょ。看護婦だって、病院で看護師さん、って呼びますか？　長いあいだに根付いたものは、そうそう変えられませんて」

「いいから。人が口にしてるのを聞いたら、おまえが注意しとけ」

宿直室や給湯室の前を通って、庁舎裏手の駐車場に出る扉の前に立つ。

「どうしたんすか……本庁からウチに落っこちてきてから、なんか変ですよ」

「落っこちてねえ、ぶっ飛ばすぞ」

鞍岡は、扉を押して外に出た。

九月の早朝でも陽射しは強く、コンクリートの照り返しがまばゆい。駐車場には、出動間際の覆面パトカー三台とワゴン車二台が待機している。

先頭の覆面車の横に、パンツスーツ姿の依田澄子《すみこ》生活安全課長が腕を組んで立っていた。

「ざっす」

鞍岡は、四十二歳の自分より四歳年下だが、階級が上の警部に挨拶した。

「お・は・よ・う・ご・ざ・い・ま・す」

依田は、挨拶とはこうするのだと、教師が素行の悪い生徒に教えるように発音して、「出発時間から三十秒遅れてます。柔道で残り三十秒あれば、逆転のイッポンもあり得るんじゃないですか、鞍岡警部補」

「申し訳ありませんでした」

「隣に乗ってください」

依田が先頭車両の後部席に乗る。鞍岡は反対側に回って、乗り込んだ。運転席には生活安全課の若い男性署員、助手席には今年配属されたばかりの女性署員が座っている。

車内にはほのかに甘い香りがする。生活安全課が被疑者の居場所に手入れすることは稀《まれ》だ。ふだんは汗くさい車内に、部下が気を利かせて、芳香剤でもふったのかもしれない。

「汗をかなりかいているようですね」

車が走り出してから、依田が言った。表情も変えずに、わずかに窓を下ろす。

鞍岡は、さりげなく腋《わき》のあたりのにおいをかぎ、自分の側の窓も下ろして風を入れ、

「検挙時の不測の事態に備えて、準備体操を少しだけ……」

ワイシャツが汗で上半身全体に張りつく。髪のあいだからまだ汗が流れてくる。

「不測の事態ですか……こちらに乗ってもらったのは、前の二人が、こうした手入れが初めての経験だからです。運転手が河辺翔《かわべしょう》巡査、助手席が館花未宇《たてはなみう》巡査」

「知ってます」

二人がこちらに会釈をするのを受けて答える。「ことに館花くんは、柔道をやるんで」

「つねづねご指導、ありがとうございます」

館花があらためて頭を下げる。五十二キロ以下級でオリンピックを目指しているので、機会があれば稽古をみている。同じ階級には大学生の強豪がそろい、忙しい公務をこなしながらでは、

五輪出場の可能性は高くない。スポーツ推薦で大学に進学できる話があったらしいが、女手一つで育ててくれた母に、就職して早くラクをさせたかったらしい。

「二人を連れて、マンションの裏に回ってください」

「えっと……三階でしたよね、被疑者《マルヒ》の部屋《ヤサ》」

ベランダはあっても、下までは距離があり、地面はコンクリを打っているので、飛び下りることは考えにくく、証拠物件を窓から投げ捨てる可能性があるので、新人を監視要員に配備する、と事前の会議の席で報告を受けていた。

「彼ら二人で、十分なんじゃ？」

被害者の傷の深さに比べ、犯行の手口は単純だった。SNSや各種アプリを通じて知り合った少女たちから、言葉巧みに通っている学校や自宅住所を聞き出し、会話次第で顔写真も送らせる。次に態度を一変させて暴力を匂わせ、個人情報をネタに脅して恥ずかしい写真を送らせ、さらに脅しの材料に使うということを重ねて、ポルノ動画を撮影し——SDカードやUSBメモリーやDVDなど、様ざまな形式で売りさばいている連中の摘発だった。

十代の被害者が複数訴え出たことから生活安全課が動きはじめ、内偵をつづけるうち、犯行が組織的なため、刑事課が協力することになった。暴力団関係者は嚙《か》んでおらず、多摩地区を中心に不良行為を働いていた半グレ数人が、ネット関係に強い人間を抱き込んで組んだグループの犯行だとわかった。あわせて、アジトとなっているマンションの並びの二部屋も突き止めた。

半グレの連中は、さほど暴力的ではないのか、前科は道路交通法違反と窃盗だけ。ネット関係の共犯者は、有名大学中退のインテリらしい。令状を突きつけて正面から押し入ったとき、多少揉めたとしても、大立ち回りになる可能性は低い。室内にいるのは六人から七人、と張り込みの署員から連絡が来ている。暴力的ではないとはいえ、ワルを気取った若者を、揉み合いながらも外へ連れ出し、警察車両に乗せるには、正面にこそ人員がいる。

　加えて署としては用心のため、摘発の主体は生活安全課ではあるが、先に立って制圧するのは手入れに慣れた強行犯係に任せる方針で、なかでも一番の猛者《もさ》と自他共に認めている鞍岡が、依田が令状を見せたあとは、真っ先に室内に飛び込んでいく予定でいた。

「自分が正面から入っていくという話でしたが」

「理由は、あなたの汗です」

「え……そんなにくさいですか」

　腋の下に鼻を近づける。

「前の二人、耳をふさいで」

「はい」

　と、二人は同時に返事をして、館花は手で耳を覆うが、河辺は律儀《りちぎ》に迷って、

「あの、耳をふさぐと、運転ができません」

　鞍岡の失笑を、依田は横目に見て、

「たとえ聞こえても、記憶しない。誰もそんなことは話さなかった。意味、わかる？」

「はい。すみませんでした」

　河辺がまっすぐ正面に身をただす。

「鞍岡さん」

　依田の声音《こわね》がいくぶんやわらいだ。

　彼女が警察学校を出て、所轄署の交通課に配属されたとき、鞍岡は同じ署の刑事課にいた。二

年同じ署で働き、二年別になり、また二年同じ署になった。あくまで仕事上のつきあいだったが、互いの公正かつ真摯《しんし》な働きぶりは認めていた。自己主張の強い、ヤな女、というのが、署員たちの依田評だったし、鞍岡も一部では同意していたが……女性が被害者、あるいは加害者の場合でも、彼女は相手の心情に理解を示し、信頼を得て、事件の解決にいたる情報を導き出すことが多かった。

かつて女性の目撃者が鍵を握る事件で、鞍岡が彼女に考えを求めたところ、目撃者は嘘をついていると見抜いた彼女の意見のおかげで、えん罪になりかけた事件を解決することができた。以来、女性がらみの事件では、何度か彼女に相談をすることがあった。一方、依田も、理屈や正論による説得が通じない相手は、さすがに苦手とするようで、鞍岡のやや強引なやり方に頼ることがあり……クラさん、スミちゃん、と互いに呼んでいた時期もある。

やがて鞍岡は、機動捜査隊に抜擢《ばってき》され、成績を上げて本庁の捜査一課にも呼ばれて力を発揮した。依田も本庁の警備部にいるとき、当時の女性都知事の担当となり、信頼されて出世していたと聞いていた。だが……鞍岡はあることで上司に睨《にら》まれ、また依田は、昨年知事が男性に代わってからハシゴを外されたのか、気がつけば、二人そろって同じ署にいた。

「昔から、このテの、女性や子どもが被害に遭う事件、嫌いでしたよね」

「ああ、スミち……」

昔のように呼びかけそうになり、慌てて、「隅に、追いやられがちなヤマだが、被害者の心の傷を思えば、傷害や、程度によっては殺人に等しい。警部も、嫌いなはずじゃ？」

「ええ。だからトカゲの尻尾切りに終わらないように、事件の主犯とアジトをつかむまで、我慢して内偵を続けてきたんです」

「ああいうクソどもは徹底的に叩かないと、絶対にまたやる……。うちの子が大きくなってから、いっそうこういうヤマは我慢ならなくなってきた」

「お嬢さん、中学……」

「二年、十四歳。下は小六男子」

「今回の被害者も中学生が一番多いんです。次に小学生。男の子の被害者もいます」

「ったく、おれが親だったら、生かしちゃおかない」

鞍岡は、思わず右の拳を左の手のひらにぶつけた。

「それです」

すかさず依田は指摘したが、突き放す口調ではなく、「男は女を守らなきゃダメとか、女子どもを大事にしない奴《やつ》はクズだという、一方的な価値観には賛成しかねます」

「それは知ってる。けどな……」

「もちろん間違ってない面もあって、反対はしきれない。古くさい正義感が必要なときもある。ただ今回、生活安全課としては、完全な摘発にしたい。たとえば捜査員が不当な暴力行為に出たと、あとで弁護士から、ねじ込まれることは絶対に避けたいんです」

「子どもを脅して、恥ずかしい動画を売るクソどもを、弁護する奴の気が知れない」

「知れなくても、それが相手の仕事だし権利です」

「権利の濫用《らんよう》ってやつだ」

「……豊島署で起きたことを言ってます？」

鞍岡は思わず相手を見た。依田の目が何かを語っている。鞍岡が本庁一課から外され、所轄《しょかつ》に降ろされた事案を、彼女は知っているのか。

「今回、あなたの力量を知る署長と刑事課長は、女のわたしをかばうため、と口にはしないけれど、手慣れた強行犯係に協力させ、あなたを先頭に立たせるよう指示しました。一応承諾はしましたが、あなたが出動前に道場に入ったと聞いて、考えをあらためました。怒りを発散させるために汗を流したんでしょう？　でも現場に立って、被疑者たちが被害者の少女たちを貶《おとし》めるような言葉を吐いたらどうです、抑えきれますか？」

「貶めるって？」

「少女たちは、自分から進んで撮らせたビッチだとか、断りゃいいのにバカだとか」

「学校に押しかけるだの、家に火ぃつけて家族を殺すだのと脅して、被害にあった子たちを、自分さえ我慢すれば、って追い込んでんだ。多少懲《こ》らしめるくらいは当然だろう」

「それは警察の仕事ではありません。ですから正面に立たせられないんです。これは現場指揮者の判断です。署長と刑事課長には、このあと許可を得ます。裏に回って、若い二人を指導してください。以上。前の二人、耳栓を解除」

館花が耳を覆っていた手を下ろし、河辺は肩の力を抜いた。

鞍岡は、鼻から強く息を吐いて、窓の外に顔をそらした。

2

マンションとは名ばかりの、風呂付きアパートと呼ぶのがふさわしい三階建ての古い建物だった。エレベーターはなく、階段は外に面して、道路から人の出入りが確認できる。

生活安全課と刑事課強行犯係の主力が、三階の並びの部屋への捜索と、被疑者の確保および連行に都合のよい配置につく。

鞍岡は、それを尻目に、新人二人を連れて、マンションの裏手に回った。各部屋のベランダが裏庭に突き出し、屋根付きの駐輪場と、錆《さ》びついたスチールの物置が塀際に並んでいる。地面のコンクリはところどころひび割れし、隙間から雑草が伸びている。

「どの部屋か、言ってみろ」

鞍岡は、ベランダの状態を確認したのち、試しに二人に向かって訊いた。

河辺が、簡単な間取り図が書かれているコピー用紙を取り出し、

「あっと、あそこと、その隣、です」

「え、こっちの二部屋、ですよ」

館花が異を唱える。「裏になるわけですから、反転して見ないと」

「え、あ、そかそか。こっちと、その隣です」

「本当か。間違ってたら、道場で乱取り、五分を四本な」

痩せて、六十六キロ以下級も難しい、あるいは六十キロ以下級かもしれない河辺が、あたふたと間取り図をひっくり返して見直しはじめる。

「大丈夫です。こちらと、その隣の部屋です。あっちの部屋には洗濯物もありますから」

館花がきっぱりと言う。彼女がアジトと指摘した二部屋とも、ベランダには何もなく、窓にはカーテンが掛かっている。河辺が初めに告げた部屋の一つには、まだ朝の八時だが、すでに多くの洗濯物が干されており、カーテンも開いていた。

どちらの新人が使えるかはっきりしたが、階級が同じなら、男というだけで、十中八九、河辺

のほうが責任のある職に就くだろう。

「おまえたち、防刃、着てんだろうな」

「はい、着てます」

館花が即答する。河辺は答えず、何か言いたそうにして額の辺りを指先で掻《か》いている。

「あの、強行犯係の篠崎さんに、裏に回るだけなのに、あんな暑苦しいもの必要ないだろ、いちいち着ているると、ヘタレと思われるぞって言われて……車のトランクに」

「試されたんだよ。どんなときも、愚直に原則を守るのが警官だ」

「あ、じゃあ、取ってきます」

そのとき表のほうでドアを叩く音と、……さん、と呼びかける声がかすかに聞こえた。

鞍岡は、背広を脱ぎ、着ていた防刃ベストから袖を抜いて、河辺に投げた。

「あ、でも……」

「おまえのためじゃない。なんかあったら、こっちの責任だ」

館花が、気を利かせて河辺の背広を脱がせる手伝いをし、河辺はベストを身につけ、背広を戻した。鞍岡も背広を着たとき、目当ての部屋から、怒鳴り声が落ちてきた。声はさらに重なり、何かが割れたりぶつかったり倒れたりする音がつづく。

「館花、証拠物件が落ちてくるかもしれん。動画、撮れるか」

「はい」

館花がスマホを出す。

「河辺、押収用に手袋」

三階のベランダに面した窓が開いた。若い男がベランダの柵にぶつかるように取りつき、

「手入れだ、逃げろっ」

下に向かって叫ぶと、すぐ下の部屋の窓が開いた。

「もうひと部屋、借りてやがった……来るぞ」

鞍岡は、若い二人に警告し、肩から背中にかけての筋肉を軽くほぐした。

ゴミ袋がいきなり放り投げられ、鞍岡たちの目の前に落ちる。半透明の袋の中身は、どうやらDVDやUSBメモリーなどのようだ。

「落ちてくるところから撮れました」

館花が報告する。

二階のベランダの柵に二人の男が取りつく。ひどく慌てている様子で、下も十分に確認せず、腰高の柵をまたぎ越して、地面に飛び下りてきた。

鞍岡は、彼らの前に進み、

「危ないなぁ、怪我しますよ」

警察手帳を提示し、「八王子南署の鞍岡です。あっちは同じく、河辺と館花。二人も手帳を提示しろ。じゃあ何があったのか、署でお話、聞かせていただけますか」

ラフな恰好の男たちは、顔をしかめ、反対方向へ走り出そうとする。その前に、提示していた警察手帳をしまった河辺と館花が立つ。若いとはいえ、警察学校で厳しい訓練を受けてきている。遊び暮らしている連中が敵《かな》うわけがない。からだつきと身構え方で察したのか、男二人はそれぞれ飛び出しナイフと、振り出し型の特殊警棒を手に構えた。

「これはまた銃刀法違反だな。凶器準備集合罪も加わるかもしれない。人を傷つけでもしたら」

鞍岡は笑みを浮かべて、「傷害罪だ。いましかない青春を、どこで過ごすつもりかな?」

「なめんじゃねえ。どけよっ、おっさん」

ナイフを構えた一人が、鞍岡のほうへ威嚇《いかく》するように鋭い刃を突き出す。

おーっ、と鞍岡は怖がるふりをして、右によけた。すかさず相手が反応して、彼の左側をすり抜けようとする。とっさに鞍岡は腰を落として、左足を伸ばし、逃げる男の足をひっかけた。柔道でさんざん股割りをやり、開脚には自信がある。勢いよく男が前に転んだ。

「おっさんを、なめんじゃねえよ」

足を戻して、残った男のほうへ一瞬の間合いで身を寄せる。相手が特殊警棒を振り上げたところにもぐり込み、襟首と振り上げた腕をとらえ、背負いで投げた。腰から背中を打った相手の上に身を落とし、みぞおちを圧迫する。相手は苦悶《くもん》し、抵抗の意思も失った。

「手錠」

館花に指示しながら、素早く立って、ナイフを拾って立ち上がったばかりの男のほうへ歩を進める。相手は膝を打ったらしく、逃げられそうにない。

「来るな、殺すぞ、来るなって」

男がナイフを振り回す。

「河辺、館花。凶器を構えた相手の正面には立たないことが原則だ。わかったか」

はい、わかりました、と後ろから返事がある。鞍岡は、男の正面に立って、

「やめてくれ、そんなに振り回したら、危なくて、近づけないだろ」

鞍岡の言葉に、男がさらに大きくナイフを振った。振り切った瞬間をとらえて、相手の懐に飛び込む。ナイフを持つ手の手首を握り、押す勢いのまま、小内刈《こうちが》りで足を掛け、体重をかけて後方へ相手を倒す。とっさに相手の髪をつかんで引き、後頭部を打つのを防いだ。

男が背中から落ちると同時に、鞍岡の膝が相手の股間に入る。うめき声を上げて、男がからだを縮める。手首をねじって、ナイフを離させる。

「原則は新人のうちは絶対に守れ。経験とともに原則は、臨機応変ってやつになる」

後方に言ってから、「ほら、起きろ。もうイッチョだ」

男の襟首をつかんで立たせようとする。だが相手は戦意を失い、からだに力が入らない。

「大勢の子どもを苦しめてきたんだろ。立てよ、立てって」

ついに相手はしゃがみ込んだまま、痛いのか、怖いのか、唇を曲げて泣きはじめた。

「なんだよ、情けない。そっちはもうイッチョ、どうだ」

振り返れば、館花に手錠を打たれたもう一人のほうも泣いている。

「泣くなっ。まったく、男のくせに、女の腐った奴みたいにピーピー泣きやがって」

吐き捨てた直後、

「鞍岡警部補っ」

頭の上から声が落ちてきた。事態に気づいて三階から下りたらしく、二階のベランダから依田がこちらに向けて険《けわ》しい顔をのぞかせている。

「あ、二名、公務執行妨害の現行犯で逮捕です」

彼が報告すると、

「女の腐った奴、とはどういう意味です?」

依田がとがった声で尋ねる。「あなたは、女が腐った状態を、ご存じなんですか?」

鞍岡は失言に気づき、

「ああ、すみません」

「謝ってほしいのではありません。説明してください」

鞍岡は顔を伏せて、まだ泣いている男の頭を、おまえのせいだ、と、はたきたくなる。

「あの、それは、ことわざ、というか……ほら、慣用句？」

鞍岡は、短い髪を荒く掻き、「狐につままれたような顔、とか、あのテのやつですよ。実際、狐は人をつままないし、女性ももちろん腐らないわけで。こんな慣用句を作ったのは、昔のばかな男たちなんだろうな……おい、河辺、早く来て、手錠を打て、早くしろっ」

3

「もしもし……秋川《あきがわ》街道の、上沢橋を越えて、熊川神社のほうに折れてゆく道の途中で、変なものを見たんです。あれ、人じゃないかと思って」

平日の午前十時過ぎ、一一〇番通報ではなく、地域の交番に直接電話があった。

自転車の盗難を訴える年配女性から事情を聞き取っていた地域課の新人三田村《みたむら》巡査は、電話の内容を走り書きでメモした。物忘れが多く、頭はザルか、とよく上司に注意されている。自転車を盗まれた女性が、この国の道徳教育の低下をしきりに訴えていたことも影響して、声の主が男性か女性か、若いか年配かも判断できなかった。

自転車盗難の処理を終え、三田村が一息ついていたところ、交通整理を終えて戻ってきた上司に、デスク上のメモについて問われた。慌てて電話のことを話した。交番に直接掛けてきたのは地域の住民だろうから、自転車での巡回の際に足を延ばしたら、と言われた。

だが巡回に出ようとしたとき、地域の小学校の近くで、下校中の女子たちに、下半身を露出して声をかける変質者が現れた、との通報があった。

三田村は、上司と出動した。すでに学校周辺に怪しい者の姿はなかった。目撃情報を聞き取り、学校側には、登下校時間帯の見回りの強化を約束した。

電話のことを思い出したのは、勤務を終え、寮に戻ったあとだった。

上司に明日、頭はザルか、と言われるのがいやで、同僚の原付バイクを借り、日の落ちた町を走った。

秋川街道から熊川神社に入っていく道は、夜だとわかりにくく、何度か迷って、ようやく街灯のない道を進んだ。道の先に民家がないこともあって、古いアスファルト舗装はいたるところで剝《は》がれ、昨日深夜から今朝未明にかけての雨によって、水たまりがあちこちにできている。

神社前に、ようやく暗い街灯が一つ灯《とも》っていた。遠くにある大きい神社の神主が管理しているらしく、社務所はなく、古いお社《やしろ》も朽ちかけ、丈の高い草が神域一面を侵《おか》している。

彼は、神社前に原付を止め、懐中電灯で辺りを照らした。歩き回るうち、水たまりに踏み込んで靴下まで濡れてしまい、明日にすべきだった、と後悔した。

雑草ばかりが目につき、通報者が語った「変なもの」は確認できない。ともかく上司への言い訳は立つと思い、原付のところへ戻ろうとしたとき、アスファルトが剝がれて段差が生じた箇所に足をとられた。バランスを保とうと、無意識に腕を振った拍子に、懐中電灯が手から離れた。

懐中電灯は、土手状の道から下に落ちそうなきわどい場所で止まり、下の草場を照らしている。彼が光を目で追っていくと、光の輪の中に、白い物体が浮かび上がっていた。

4

「どういうことだ、おい、どうなってるんだ」

「もう八時を過ぎてるじゃないか。まだ帰ってきてないのか」

「なんのことよ」

「帰ってきてたら、わかるでしょ」

鞍岡は、ネクタイを緩《ゆる》めながら、台所で手を動かす妻の彩乃《あやの》に苛立ちを込めて言った。

「何をのんびりしてる。心配じゃないのか」

「どこがのんびりなの」

彩乃が、包丁を使っていた手を止め、「いま夕飯の用意してるの、見て、わかんない?」

鞍岡は、さすがに気まずく、

「夕飯には、遅い時間じゃないのか」

「仕事先のトラブルで、いろいろ処理に手間取って、遅れちゃったの」

だから無理して働かなくてもと言ったろ……と口にしかけて、彼はとっさに唇を結んだ。

彩乃は、最初の子を妊娠して仕事を辞め、以来ずっと専業主婦だったが、去年再就職した。住宅ローンはまだ十五年あまり残っていても、経済的に困っているわけではない。

お金のためだけに働きたいわけじゃない、と彼女は言った。わたしだって、社会に貢献したいし、必要とされたいの、子どもたちがそれぞれ自分のことは自分でやれる年頃になってきたし、夫婦で仕事しながらでも家庭は守っていけるでしょ。

いや、子育てだって社会に十分貢献してるだろ、と鞍岡がとりなそうとすると、彩乃はかえって表情を硬くして、じゃあパパが警察辞めて、家庭内で社会に貢献したら、と答えた。

そんなやりとりを何度も続け、ときには感情的になって言い合いになったこともあったが、結局は子ども二人が母親の味方をして、彼のほうが折れざるを得なかった。

「遅れることとは、家族ラインで伝えたよね。悠奈《ゆうな》も蓮《れん》も、わかったって返事がきた。パパの既読もついた。れーん、テーブルの用意してー」

彩乃の呼びかけに、二階からハーィと小学六年の息子が返事をする。

「悠奈は、友だちとダンスの練習して、八時に帰るって、わざわざ電話が来た。それも伝えたよね」

「なんで悠奈は、ラインでおれに伝えない？」

「面倒くさいことを言われるのが、いやなんじゃないの。いまだって、八時五分でしょ」

「いや、もう六分を回った」

「それが面倒くさいのよ。心配なら、自分で連絡すればいいでしょ」

「おれの電話に出ないのは、知ってるだろ。ラインも無視だ」

「初めてオシャレな服を着たら、スカートが短過ぎる……小六の課外授業で、メイクの先生にお化粧してもらって帰ってきたら、いまから男に媚《こ》びを売る真似をしてどうする、学校にも抗議するって言った。しかも、わたしに学校へ抗議をしてこいって」

「……そのことは、もう謝ったろ」

「わたしには、悪い、ってひと言。悠奈には、心配だからだとか、危ない奴がいるんだとか、言い訳ばかりを並べただけでしょ」

「心配なのも、悪い奴がいるのも、本当だろ」

「心配なら、悠奈との関係を正すように努力したら？　家に帰ってきたとたん文句ばかりで、何もせずに。ちょっとは手伝ったらどう？　れーん、下りてきて」

はーい、と生返事をして、息子がスマホをのぞき込みながら階段を下りてくる。

「蓮、歩きスマホはやめろと言ったろ。買うときの条件だ」

鞍岡が注意すると、息子は顔も上げず、

「家の中じゃん」

「家ん中だって、歩いてたらダメだ。守らないなら、解約するぞ」

「じゃあ、止まってやればいいんだね」

息子が、一歩動いて足を止め、スマホを操作し、やめて一歩踏み出し、足を止めたところで、またスマホに目を戻す。

親を馬鹿にしてるのか、と怒鳴りつけたくなるが、さんざん怒鳴りつけた結果、慣れてしまったのか、反抗期に入っているのか、以前のように泣いて謝ることはもちろん、萎縮《いしゅく》することもなくなった。手を上げるのは、自分が父親にされて最もいやだったことだから、絶対に我が子にはしないと心のなかで決めている。最近こういう場面が増え、どう叱ればよいのか迷う。

街のワルどもなら、からだを寄せて、どうかしたのかと、ひと睨《にら》みすれば、おとなしくさせることができる。後輩や同僚たちには、恐れられたり敬意を表されたり。上司らにも煙たがられる一方で頼られもする存在なのに、家では誰もまともに話を聞かない。

誰が家を支えてると思ってるんだ、と怒鳴って、壁か何かを荒々しく叩いてみたところで、眉をひそめられたり呆《あき》れられたりするのが関の山で、関係を修復するのが面倒になるだけだ。おれはただの働き蜂か……と、愚痴めいた諦観《ていかん》のようなものがじくじくと内側からしみ出てくる。

そのとき、携帯が着信を告げた。篠崎からだ。

「クラさん、食事時にすみません。管内で、男のホトケです」

「コロシか」

「鑑識待ちですが、裸だったそうです。すでに三機捜《さんきそう》も動いてます」

事情があるのでひとまず署へ、と聞いて、脱ぎかけていた背広を着た。

「仕事だ、出てくる」

台所へ声をかけ、玄関に向かう。靴をはいた背後に彩乃が立ち、

「八時十五分過ぎても悠奈から連絡がなかったら、電話を掛けてみるから」

「帰ってきたら、ラインで知らせてくれ」

ドアを開けたとき、ちょうど娘とぶつかりそうになった。ほっとしたのに、

「遅いぞ、約束は八時だろ」

心配させられたことの不満もあって、つい言わなくてもいいことを口に出す。

「……さいな、いちいち」

パパ大好き、と幼い頃は抱きついてきた娘が、目を見ず、ぼそりとつぶやくように言い、

「おかえり」

と優しく迎える母親に、

「ただいま」

と、小さな声で答えて、そのまま二階へ上がっていった。

5

現場に直行ではなく、まず署に呼ばれたのは、鑑識活動が難航しているからだという。

人間の死体らしきもの、を発見した新米巡査は、本当に死体かどうか確かめるため、現場をさんざん荒らしていた。彼に相談されてパトカーで現場前まで乗り付けた指導役の巡査長と、同乗していた巡査も、鑑識の知識が乏しく、道から土手下へ下りて、草場に転がっていた死体が、殺人を疑わせる不審な状況だと認識したのち、ようやく現場保存だ、靴跡やタイヤ痕に気をつけろ、などとあたふた動き回ったらしい。

「ホトケの様子が知らされて、署の鑑識と、三機捜が駆けつけたんですが……現場の状態に腹を立てて、誰も朝まで近づくなって、えらい剣幕《けんまく》なんですよ」

覆面車の運転をしながら、篠崎が説明する。

鞍岡が、署の駐車場は狭いため、自分の車ではなくタクシーで駆けつけると、すでに篠崎が覆面車を用意して待っていた。クラさんがともかく現場を見たがると思って、奥へは入れませんけど、雰囲気はわかると思うんで……という彼の気づかいに感謝した。

「と言っても、鑑識と三機捜の連中だって、朝になって明るくなるまで、大した手は打てないですよ。人けのない、街灯一つの、さびれた神社脇らしいんで」

「ホトケはまだ現場か？」

鞍岡は助手席から尋ねた。

「いえ。写真や動画をばんばん撮って、ともかく先に解剖に送ったそうです」

「あの、すみません、サンキソウってなんですか」

後部席に乗った館花が尋ねてくる。

彼女は、勤務後も柔道の練習で署に残っていた。着替えて、自転車を止めてある裏手の駐輪場に出たところで、覆面車の前で話している鞍岡たちと出くわした。すでに署内の動きから異変に気づいていた彼女が、「勉強させてください」と申し出たため、鞍岡が同乗を許した。

「え、新人ちゃんも学校で習ったでしょ、機動捜査隊」

篠崎が首を傾けて訊く。「コロシとか重大な刑事事件で、初動捜査を担当する」

「その機捜ですか。もちろん知ってます。でも、サンて?」

「警視庁は三つの機捜隊を持ってて、多摩地区は第三機動捜査隊が管轄。で、三機捜」

「ありがとうございます。機捜隊……憧れです」

「館花」

鞍岡は前を向いたまま声をかけた。「刑事課に興味があるのか?」

「はい。できたら……」

「機捜は、本庁捜査一課への登竜門だからね。刑事捜査を厳しくたたき込まれる」

篠崎が他人事《ひとごと》のように語る。「で、機捜で認められると、本庁捜一への道が開ける。おれには遠い話だけど、クラさんはそのコース。って、一課のエースがなんでここにいるの?」

「うっせ、軽い口に重しをつけとけ。おまえこそなんでここにいる、さっさと昇進試験受けろ」

「この辺の治安はおれで保《も》ってるんで、夜の店のママさんたちが離してくんないんすよ」

「ざけんじゃねえ」

「あの……女だと、その道を歩むの、無理ですか？」

「道って、機捜から、本庁の捜一ってこと？」

篠崎が、バックミラー越しに館花がうなずくのを見て、「女の子は現実的に無理だろうね。所轄の刑事課ならまだしも、本庁は帳場《ちょうば》が立ったら、道場でザコ寝、一カ月は帰れない世界だから」

鞍岡が肩越しに振り返ると、館花は悔しそうにうつむいていた。

ほどなく、赤色灯を回す警察車両が道路端に縦列駐車している場所に来た。

ここは遺棄現場で、犯行は別の場所だった可能性が高いらしい、と篠崎が語る。

車の往来は頻繁《ひんぱん》ではなく、車間が空《あ》く。進行方向から左に入っていく道は目立たないし、曲がる際はゆったりしたカーブを描いている。土地勘があったのは、まず間違いない、夜間なら、隙を見て、何の印象もほかの車に残さず、自然に曲がっていけそうに見えた。

「この辺りだと、Nシステム（自動車ナンバー自動読取装置）は設置してねえか？」

「調べてみないとわかりませんけど、スピードを出す場所じゃないし、期待薄ですね」

「男のホトケさんの状況も、少しは耳に入ってるのか、裸だったということのほかに」

「ええ……どうやら後ろ手に縛られていたらしいです」


翌日早朝からの本格的な鑑識が終わったあと、鞍岡たち八王子南署刑事課強行犯係の捜査員はようやく現場に立つことができた。

中年男性の遺体は、裸で、両手を後ろに回され、両手首にガムテープを巻かれた状態で、道路から約一メートル下の草地の中に、うつ伏せで横たわっていた。

現場の状況からして、土手状の道路に車を止め、運んできた遺体を道路の端から遺棄すれば、しぜんと転がり、発見された場所に止まるであろうと考えられる。

「これは一人じゃきついだろ」「土地勘《とちかん》もあるようだし」「裸にして、後ろ手に縛る場所も要りますね」「素人《トウシロ》じゃないかもな」

などと、捜査員たちが現場を見回しつつ、事件の筋を口にする。

「遺棄したあと、一服して、吸い殻でも残してくれりゃあな」

周囲からは、錆《さ》びた空き缶やペットボトル、菓子の空き箱やレジ袋などが見つかっているものの、どれも古いもので、収集はされたが、犯人の遺留品とは思われなかった。

街道から現場までの道路は、古い時代のアスファルト舗装で、死体を発見した際の現場保存に問題があり、犯行に用いられた車種やタイヤを検討できるだけの証拠は発見に至っていない。

「解剖の結果が出ましたー」

強行犯係の新人、諸口《もろぐち》が道路を走ってきながら声を上げた。解剖を担当した法医学者の報告を受けるため、警察車両に待機させていた。現場周辺に散っている鞍岡たちに、メモを見ながら、

「ホトケの推定年齢、四十代半ばから六十代前半。身長百七十二センチ、体重八十六キロ。小太りというか、ややメタボな体型みたいです。死亡推定時間は、地域課巡査発見時より二日前の夜であろうと。その翌日が多摩地区一帯は雨で、頭髪内が雨と同成分の液体で濡れていることを考慮すると、遺棄されたホトケは長時間雨に打たれ、かなり冷えていることが想像でき、死亡時間を厳密に割り出すのはやや困難とのことです」

「死因を先に言え」

鞍岡はしびれを切らして尋ねた。

「あ、死因は頸部《けいぶ》圧迫による窒息死。索状痕《さくじょうこん》から、ホトケは背後から紐状のもので首を絞められたと考えられる、とのことです。紐か何かを首から外そうとして抗《あらが》った様子はなく、ほかに暴行の痕もないそうです」

「無抵抗で裸にされ、縛られる、ってわけにはいかないガタイだな。眠剤は？」

鞍岡の問いに、諸口はメモを繰って、

「血液中から、睡眠導入剤に用いられる薬品の成分が検出されてます。あと、身元はいま三機捜が集中的に当たってるところだそうです」

被害者の身元がわかったとしても……眠らせて自由を奪い、絞殺、その前か後には裸にして、人目に付かない場所に遺棄する犯人が、初動の捜査だけで見つかるだろうか？

「おい」

鞍岡は周りの捜査員たちに告げた。「帳場が立つぞ」

6

鞍岡の見立て通り、帳場すなわち捜査本部が八王子南署に設置された。

第三機動捜査隊は別の事件の初動捜査に移り、本庁捜査一課六係と八王子南署の刑事課が、近隣署捜査員の協力も得て、殺人死体遺棄事件の捜査に当たることとなった。

初の捜査会議の席で、本庁刑事部長が捜査本部長に就き、本庁捜査一課長と八王子南署の署長が副本部長、本庁捜査一課管理官が現場を指揮し、その下で八王子南署の刑事課長が補佐をする体制が発表された。

補佐役の巻目《まきめ》刑事課長より、これまでの事件概況の報告があり、つづいて実際の捜査に当たる捜査員二人一組の組み合わせの発表が、小暮《こぐれ》管理官からあった。

原則、本庁一課の刑事と、地元の所轄刑事が組む。ことに本庁のベテラン刑事には、教育を兼ねて所轄の新人をあてることが多く、逆もまたある。鞍岡は、本庁捜査一課の志波倫吏《しばりんり》という警部補と組むことが発表された。だが、ほかの全員が返答したのに、志波の返答はなかった。

「まさか遅刻かよ……」

普通はあり得ないことに、怒りより、呆れる気持ちが強かった鞍岡に対し、会議の解散後、本庁捜査一課長の能義《のぎ》が声をかけてきた。

話すのは、鞍岡が異動を言い渡されたとき以来だった。陰では、鞍岡が捜一に残れるよう、能義はずいぶん上と掛け合ってくれたらしいが、異動の言い渡しの際は、そのことはおくびにも出さなかった。互いに気まずさがあり、年賀状のやり取りさえ控えている。

「久しぶりだな、クラ」

「ごぶさたしてます。能義一課長、何の連絡もせず」

鞍岡は頭を下げた。十歳離れているが同じ高校柔道部の先輩後輩で、捜一にいた頃、二人のときは能義先輩、クラと呼び合っていた。いまは、異動に至った経緯のこともあり、距離を置きたいという彼の想いを理解してか、能義は小さくうなずき、

「パートナーの志波君は、一機捜から上がったばかりのルーキーだ。よろしく頼む。捜一に上げるについては、反対も多かった問題児だ」

「どういう奴です？」

「頭が切れる。本来は悪いことじゃないが、過ぎたるは及ばざる、でな。所轄の頃から、自分の筋読みに自信を持つあまり、上司の捜査方針とたびたびぶつかってきた」

「へえ。よく機捜から捜一へと、上がってこられましたね」

「彼の読み通りのホシが、そのつど挙がったからな。とはいえ組織においては嫌われる。五年前、捜査中に大怪我を負って、将来を一度フイにしてる……聞いたことないか？」

五年前と言えば、鞍岡は捜査一課にいて、いまも未解決の大きな事件を懸命に追っていたときだ。当時は他の署の警察官のことなど気にかける余裕はなかった。

「まあ、その際の怪我やいきさつが関係してるのかもしれんが、出世を期待しての忖度《そんたく》というものをしなくなった。そういう点は、おまえと同じか」

答えようがなく黙っていた。能義は自嘲的な笑みを浮かべたあと、

「ともかく指示待ち刑事なんぞ減らして、防犯カメラを増やせ、という時代だ。ああいう刑事が資料室詰めはもったいないと、わたしなりに考えてはいたが、周囲の異論もあり、推しきれなかった。ところが、刑事部長の推薦があってな」

「え、八雲《やくも》刑事部長が……どうして」

「能力を買って、なのか。実は今回、おまえと彼を組ませるのも、部長の意向だ」

「それはまた、どういった理由で……」

「わからん。本来は、人当たりのいい篠崎君あたりと組ませるのが穏当《おんとう》と、ここの刑事課長とも相談していたんだが……今朝早く、部長から小暮管理官に、志波君の相手は、八王子南署の鞍岡君に、と話があったらしい」

「なんなんですか、いまさら……おれのことなんか、もう放っておきゃいいでしょう」

思わず口をついて出た愚痴に、能義はあえてだろう、反応しなかった。

「……そう言えば、捜査会議に、部長はお見えになりませんでしたね」

八雲雄太郎《ゆうたろう》の欠席に、鞍岡はほっとしていた。できれば顔を合わせたくない相手だ。

「内閣官房からの連絡で、急な打ち合わせが入ったと聞いている」

鞍岡は顔をしかめた。八雲と政治家との関係は、今後さらに密になっていくのだろう。

「ともかく志波君の刑事としての能力は確かだ。揉めずに、うまくやってくれ」

「うまくも何も、初日から遅刻なんてあり得ないですよ」

「先に行きたいところがあると連絡があり、部長の許可は得ていると言う。小暮管理官が部長に確認後、許可を出した。きみの番号は伝えてある。じきに連絡してくるだろう」

能義が言ったそばから、待っていたかのように鞍岡の携帯が着信を知らせた。


多摩地区には監察医務院《かんさついむいん》がなく、行政解剖および司法解剖も、立川大学の法医学教室の協力を仰いでいる。鞍岡が法医学教室へと進むと、廊下の陰から長身の若い男が現れ、彼の前に立った。

「鞍岡警部補。志波です」

相手が軽く会釈をする。男の目から見ても、美しいと思う顔立ちをしている。細身だが、背広の下は筋肉質なのか、姿勢もいい。声は低いながら澄んでおり、声変わり前から柔道場で叫びつづけてガラガラ声になった鞍岡とは違う。ただ……足が長いぶん腰高で、柔道は弱いな、と、つまらない値踏みをしてしまう自分に、鞍岡はかすかに苦笑を浮かべた。

「何かおかしいですか」

「いや。階級は同じだ、ため口でいい。志波クンでいいか」

「年上ですので、ため口は遠慮します。鞍岡サン、でいいですか」

「幾つ違う？」

「十一。干支《えと》が一つずれます」

「寅《とら》か。そうは見えんな」

「鞍岡さんも、ウサギには見えないですよ」

「つまらないことを言うな」

「言いだしっぺは、そっちなんで」

「言い負かしたつもりか。にやにやしやがって」

「言い負けたつもりですか。ちなみに、こういう顔です」

いちいち気に障《さわ》る。見た目といい、声といい、言い草といい、

「合わねえな」

「それは残念ですが、べつに合わせるのが目的じゃないでしょう」

鞍岡は、ふんと鼻で笑い、

「警察官の行動は、規則および時間に合わせるのが原則だ。なんで会議を欠席した？」

「現場を確認してきました。時間を節約したいので」

志波は悪びれた様子もなく、「会議の内容はリモートで聞いていています」

「じゃあなぜここに呼び出した？　もう解剖は終わってる。時間のむだだろうが」

「ホトケも自分の目で見たかったので。鞍岡さんも直接は見ていない、と聞きました」

「チームワークを信用できない性質《たち》なのか。何をやってた？」

「何のことです」

「武道とか、スポーツとかだ」

「キンダイゴシュ」

はあ？　聞き慣れない言葉に、鞍岡が問い返そうとしたとき、解剖室の扉が開き、

「ご用意できました」

と、見覚えのある助手が声をかけてきた。

二人して、手前の部屋で白衣とマスクをつけ、カーテンをわけて解剖室に入ってゆく。

教授の磯永《いそなが》が白衣姿で待っていた。眼鏡越しの斜視気味な目が、やや苛立《いらだ》たしげに光っている。

「で、何が疑わしいんですか、鞍岡さん？」

彼の前には遺体がすでに用意されている。「古い馴染《なじ》みであるあなたの、たっての頼みだというから、わざわざ何だろうと、授業を一つ休講にしたんですがね」

鞍岡は、隣の志波を横目で睨んだ。

「捜査一課の志波です。解剖所見《しょけん》は拝見しました」

志波が何食わぬ調子で、「ただ一点、書かれていない所見があり、それを鞍岡警部補が怪しまれて、確認したいとおっしゃるので、同行いたしました」

「書かれていない所見、って何」

磯永が鞍岡を見る。いや、おれは……と、志波のほうに視線をそらす。

「レイプです」

志波が言い、鞍岡は眉をひそめた。

「レイプ、って、男だよ」

磯永が腹立たしげな声音で言う。盲点を突かれた気がしたのかもしれない。

「女のホトケで、着衣に乱れがあれば、まず暴行を疑い、詳しく調べるでしょう」

志波が冷静に答えた。「裸ならもちろん。いわば慣例です。なのになぜ、男のホトケだと調べないのか。有無を疑う前に、まず意識していないんだろうと思います。痴漢、レイプと聞けば、被害者は女性だと思い込むのと同じで、ジェンダー・バイアスの典型です。だが現実には、男性も痴漢に遭い、レイプの被害もある……ですね、鞍岡警部補」

おれの意見にするのは無理があるだろ、と思いつつ、鞍岡は黙っていた。

磯永は、少し迷っていたが、助手に手伝わせて、遺体をうつ伏せにした。額にライトを装着し、器具を用いて、遺体の肛門を開き、医療用ルーペで中をのぞき込む。

しばらく上下左右と確かめていたが、やがて喉の奥でうなるような声を発した。

「どうも、擦過傷《さっかしょう》らしき痕が見受けられるね」

「えっ」

鞍岡と助手がほぼ同時に声を発した。

すると磯永が、おや、とも、あや、とも聞こえる、いぶかしそうなつぶやきを漏らし、

「ピンセット。一番長くて細いやつ」

と求め、助手が慌てて用意して、手渡した。

鞍岡は、志波が何もかも見通していたかのような気がして、違和感をおぼえ、年下の男の横顔をうかがった。相手は平然としており、何を考えているかわからない。

磯永がそっと死体の体内に入れていたピンセットを引き抜いた。先端に、白くて小さい何かをつまんでいる。彼は、角度を変えて確かめ、

「ごく小さなポリ袋をたたんであるみたいだな」

「中に何か入ってるんじゃないですか」

志波が指摘する。

磯永がトレーの上に引き抜いたモノを置いて、ピンセットで器用に開く。確かに小さいポリ袋で、中に白い何かが入っている。さらに彼は、手袋をした指先も使って袋を開き、中のモノを別のピンセットで引き出した。

「紙、のようだね」

「何か書いてありませんか」

志波が尋ねる。

鞍岡は、磯永の持つピンセットの先端を凝視した。

ベテランの法医学教授は、破かないよう慎重に、折りたたまれた紙を開いてゆく。

「確かに字らしきものが見える……きみが入れたのかね？」

磯永が冗談らしくない、暗い口調で志波に訊く。

「だとしたら、先生のお手間を取らせずにすむんですが」

志波も同様の口調で返す。

鞍岡は待っていられず、

「なんて書いてあるんですか」

と、磯永が開いた紙の上に顔を突き出した。

つたない手書きの文字は小さ過ぎて、彼にはすぐに読めなかったところ、隣で志波が冷静に読み上げた。

「目には目を」

第二章　ふつうの家族

1

地震か……。周囲を見回す。

整った顔立ちをした得体の知れない若造は、白衣姿の年配の男と、遺体の体内から出てきた紙を検証している。若造と同年代の白衣姿の男は、後ろからそれをのぞき込んでいる。

三人とも揺れを感じている様子はない。

銀色の解剖台の上にうつ伏せている遺体に、視線を戻す。背中や腰回りにでっぷりと肉が付き、色が白いこともあって、脂肪の塊《かたまり》がどんと置かれている印象だ。

この脂肪の塊を、首を絞めて殺す前か、殺した後に、レイプした奴がいる。しかも手の込んだやり方で、犯行の動機を告げているのか、警告の類《たぐい》なのか、字を書いた紙を残している。誰が、どうやって、何のために……。驚くのはもちろん、恐れに近い不安を感じて、死体など見慣れているのに、がらにもなく軽い立ちくらみがしたらしい。

志波が、何か感じたのか、顔を起こした。

鞍岡は、さりげなく遺体から出てきた紙のほうに視線をそらし、

「筆跡は？」

「出ないでしょうね」

志波は首をわずかに横に振った。「定規でまっすぐ線を引いて書いた感じです」

「先生」

鞍岡は、磯永のほうに視線をやり、「遺体の体内に、ホシの体液が残っている可能性は？」

「いまから採取を試みるが、被害者のものとの比較が必要だからね、時間がかかるよ」

「ひとまず、捜査本部に報告してきます。志波クン、ちょっと」

鞍岡は、相手に告げて、解剖室の外へ進んだ。廊下に誰もいないのを確認する。

志波が追って出てきた。ドアが閉まると、間髪《かんはつ》いれず、

「おまえ、なんで知ってた？」

「何のことです」

「被害者《マルガイ》がレイプされてたことだよ。あと、体内の紙のことも。まさか誰の仕業《しわざ》か、知ってるんじゃないだろうな？」

「だといいんですけどね。こんなふうに、あぶらぎった顔で迫られることもなく、時間のむだも

省けますから」

　人を食った答えに、鞍岡が次の言葉を出せずにいると、

「可能性を指摘しただけですよ」

　志波は淡々とつづけた。「裸で、自由を奪われていた。なので男性でも性的被害を受けることがあるのを話したら、実際に傷があり、ポリ袋が仕込まれていた。中には、紙。つまり紙が汚れるのを防いでいたわけで、何かメッセージが書かれていると思うのは、自然でしょう」

　順序立てて聞けば、なるほど自然かもしれないが、何か消化しきれない異物が腹の底に溜まっているようで、気持ちが悪い。鞍岡は腹部をぐっと拳で押した。

「まだ、わたしがやったと思ってるんですか」

「ああ、思ってるよ。いや、間違いなく全部おまえがやったんだ」

　鞍岡はスマホをポケットから出し、「帳場に、レイプと、被疑者《マルヒ》につながる貴重な遺留品《ブツ》が体内から出てきた件を報告する。管理官から何か問われたら……おまえが答えろ。見つけたのは全部、おまえなんだからな」

　癪《しゃく》だが、手柄は手柄だ。この若造がいなければ、レイプの件も、あの紙も見つかっていない……番号を押しかけていた指を止め、異物が溜まっているような胃の辺りを撫でた。

「それだよっ。どうにも、この辺りにいやな感じが残ってたんだ」

「トイレは向こうですよ、いやなにおいがする前にどうぞ」

「うっせ。おまえがいなきゃ、あの紙は見つかってないんだ。てことは……わかるよな？」

「……なるほど、言いたいことはわかりました。さすが、元捜一のエースですね」

　志波が唇の端を上げて、かすかに笑みを浮かべる。

「はあ？　おれが捜一にいたと、誰から聞いた」

鞍岡の問いに、志波の目が一瞬揺らいだ気がした。錯覚か、相手は笑みを崩さず、

「捜一の誰もが知ってますよ。能義課長とも仲が良かったんでしょ？」

それはそうだが、彼を鞍岡と組ませるように指示したのは八雲刑事部長だという。何か裏がありそうで、問い詰めたいが、やすやすと答える相手だとも思えない。

「おまえは、袋に入っていた紙に書かれていた言葉を、メッセージだと言った」

「ええ。そう見るのが自然でしょう」

「目には目を、歯には歯を……アラビア法典か」

「ハムラビ法典ですね」

「似てんだろ、揚げ足取んじゃねえ。つまりだ……この男に痛い目に遭わされたから、同じ方法でやり返した、ってことを、あの言葉は告げてるわけだよな」

「揚げ足取りでなく、修正です。遺体の状況で、あの言葉は、そう取るべきですね」

「そういう、いちいち面倒くさいおまえが、遺体を確かめたいと言わなきゃ、メッセージは見つかってない。見つからないままの可能性が高かった。なぜ、そんな方法を採った？」

「そこに、犯人像があぶり出せるかもしれませんね」

志波も短く考える様子で、「見つからなくてもいい、というくらいの気持ちだったのか。ヒントを知らせていたのに、我々の側に伝わっていなかったか」

「現場に、まだ何か残っているのかもしれないな。あと、通報も気になる」

鞍岡は、自分にうなずき、「死体があると匂わせた通報は、一一〇番でなく、地域の交番《ハコ》に直接だ。ホンボシが掛けてきた可能性がある」

「あるいは……警察なら、きっと見つけるだろう、と信じていたということも？」

「ハッ、だとすりゃ警察を知らないな」

鞍岡はつい自嘲気味に笑った。「おれらみたいのが普通で、おまえみたいに考えるのは珍しいんだ」

「いや、鞍岡さんは絶滅危惧種ですよ」

「ざけんな。ともかく帳場に一報だ。とんでもないサイコ野郎が、相手なのかもしれん」

ふたたび電話を掛けようとしたとき、先に着信があった。篠崎だ。

「クラさん。被害者の人定《ジンテイ》（人物確認）、割れそうです。関係者に確認してもらいに行くんで、手が空いてたら立川大の法医学教室へ来てください」

2

さほど待たないうちに、篠崎と本庁一課の捜査員に導かれて、四十代後半と思われる、地味な身なりの痩せた女性と、五十代後半と、二十代半ばとおぼしい背広姿の男たちの、計三人が、法医学教室前に現れた。

女性は、顔から血の気が失せ、明らかに動揺している様子だ。

年配の恰幅《かっぷく》のいい男は、深い憂慮《ゆうりょ》の色が目や眉間のしわに表れている。若い細身の男は、不安そうながら、どこか他人事のような雰囲気があった。

鞍岡と志波が名乗ると、女性はしきりに頭を下げ、挨拶めいたことを口にしようとする。

「いやいや奥さん、とにかく先に確認してから」

年配の男が、世慣れた感じで女性をとどめ、「決まったわけではないんですから」

奥から助手が現れ、こちらへどうぞ、と三人を案内する。

篠崎が足音も立てずに、鞍岡と志波のもとに歩み寄り、

「行方不明者の妻と、会社の同僚と部下です」

と耳打ちする。鞍岡はうなずいて、志波とともに、三人のあとを追った。

磯永が、遺体に掛けられた白布を、顔が確認できるところまで丁寧に取る。

三人が顔をのぞき、女性が息を呑み、口もとを左手で覆った。その手のあいだから、

「おとうさん……」

かすれた声を漏らし、右手を恐る恐る伸ばして、遺体の頬にふれる。

思いもかけないほど冷たかったのだろう、一瞬からだを震わせて指を離した。あらためて手のひら全体で、いとおしむように遺体の頬を撫でながら、ああ、とも、おお、ともつかないうめき声を発し、涙を流して、その場に膝をついた。

「サトウ……」

年配の男も、遺体を認めたらしく、「どうして、おまえ……」

無念そうにうめき、手のひらで荒く自分の口もとをこする。

若い男は、見えにくかったのか、二人の後ろから位置を変え、確認しようと努めていた。まだ付き合いが短く、生前の面差《おもざ》しとは違っているだろう相手の顔に、戸惑いの表情を浮かべ、まばたきを繰り返している。

そこにかえって嘘がないと、鞍岡は感じた。

「佐東正隆《さとうまさたか》、五十四歳。インフィニテックスという生活用品を製造・販売している会社の、インテリア部長の職にあるそうです。女性にターゲットをしぼった電化製品やヘルスケア商品の分野で着実に売り上げを伸ばしている優良企業、というのはネット上の情報です」

遺体の身元の確認が取れたのち、事情を聞くまでのあいだに、篠崎が報告した。

妻はまだ動揺が激しかったため、先に会社の同僚たちから話を聞くことにして、大学構内の、使われていないゼミ用の小さな教室を借りた。

年配の男は、安西啓作《あんざいけいさく》、五十五歳。被害者・佐東正隆と同期入社であり、名刺の肩書きはマーケティング戦略部門の統括部長とあった。

若い男は、関口大貴《せきぐちだいき》、二十六歳。被害者を長とするインテリア部で仕事をしていた。被害者の行方がわからなくなって以降、会社側と妻との連絡役になっていたことから、今日も世話係として、安西の命《めい》で同行することになったらしい。

「佐東部長が連絡もなく、午後になっても出社されないため、うちの部の課長の指示で、奥様に電話を差し上げたのが、わたしでした」

関口の話では、被害者の無断欠勤は、遺体が発見された日の二日前だった。彼の問い合わせに、妻の恵麻《えま》は、主人はふだんどおりの時間に、出社の用意をして家を出た、と答えた。

とすれば、被害者は、自分の意志で会社とは別の場所へ出かけたか、出社途中にトラブルに巻き込まれたかして、その日の夕方から夜にかけて殺された、と考えられる。

「つまり、出社されなかったのは、いまから四日前、ということになりますね」

四人いる捜査員の中で最も刑事課の経験が長いため、鞍岡が尋ねた。

篠崎と、もう一人の捜査員、藪内《やぶうち》巡査部長は、手帳にメモを取っている。志波は、それが彼の流儀なのか、小型のタブレットを出し、音も立てずに指を動かしていた。

「先ほどお聞きしたところでは、奥さんが行方不明の届を警察に出されたのが、昨日の夕方で、照会があったのち、今朝こうして見えられた……となると、時間が空いてますが」

遺体発見後ほどなく、三機捜が被害者の身元を求めて捜査を始めていた。もちろん警察庁のデータベースに登録されている行方不明者届は、一番に当たっていたはずだ。

「それについては、会社の都合というか、わたしの意向もありまして」

安西が恐縮した態度で、額の汗をハンカチで拭きながら、「我々の仕事は、得意先回りや市場調査も大切です。佐東君は、昔から熱心に外回りをして、業績につなげていました」

「しかし、携帯がつながらなかったのでしょう？　心配では？」

「ええ……でも大人の場合、届を出しても捜してくれないと聞きますし、急がなくてもと」

確かに、一般成人の場合は、自分の意志で家出をした可能性があり、警察は積極的に捜さない。だがデータベースを通じて、今回のように身元がわかることがある。

「だとしても、奥さんは、ご心配ではなかったんですか？」

「もちろん大変心配されて、我々のほうに、警察に届を出したほうがいいかどうか、その日のうちにご相談があったのですが……ちょっと関口君、外してもらえるか」

安西は、鞍岡にも、いいですかね、と許可を求めた。鞍岡は、承諾して、関口には部屋の外で待ってもらうことにした。

「実は、佐東には、愛人がおりまして……」

安西がためらったのち告白した。「故人を悪く言うのは本意ではないのですが、彼はオンナにだらしないところがありました。いや、独身の頃はむしろ固かったんですが……結婚後、タガが外れたみたいにオンナ遊びを繰り返してました。仕事もできたから、社内では問題にならず、四十代の頃、若い女性社員に会社を辞めさせたあと、囲い者……というのは古いんですかね、付き合いをつづけていたようです。それが、三年前かな、忘年会の帰りに佐東と二人で飲むことになって、何の拍子だったか、彼女と別れたと漏らしました。続ける金がないんだ、と愚痴っぽい口調で、未練がありありでしたね。だから今回、一番に頭に浮かんだのは、女性問題です。少し待ってみましょうと、奥さんには伝えました」

「ところが翌日も出社しない、家にも帰っていない、連絡もない？」

「ええ。愛人のところで何かあったのではと、悪い想像が働きました。よりを戻した彼女の部屋で倒れた、とか。実は、亡くなった前会長がそれだったんです。スナックをやらせてた愛人の部屋で……。企業のスキャンダルで食ってる記者や株屋はまだいるので、火消しに大変でした。だから彼女が連絡してくるのを待ってたんです。同じ会社にいたし、わたしの名前くらい佐東に聞いてるだろうから、連絡してこいよと、じりじりする思いで」

「お相手の連絡先は、ご存じじゃなかったんですか」

「いいえ。変に関わって、トラブルに巻き込まれたら、こっちの身が危うくなりますからね。セクハラで訴えられて、退社した上司もいます」

「しかし連絡は来なかった。女性の連絡先を、社内の記録で調べようとは？」

「そんなことを総務に尋ねたら、何を疑われるか。彼女が辞めたのも七、八年前ですし」

　被害者の愛人だった元社員の名前を聞き出すと、篠崎と藪内は、部屋を出ていった。会社を通じて女性の実家を聞くなどして、現住所を探り当て、訪ねていくためだ。

「で、ずるずると届を出すのが遅れた、ということですか」

「はあ。奥さんはずいぶん心配されていたのですが、きっと大丈夫ですよと待ってもらい、タイムリミットを昨日の午後と決めて……それでも連絡がなかったもので、関口とともに警察まで奥さんに付き添って出しました」

志波がいきなり小さく咳払いをして、安西の注意を彼に向けさせた。

「佐東さんが欠勤されて三日、つまり昨日の朝から、八王子市内で中年男性の遺体が発見されたニュースが、テレビでもネットでも流れていました。ご覧になったでしょ?」

「ああ、確かに、やってましたね……え、あれが佐東だったんですか、本当に?」

安西の驚いた表情には、嘘は感じられなかった。

「どんなふうに報道されていたか、覚えてるだけでいいので話してください」

志波が釣り針を垂らすのを、鞍岡は察した。

マスコミに対する警察発表では、四十代から六十代の男性の遺体、事件と事故両方の可能性があると見て、捜査を進めていると伝えただけで、被害者が裸であったことや、後ろ手にテープを巻かれていたこと、絞殺と推定されることなどは、あえて公表していない。

「えっと……八王子で遺体が発見されたと、さらっと見た記憶しかなくて。佐東は練馬ですし、そんなことになってるなんて思いもよらなくて……いやぁ、あれが彼だったのか」

「何か、悩んでらっしゃるようなことはありましたか、人生に悲観されるような」

志波が餌《えさ》までまいた。被害者の死因は、まだ彼らに伝えていない。

「え、まさか、あいつ、自殺だったんですか。ニュースでは、確か、そこまで言ってなかった気が……事件か事故かを、調べてる、みたいな感じで」

「すべての可能性を考慮して、いま調べているところです」

志波が答えて、椅子の背もたれに身を預ける。釣り糸を上げたらしい。

「では、誰かに恨まれているとか、金銭や人間関係、仕事上のやり取りなどで、トラブルに巻き込まれている、という話をお聞きになったことは？」

鞍岡が再び尋ねた。「どんなささいなことでもいいので、お心当たりは？」

「さあ……彼が人に恨まれていた、という話は知りませんし、相談も受けてません」

席を外していた関口に戻ってもらい、なお幾つか質問をした。

関口が、被害者のプライベートについて知っていることは、ほとんどなかった。

3

佐東恵麻、四十八歳。警察に行方不明者届を出すまでの心労と、出したとたんに呼び出されたこともあってか、化粧っ気はまったくなく、やつれて、目の下のくまも濃い。小柄で痩せており、メタボな夫とは対照的な印象を受けた。

突然夫の死を知らされたショックは、一時間程度ではおさまるはずもないが、死者だけでなく、遺族の扱いにも慣れている法医学教授の磯永が、気を利かせて、医務室で休ませてくれていたらしい。いまは涙も止まり、いくぶん落ち着いて見えた。

「当日は、いつもどおり六時半に起きて、お水と牛乳をグラス一杯ずつ飲み、七時二十分に家を出ました。朝食はふだんそれだけです。成人病を気にしてましたから。前日は、八時過ぎに帰宅しました。残業や、会社の方と飲んで帰るといったことがない場合は、おおむねその時間です。食事をして、入浴して、十時には二階の寝室に上がりました。お布団に入ってからも仕事をしたいという主人の希望で、ずいぶん前から寝室は別です。ふだんと変わったところは、なかったというか、気がつきませんでした……あの、あれは本当に主人でしょうか？」

彼女は何度か同じことを尋ねた。遺体が、自分の夫ではない可能性を申し立てているわけではなく、まだ事態が飲み込めずにいるためらしい。

届を出すまでの経過は、先に安西から聞いたとおりだった。

夫に愛人がいたことを、彼女が知っているかどうかは、現段階では尋ねなかった。いわゆる亭主関白の家庭で、妻は夫に従う家風であったようだと、彼女の話の端々から伝わってくる。

彼女が夫の仕事に口出しすることはなく、午前を過ぎて帰宅したり、連絡もなく家に帰ってこなかったりする日があっても、今回のように会社側から問い合わせがない限り、彼女から連絡することはなかったという。夫が帰宅ののち、「残業だった」「忙しくてカプセルホテルに泊まった」と言えば、そのまま受け入れていたらしい。

「お話はだいたいわかりました。ご主人の行方がわからなくなる日の前後については、またお伺いすることもあるでしょうから、奥さんにはそのおりまた、ご協力いただくとして」

鞍岡が質問をつづけようとしていると、隣の志波が軽く手を挙げてさえぎった。

「二点、言葉の使い方を、注意されるべきです」

志波は、鞍岡に視線を向けて言った。「奥さん、と呼ぶのはどうなんでしょう。いちいちフルネームで呼ぶのは煩《わずら》わしいからと、習慣に従っているだけなのかもしれませんが、佐東さんで、いいのじゃないですか。次に、ご主人、というのは失礼です」

鞍岡は、眉根を寄せて相手を睨んだ。こんなときにいったい何の話だ。

「女性が、配偶者のことを他人に向けて、うちの主人は、と口にするのは、悪《あ》しき慣例であると自覚すべきだと思いますが……他人がそれを指摘するのも、違うとは思います」

「きみは、急に何を言い出してるんだ？」

「ですが他人が、女性の配偶者を、ご主人、と呼ぶのは、侮辱になるということです。その女性は、配偶者の奴隷でも使用人でもない。その人の主人は、自分自身ですから」

鞍岡は、怒りを通り越して呆気《あっけ》にとられ、すぐには返す言葉も見つからない。

「旦那さん、というのも、女性を下に置く物言いなので、少なくとも他人が使うべきではないと思います。夫、が適当なのじゃないでしょうか」

志波は、持論を述べると、どうぞつづけて、と鞍岡に手で示し、視線を前に戻した。

鞍岡は、ふざけんなと叫びたくなる一方、妻との再就職をめぐる言い争いを思い出した。彩乃が「わたしの人生なのよ」と口にしたとき――彼女の人生を決めるのは、夫の自分ではなく、あくまで彼女自身だったのだと、あらためて気づかされた思いで、小さなショックを受けた。

だからいま志波の意見も一理ある気がして、それがまた腹立たしかった。どうにか気持ちを抑えて、

「……佐東さん」

と、被害者の妻に呼びかける。「あなたの、その、夫の、人間関係について、知る限りで結構ですので、くわしくお話しいただく必要があります。ただ、その前に、単刀直入にお聞きします。あなたの夫は、誰かから恨まれていた、ということはありませんか」

ぼうっとして表情の乏しかった彼女の顔が、いきなり恐怖で引きしぼられたかのように見えた。

「お心当たりがあるんですね」

鞍岡の問いに、恵麻はなんとか答えようとしながら、え、あ、と意味のない音を発することしかできず、ついには顔を伏せた。

「正直に、すべてお話しになってください。あなたの夫は、誰に恨まれていたんですか。どんなことで、恨みを買っていたんですか。ご存じなんでしょう？」

彼女は顔を伏せたまま、細い肩を震わせている。真実に通じる扉は、軋《きし》んで、いまにも開きそうでいながら、なお一つのかんぬきが外れないように、答えが返ってこない。

鞍岡はそうしたかんぬきの外し方には慣れている。一時間、二時間、だめなら夜まで翌朝まで、問いつづけ、待ちつづけることも、通常業務だと、とらえられる耐性がある。

だがそれは被疑者を、捕まえたり、絞り込んだりしたあとのことで――夫の死を知ったばかりの妻を追い込むように質問を重ねるのは、本意ではない。少し間を空けたとき、

「佐東さん」

志波が口を切った。「いずれわかることですので、お伝えします。夫の正隆さんは、テープで自由を奪われた状態で亡くなり、人けのない草の原の中に、遺棄されていました」

おい、どこまで明かす気だ。鞍岡は、志波に強い視線を向けた。

「こんなことをお伝えするのは、大変心苦しいのですが、殺されたことは、まず間違いありません」

志波が冷静な声でつづける。「一刻も早く犯人を逮捕し、正隆さんの無念を晴らしたいと、我々は考えています。殺害の手口にも、遺棄した方法にも、犯人側の強い恨みを感じます。お心当たりがあれば、どんなことでもよいので、話してください」

恵麻は、目を上げないまま、自由を奪われ、遺棄、という言葉一つ一つに、体内に電気が走ったかのように反応し、殺されたという言葉には、ひときわ大きく反応した。口を開き、唇を震わせるが、なお声は出ない。

志波の視線を感じた。これ以上、明かしていいかどうか、鞍岡に求めているらしい。

「佐東さん」

鞍岡は質問を引き継いだ。この場の責任は、年上の自分が取るべきだろう。

「ご遺体には、犯人からのメッセージが残されていました」

短い間を置いて、恵麻が顔を起こした。何のことかと眉をひそめている。

「犯人は、あなたの夫を死に至らしめた動機を、こう告げています……」

明かすべきか迷ったが、それを伝えなくては、この場ではまだ扉が開きそうにない。被害者の身元がわからなかったため、初動捜査が遅れている。ここでスピードを上げたい。

「目には目を……犯人のメッセージは、目には目を、です」

恵麻がふらりと立ち上がった。絶望的な表情で、首を力なく左右に振り、

「……シント」

と、うめくようにつぶやくと、そのまま床に崩れ落ちた。

4

「とにかく否定されることです」

館花未宇巡査は、被害者である少女と、彼女の両親に告げた。少女の家で、リビングのテーブルをはさんで、向かい合わせの椅子に腰掛けている。

被疑者は全員逮捕した。今後、被害者の映像等が一般の目にさらされることはない、と思われる。ＰＣやスマホ、ＤＶＤ、ＵＳＢメモリー、ＳＤカードなど証拠物件も、残らず押収した。今後、被害者の映像等が一般の目にさらされることはない、と思われる。思われるというのは、すでにネット上で出回ってしまった写真や動画については、事実上回収が不可能だからだ。

少女と両親は、犯人逮捕と証拠物件の押収に安堵しながらも、だまされたり脅されたりして撮影した写真や映像が、ネット上に流れることを恐れていた。

「自分ではないと、きっぱり否定してください。うちの生活安全課では、こうした事件で、将来にわたる被害を懸念されている方々には、そのように勧めています」

これは課長の依田が、類似する事件の被害者や、性的動画をスマホなどで撮られて脅されている、といった相談者に対して、強く勧めている対処法だった。

「顔が似た人なんて大勢います。簡単にフェイク映像も作れます。大体そんな映像を見て、問いかけてくる相手にもやましさがあります。別人かフェイクだと完全に否定し、相手にしないことです。実際、あなたの意志に反したものなら、それはあなたではありません」

きっぱり言い切る館花の言葉に、少女はかすかに安心の表情を浮かべた。

警察署内部では、そこまで踏み込んだアドバイスをしていいのか――とくに嘘をつくよう勧めていることを問題視する人もいる。だが依田は、市民の安全安心を守ることは大切な職務です、と譲らず、責任は取るのでと、部下には指示に従うよう求めていた。

しかし今回の場合は、いま告げた内容と明らかに矛盾してしまう依頼を、申し出る必要があった。

「それでですね、今日は別に、大事なお願いがあるのです」

館花は、これまでと打って変わって歯切れ悪く、「今後の裁判においてなんですけど……お嬢さんに、出廷して、真実を証言していただきたいんです」

まだよくわかっていないらしい少女と両親に、卑劣な犯罪者を正当に罰するため、裁判の際は検察側の証人として証言台に立ってほしいことと、そのおりには弁護側からも質問を受ける可能性があることを、あわせて話した。

少女の顔が、みるみる色を失い、泣き出しそうにゆがんだ。顔を伏せ、首を横に振り、

「……そんなの、無理、できない、人前で話すなんて……死んだほうがまし」

「何を言うの、死ぬだなんて」

母親が、悲鳴を発するようにとがめて、少女の肩を抱き寄せた。

「それは……義務なんですか」

少女の父親が訊く。

「いえ、決して義務ということではありません」

館花は、手を大げさなほど横に振り、「ただ犯人たちに罰を与えるには、裁判で罪を立証する必要があります。それには、お嬢さんがだまされて、自分や家族の命の危険すら感じていたことを証言していただき、裁判官に事実だと認めてもらうことが重要で」

「だからそう言ったでしょっ」

少女が苛立たしげに叫んだ。「受験に関するアンケートってメールだったの。答えたら、推しのアイドルの生写真がもらえて、抽選でライブにも招待されるって。だから連絡先とか学校とか

打って、登録が必要だって言うから顔写真も送ったら……他人のH写真に、わたしの顔をくっつけて、ネットでさらすとか、学校や家の前で配るとか、どんどんエスカレートして、家にも火をつけるって言うから……」

「それを、裁判で証言してほしいんです」

「何度も話したじゃん。恥ずかしいのに、何度も何度も。なんでそれじゃだめなのっ」

「相手も話してるんです。被害者のほうから、お金ほしさに年齢を偽って申し出てきたと」

「嘘に決まってんじゃん。そんなのもわかんないほど、警察ってバカなの」

少女が拳でテーブルを叩く。母親がとっさに両手で娘の拳を包み込む。

「彼らが嘘をついているのはわかっています」

館花は辛抱強く説得をつづけた。「ただ裁判では、双方の話が書類で提出されるだけでなく、被告人も証言台に立ちます。彼らは自分に都合のいい証言をするでしょう。もちろん裁判官たちにだって、彼らが嘘をついていることはわかるはずですけど……被害を受けたご本人が、目の前で語る言葉は、やはり説得力がありますから」

「でも、この子に、そんな人前でなんて……犯人もすぐそばにいるわけでしょ？」

母親が娘の手を撫でさすりながら問う。

「裁判では、証言者をパーティションで囲むか、ビデオリンク方式といって別室でモニターをつなぐ形にして、被告側からも傍聴席側からも、証言する姿が見えないように配慮してもらえるはずです」

「名前は、出るんですかね」

父親が訊いた。「おおやけの場で、名前を読み上げるんですか」

「未成年ですので、その点も配慮されます。わたしの扱った痴漢被害に遭った高校生のケースでは、証言席はパーティションで隠され、法廷内ではAさんと呼ばれていました」

だったら……と家族のあいだに、出廷に関して、すぐに承諾することは無理でも、時間をおいて考えてみてもいいのでは、という迷いの時間が流れた。

館花としても、結論を急ぐより、冷静に考えてもらったほうがよい気がした。

そのとき彼女の隣で、河辺翔巡査が深々とため息をついた。今日のところは自分がすべて話すので、と館花が頼んでいた。そのため彼は、最初の挨拶のときに口を開いただけで、以降はずっと黙って隣の椅子に掛けていた。

「迷うことはないと思うんですよ」

なぜわからないかなぁ、と心の声が聞こえてきそうな口調だった。「奴らは本当のワルですよ。被害者が好きで裸になった、こっちは小遣い稼ぎの手伝いをボランティアでしただけだ、なんて言って、しれっとしてるんです。刑務所に長く入れておかないと、きっとまた同じような犯罪を繰り返します。執行猶予とか、下手して何も罰を受けずに出てきたら、お宅のことも甘く見て、またお嬢さんにちょっかいを出すかもしれません」

館花はびっくりした。家族も目を見開いて、表情が強《こわ》ばる。

「ちょっと、河辺さん、何を言ってるんですか」

「いや、だからぁ」

と、河辺は身を乗り出し気味にして、「自分らはお嬢さんを守りたいんです。悪い連中を刑務所に長く入れて、しっかり更生させましょう。お嬢さんも、アイドルの写真やライブのチケットっていう欲にかられた上、ご両親や警察に相談する前に、恥ずかしい動画まで送ってしまったっていう、落ち度があったわけですから。反省して、新しく出直すきっかけにするためにも、勇気を出しましょう。あんな動画を送ったことを思えば、裁判官の前で証言するくらいは」

少女の悲鳴が、河辺の話をさえぎった。椅子を後ろに倒す勢いで立ち上がり、リビングを飛び出し、二階に駆け上がってゆく。母親が、娘の名前を呼びながら追いかける。

父親もあとを追い、階段に向かう途中で、こちらを厳しく睨みつけた。


署に戻る際も、戻って課長に報告する際も、河辺は自分に誤りはないと主張した。

「間違ったことを言ったつもりはありません。裁判で証言してもらうために、自分は訪問したのであって、機嫌をとるためではなかったわけですから」

生活安全課の職員の多くは外に出ており、依田課長のデスクの前に館花と河辺が立って説明しているほかは、離れたデスクにベテランの戸並光圀《となみみつくに》巡査部長と、主に電話対応を任されている板倉淳子《いたくらじゅんこ》巡査がいるだけだった。

「機嫌はとらなくても、相手を怒らせたら失敗だろ。父親はえらい剣幕だったんだぜ」

戸並が、苦笑気味に後ろから声をかけてくる。「なあ、淳ちゃん」

「はい。署長を出せ、マスコミに訴えるって」

板倉が迷惑そうな声音で言う。「課長がうまく対応してくださいましたけど」

館花と河辺が署に戻ったときには、すでに被害者の父親から苦情の電話が入っていた。

「こっちはごく常識的なことしか言ってません。向こうの親が過保護なんだよな、館花？」

河辺が隣の彼女を見る。「簡単にだまされたことへの反省もなく、人を責めるなんてな」

「やめてください」

館花は相手の言葉をさえぎった。「彼女は反省してますよ。し過ぎるほど自分のことを責めてます。河辺巡査にあんな風に言われたら、さらに傷つくのは当たり前です」

「えー、おれに責任を押しつけんの？　それってマジでひどくないか？」

河辺は本心から困惑している顔で、「相手は女の子だから、自分が話すほうがいいって言うんで任せたのに、全然らちがあかず、このままじゃ証言は難しいから、おれが話したんだろ」

「わたしの力不足は認めます。でも、言い方ってものがあるでしょっ」

館花は、切れそうになる心を懸命に抑え、「ああ、なんでわかんないかなぁ」

もどかしさのあまり、ショートの髪を掻き乱した。

すると、ぽんぽんと手を打つ音が聞こえ、

「そこまで。話はわかりました。この件はこちらで預かります」

依田が、冷静な口調で割って入った。「河辺巡査は、報告書を提出のあと、性暴力および性的いやがらせに遭った被害者からの事情聴取の仕方、証言を求める際の注意点をまとめたＤＶＤ……どこにあるか知ってるでしょ。二回見て、レポートを提出」

「え、二回も、ですか」

「足りない？」

「あ、いえ、わかりました」

「館花巡査も同じ。以上」

依田が椅子から立ち、「副署長にまで話が上がっているので、報告してきます」

「帳場が立ってるのに、くだらんことで騒ぎを起こすなって、おかんむりでしたからね」

戸並が皮肉っぽく声をかけてくる。

依田は、それには応えず、板倉巡査に、席を外しているあいだの対応を頼み、部屋を出て行く。

館花はすぐにあとを追いかけた。廊下の途中で、依田を呼び止め、

「課長。あれだけですか。ＤＶＤを見て、レポートで終わりにするんですか」

依田が振り返って、静かに館花を見つめた。

「何か問題があるの？」

「河辺巡査は、被害者を傷つけた責めを負うべきです。副署長も怒ってるんですよね。でしたら、もっと重い処分が必要なのじゃないかと」

「副署長は、河辺君にではなく、苦情の電話を掛けてきた父親に怒ってるの」

「え……」

「進んで証言すべきなのに、ささいな言葉尻をとらえて、警察に文句を言うとは何事かと」

館花は、言葉を失い、相手を呆然《ぼうぜん》と見つめた。

「あなたは、河辺君の言い方を責めていたけど……もっともっと根っこの問題なのよ」

依田が、意味深な口調で言い置いて、廊下を進んでいこうとする。

「あの、被疑者《マルヒ》たちは……」

館花は懸命な思いで、「不起訴ということもあるんでしょうか？」

依田は振り向くことなく、

「児童ポルノは所持だけで犯罪。公務執行妨害もあり、有罪判決は間違いないから、検察は起訴するでしょう。ただ判決で、執行猶予が付く可能性は排除できない。だから、できるだけ証拠と証言を積み重ねるように努力するの」

「でも、もし執行猶予が付いたとしたら……それこそ鞍岡さんがおっしゃったように」

思わず館花がつぶやくと、

「鞍岡警部補？」

依田が振り返った。「彼が、何を言っていたと？」

あっ、と館花は我に返り、

「何でもありません。勘違いです。すみません、お呼び止めしてしまって」

頭を下げ、すぐそばの化粧室に逃げ込んだ。中には誰もいない。依田も来ない。

館花は、深く息をついて鏡の前に立った。父親譲りの太い眉を、憎々しげに見つめる。

鞍岡警部補は、摘発に向かう車の中で、依田と話しているときに言った。

ああいうクソどもは徹底的に叩かないと、絶対にまたやる。おれが親だったら、生かしちゃおかない。

そうだ……館花は鏡に向かってささやいた。

「生かしちゃおかない」

5

佐東恵麻は立川大学内の医務室に運ばれたあと、詰めていた医師の診断で、立川大学病院の系列病院に搬送されることになった。脈拍や血圧などに問題はなかったものの、意識は戻らず、脳に異状が生じている可能性もあり、ＣＴ等の検査をするためだった。

彼女が意識を失う前につぶやいた「シント」とは何を意味するのか。搬送までのあいだに、鞍岡と志波は、被害者が勤めていた会社の同僚に再度話を聞いた。

「佐東恵麻さんが、気を失う前に口にされたのですが、お心当たりはありませんか」

鞍岡の問いに、二人は考え込む様子で、すぐには答えが返ってこない。

「場所の名前、あるいは人名かもしれません」

志波が問いを重ねた。「新しい島で新島とか、真に藤で真藤など……」

あっ、と被害者と同期入社の安西が声を発した。

「言われて思い出しました。確か、息子さんの名前がシントだったと……進む人と書いて。字としてはありきたりだけど、読み方が新鮮だな、と思ったので覚えてます」

彼はその場で社の総務部長に電話をした。同僚の死を知らせたばかりだったらしい。警察に問われているので特別に、と、個人データを調べてもらい、鞍岡たちに伝えた。

被害者佐東正隆と妻恵麻の長男、進人《しんと》。一人息子で、現在二十二歳。学生らしいが、どこの学校か……実家で同居か、別に部屋を借りているのか……社員の自己申告に基づくデータなので、詳しいことはわからない。

ただ安西は、息子の大学進学の話を、被害者自身から聞いていた。神奈川の名のある公立大学に進んだことを、自慢げに話していたという。ところが、

「ある時期から子どもの話を急にしなくなりましてね。最近自慢の息子はどう、なんて水を向けても、別の話にそらすから。何かあったのかなって、だんだんふれなくなったんです」

鞍岡は、捜査本部に状況を伝えた後、恵麻が搬送される病院へ、志波とともに向かった。本部からは、若手の捜査員二人が、応援のために病院に派遣された。

恵麻はほどなく意識が戻った。だが目がうつろで焦点を結ばず、言葉も発しない。ＣＴ検査の

結果、脳に異状は認められなかったものの、担当医師は、専門医とＭＲＩ検査をするかどうか相談するので、しばらくは安静にして、面談も遠慮してほしいと言った。

「目には目を、という言葉を聞いて、母親が息子の名前を呼んだということは……」

担当医の話を聞いた後、病院の廊下で、鞍岡はつぶやいた。「息子が、今回のヤマに関与しているって線は、大いにあり得るな」

「それどころか、実際に手を下した可能性がありますよ」

志波のさらりと答えた言葉を受け、鞍岡は相手を振り向いた。

「何を言ってんだ、おまえ」

思わず声が荒くなり、鞍岡は周囲を見回した。通りかかった看護師が一瞬こちらを見たが、すぐ顔を戻して通り過ぎる。応援の二人は、少し離れたところで電話をしている。

「言ってる意味、わかってんのか。息子が、父親に、あんな真似を……ってことだぞ」

「レイプのことですか。可能性を消す理由にはならないでしょう？」

「頭がおかしいのか。普通の家族なら、あり得ない話だろう。どんな家に育ったんだ？」

「父親は、社会科の中学教師で、いま副校長です。母親も元教師で、いまは地域の婦人会でボランティア活動をやってますよ。姉が一人。結婚して、子どもは三歳」

「やめろ。いきなり何を話してんだよ」

「特殊で、いびつな、ごくありきたりの家です。鞍岡さんも同じでしょう」

「なんだと？」

「普通の家族なんて存在しない。人はみな違う。家族も違うのが当然でしょう。鞍岡さんのご家族は、教科書に出てくるような家族像と、まったく同じだとでも言うんですか」

一瞬自分の家のことが思い出されて、鞍岡は言葉に詰まった。

「息子が共犯なら、どうです。絞殺とレイプは別人の犯行。息子は、手引きと死体遺棄だけなら?」

それなら、まだ理解できなくはない……と思う自分が悔しく、

「うっせ、憶測《おくそく》でものを言うな」

鞍岡は、右の拳を左手のひらにぶつけ、「あれだ、じっとしてるから、くだらん考えが湧く。彼女が話せるようになるまでのあいだに、被害者《マルガイ》の家《ヤサ》を当たってくるぞ。おまえは、いたきゃ、ここにいろ」

「いえ。同じことを提案するつもりでしたから」

志波がうっすら笑みを浮かべ、「勉強させてもらいます」

「……嫌みか」

「かもしれません」

怒鳴る代わりに、「おーい」と若手二人を呼び、被害者の自宅を見てくることを告げた。

住所は会社の同僚たちから聞いている。もしも自分たちが戻る前に、恵麻と話せるようになった場合は、焦らずゆっくり、息子のことを尋ねてみるよう指示を出した。

練馬区の閑静な住宅地にある一軒家だった。

被害者の住環境や日頃の行動範囲を知るために、あえて電車を使い、駅からは歩いた。

陽射しは強く、湿度も上がっているのか、蒸し暑い。汗かきの鞍岡は、背広を脱いで、シャツの袖もめくった。志波は、薄手とはいえ背広を着たまま、あまり汗をかいている様子もない。

合わねえな、と鞍岡は口の中でつぶやき――表通りから二筋裏に入って、昼間でも人通りの少ない道路や建物などの実景を頭に入れながら、佐東家の前に立った。

ブロック塀で囲われた二階建てで、屋根付きのガレージに中型のグレーの乗用車が一台。南に面した狭い庭があり、整理されて並べられたプランターに季節の花が咲いている。

検証やガサ入れで何軒もの家に上がった経験から、大体の間取りはわかる。一階に広めのリビング、台所、風呂とトイレ、この家の主婦が寝室にしている六畳程度の和室。二階に二部屋。どちらかが被害者の仕事部屋兼寝室で、もう一部屋が子ども部屋……。

庭に面した窓はレースのカーテンが引かれ、外光をやわらげて室内に採り入れている。二階の窓には厚手のカーテンが引かれたままだ。恵麻は、連絡をもらって、急いで出てきたから、二階のカーテンを開ける余裕はなかったのか。あるいは、あの窓の向こうは息子の部屋で、いまも在宅ということがあるかもしれない。

勉強させてもらいます、と言うなら志波クンよぉ、この家の間取りと、二階の窓のカーテンの意味を答えてみろ、と鞍岡が振り返る。

「すみませーん」

志波は、隣家のカメラ付きインターホンに警察手帳を向けており、「警察の者ですが、少し話をお聞かせ願えますか。お時間は取らせませんので」

ざけやがって、抜け駆けか……鞍岡が睨みつけると、志波がこちらを振り返った。目が笑っている。時間の節約です、と答えそうで、鞍岡は黙って顔をそらした。

ほどなく隣家の主婦らしい、六十歳前後の女性が心配そうな表情で現れた。

「お隣の佐東さんのお宅のことについて、少々お聞きしたくて」

志波が丁寧に尋ねる。「ご家族構成ですが、戸主の正隆さん、妻の恵麻さん、長男の進人さんで、よろしいですか。ほかに、ご一緒に住んでおられる方はいらっしゃいますか」

「いいえ。ご主人のお母様が、神奈川にいらっしゃるそうですけど、ここには」

「じゃあ、息子さんも、ここに同居しておられる？」

「高校まではね。神奈川の大学に入られて、お祖母さんのお宅に下宿されたそうよ。でも何かあったのか、二、三年前にここに戻った様子で、姿を見てたけど……ほどなく、また見えなくなって。それでも月に一、二度は顔を出されてるのかしら。声が聞こえるもの」

「どういった事情か、お聞きになってますか。ささいなことでも結構ですので」

志波の聞き込みがつづく。息子がいまは家にいない可能性が高くなり、鞍岡はやや気が抜け、辺りに首をめぐらせた。

誰の姿もない静かな午後だ……と思っていると、五十メートルほど先の角を曲がって、こちらにゆっくり近づいてくる人影が見えた。

ジーンズに黒いTシャツ姿。細身で、足が長い。やや猫背で、スマホを見ながら歩いてくる。歩きスマホをやめろ、親に注意されなかったのか、こら、危ないだろ、顔を上げろ……鞍岡が強く見つめていたので、何か感じたのか、相手が顔を起こした。

髪が目にかかっている。二十代前半くらいか。こちらを認め、足を止める。佐東家と隣家の前にいる鞍岡たちが誰なのかと、推し測っている様子がある。なんとなく違和感をおぼえ、

「志波っ」

ひそめた声で呼びかける。志波が気づいて、道の先を振り返った気配が伝わる。

とたんに、若い男は背中を向けた。鞍岡は、相手のほうへ歩を進める。

志波が、若い男のことをだろう、

「あの人物を、ご存じですか」

と、隣家の主婦に尋ねたのに対し、

「ええ、遠いけど、たぶんそうだと思いますよ……息子さん、進人くん」

と答える声が聞こえ、鞍岡は足を速めた。

足音が聞こえたのか、ついに相手が背中を向けたまま走りだした。

「きみ、ちょっと待って。待ちなさい。待てっ」

相手は身が軽そうで、足が速い。鞍岡は八十一キロ以下級ギリで、短距離は苦手だ。

相手が角を左に曲がる。大通りに出る気か。駅ならまっすぐ進み、右に向かうほうが早い。

「志波っ、駅の方に先回りしろっ」

左に曲がった相手を追うつもりで指示を出す。返事がない。足音がしない。短く振り返ると、そばに誰の姿もなく、志波は同じ場所にとどまったままだった。

嘘だろ、何やってんだっ……胸の内で叫びながら角を曲がる。

黒いTシャツが、次の角を右に曲がった瞬間をとらえる。距離は開いている。自分なりに懸命に足の回転を速める。

右に曲がる。人の姿はない。前方の大通りを車が走っている。

くそ、なぜ逃げるんだ……何をやらかした、自分の父親だろっ……おまえのことを自慢に思ってた、父親だろうがっ。

大通りに出る寸前、路線バスが横切ってゆく。大通りに出て、左右を見た。左の先にバスの停留所がある。待っている人の姿はなく、バスを降りたばかりらしい人たちが散っていくところだった。ついさっき通り過ぎていったバスを振り返る。前方の信号が青で、スピードを上げて走り去る。

いや、バスに乗ったとは限らない。なお走って、辺りに目を走らせる。どこにも奴の姿はない。先のバスを降りたと思われる人たちを捕まえ、尋ねてみる。誰も、何も知らなかった。

携帯が着信を知らせた。刑事課長の巻目だ。荒い息を整える余裕もなく、

「はい、鞍岡……」

「どうしたクラさん、何かあったのか」

「いえ、べつに。それより被害者《マルガイ》の妻から話を聞けましたか」

「いや、そっちじゃなく、息子の方だ、佐東進人。調べていたら、前科《マエ》が出てきた。正確には起訴猶予になってるから、前科とは言えないが」

「……何をやったんです」

「準強制性交だ」

「え、それって……」

「集団レイプだよ。大学生四人が、一人の女子大生をカラオケルームで酔わせて、暴行した。佐東進人は、四人の中の一人として、逮捕されてる」

目には目を……。鞍岡の脳裏に、被害者の体内から出てきた紙片が白くひらめいた。

第三章　壊された家族

1

「……もしもし」

「よお」

「……どうも。お久しぶりです」

「夜のニュースを見たよ。そっちの管内で上がってたホトケの身元、わかったって」

「ああ、はい。今日の昼前にようやく」

「どういう状態？」

「……というと」

「捜査本部を設けて捜査する方針、って報道だったぜ。コロシで、まだホシの目星がついてないってことだろ。どんな風に殺されてたんだ?」

「え……どうしてですか」

「ちょっとした知り合いなんだよ、被害者《マルガイ》と。線香を上げに行くのに、失礼のないようにしたいと思ってさ……物盗りなのか、怨恨か。怨恨なら、何かブツが残ってたかどうか」

「……何か、知ってるんですか」

「はあ? こっちが訊いてんだろ。面倒くせえな」

「すみません」

「うぜえわ。いいか、知りたいのは、もしかして、準強制性交が関係あるのかってこと。ホトケの息子が、集団レイプしたことが関わってんのか、ってことだよ」

2

被害者の身元がわかった日の夜八時に、八王子南署で会見がおこなわれ、遺体の身元が判明したことなどが発表された。各テレビ局が午後十時以降のニュースで、ネットニュースはややそれより早く、各新聞は翌日朝刊で報じた。ただし時間としては短く、ネットや紙面の扱いもごくささやかなものだった。

事件の一報が載った朝刊が八王子南署に届いた朝、同署の大会議室で、捜査本部の会議が開かれた。

「細かい点は、あとで皆、文書で読むこととして、いまは要点をかいつまんで」

小暮管理官が担当の捜査員に求めた。

席から立って報告中だった捜査一課の脇田《わきた》と、八王子南署のベテラン堀《ほり》が、はいと答え、

「犯行がおこなわれたのは三年前です」

脇田がタブレットを見ながら説明した。

タブレット上の文章は、各捜査員の手もとに印刷して配布されている。佐東進人を含めて四人全員が、神奈川の有名公立大学の二年生だったことが書かれていた。

「当時、佐東進人は十九歳で、逮捕後、報道では名前は公表されていません。主犯格は余根田俊《よねだとし》文《ふみ》、当時二十歳で、実名報道されています。楠元恵太郎《くすもとけいたろう》、同じく二十歳で実名報道あり。芳川拓《よしかわたく》海《み》、十九歳で実名報道なし。四人は、学業はそこそこに、余根田と楠元の立ち上げたＦＦＢというサークルでの活動を盛んにおこない」

「いいよ、その辺は飛ばして」

管理官の言葉に、脇田が恐縮した様子で、タブレットをスクロールする。

「……ファナティカル・フェスティバル・ブースター？」

鞍岡は、書類に記されたＦＦＢというサークルの正式名を、目で追いながらつぶやいた。

「熱狂的なフェスの応援団、って感じですね、訳すと」

隣に座った志波がつぶやく。「頭の出来が半端なんでしょう」

鞍岡は舌打ちして、

「うっせ。おれに話しかけんな」

志波が鼻で笑った。

「独り言ですよ」

サークルの目的は、国内のロックフェスティバルに多く参加することと、自分たちでもフェスを企画して開催すること、と文書には書いてある。

「実際はサークルのメンバー勧誘と称して、合同コンパを繰り返していただけの集まりだったようです。事件は、そうした中で起きました」と脇田が述べる。

「合コンの流れで、被害者《マルガイ》がカラオケルームで襲われたのはわかってる」

管理官はややうんざりした口調で、「結局、酒だけなの？　レイプドラッグは？」

「使ったようです。ただ経緯について……供述が、四人そろってないらしくて」

脇田の歯切れは悪い。事件は神奈川県警の管轄で起きている。今回の情報は、同警の協力で得られたものだった。

「芳川は、佐東が被害者の飲み物にレイプドラッグを入れたと述べ、余根田と楠元ははじめは酒だけだと述べていたのが、芳川の供述後、佐東が進んで入れていたのを思い出した、と変わっています。佐東のほうは、自分は知らないと否定しています。印象としては、佐東が使ったんだと思います。暴行についても、供述が分かれてます。余根田と楠元は四人全員でやったと言い、佐東と芳川はレイプは余根田と楠元の二人で、自分たちは実際の行為は未遂であったと否定していたようですね」

「らしい、とか、ようだ、とか、はっきりしないのはどういうこと？」

「すみません。神奈川県警が、この件は外に出したくないらしくて、ガードが固いんです」

警視庁と神奈川県警の仲が悪いのは、昔から有名、というより常識となっている。

「ただ、担当した署に知り合いがいましたので、わかる限りのことは聞いてきました」

と、ベテランの堀が引き継いだ。「被害者は翌日すぐに警察に訴え出て、病院で検査も受けています。体内に残った精液は、後日のＤＮＡ鑑定により、余根田と楠元のものと判明しました。芳川については、のちに否定しますが、取り調べ当初は、余根田たちに促され、三番目に暴行しようとしたものの、勃《た》たなかったと……ただ、からだにさわるなどの、わいせつ行為は認めていたようです」

「佐東進人は、暴行は？」

「四人の中では、芳川より半年以上生まれが遅く、線も細くて、いびられ役だったらしいです。現場でも見張り役だったと。ただし、被害者の飲み物にレイプドラッグを入れたのは、ほかの三人の供述から、彼であるのは間違いありません。顔立ちが比較的整っていて、物腰が柔らかいから、日頃から女の子を合コンに誘ったり、酒を勧めたりする役目を、リーダー格の余根田から押しつけられていたみたいですね。佐東の供述だと、余根田と楠元の行為を目《ま》のあたりにして、あらためてとんでもないことをしてしまったと、怖《お》じ気《け》づき、芳川が行為に及ぶのを止めようとしていたとき、被害者がいきなり嘔吐し、わっと騒ぎになったと。店員も、騒ぎを耳にしてドアを開け、四人は慌てて金だけ払い、被害者を残して逃げた、という顛末《てんまつ》です」

「嘔吐した被害者を残して、逃げた？」

管理官だけでなく、捜査員たちもため息をついた。「嘔吐したものを喉に詰まらせてたら、死んでたかもしれないんだぞ……四人は初犯か。幾つか余罪がありそうだが？」

「担当刑事の見立てでは、余根田と楠元は余罪有り、芳川と佐東は初犯ではないかと」

「けどまあ、佐東はレイプドラッグを飲ませてんだから、実行したも同じだな」

「ええ。ですから全員が実行犯、という形で検察に送られました」

「しかし、起訴は見送られた……いつもの、示談金と弁護士の脅しまがいの説得か？」

被害者を抵抗できない状態や、意識を失っている状態にして、性交やわいせつな行為におよぶ犯罪は、非親告罪《ひしんこくざい》であるため、被害者の告訴がなくても逮捕し、起訴できる。だが加害者と被害者の間で示談が成立し、被害者が裁判所で証言しないとなると、やはり検察としては起訴をためらう。

そのため、被告たちの親や関係者に雇われた弁護士は、被害者側に、示談金の提示と、もし裁判となれば、被害を受けた前後の状況を事細かく再現され、かつ、被害者にも落ち度があったと責められる場合がある、と告げる。裁判は公開であり、いまはネットでも誹謗中傷の的になる可能性がある。精神的な負担は大きく、二次被害のリスクが高いのに比べ、たとえ被告が有罪になっても、初犯であれば多くは執行猶予が付く。示談金を受け取り、裁判を避け、海外へ旅行でもして、そっと傷を癒《い》やしてはどうか、と迫るわけだ。

鞍岡は、捜査員たちが並んで座っている列の一番後ろの席で、舌打ちをくれた。まったく同じ事の繰り返しで、胸くそが悪い。そのとき、

「まったく、吐きけがしますね」

隣の志波が、部屋中に響く声で言った。「毎度、同じ事の繰り返しだ。結局、ご立派な大人たちがよってたかって、被害に遭った女性を、さらに叩いて苦しめてるだけじゃないですか」

一瞬室内が静まった。鞍岡は、大きな咳払いをして、志波を横目で見て、

「だから何だよ。最近は警察もレイプにゃ厳しいんだ。娘を持つ男親も多いしな」

と、通常の声で反論した。「せっかく捕まえたレイプ犯を野に放つのは、警察じゃねえぞ。演

説したけりゃ、弁護士会館か検察庁、とくに国会の前でやれ」

「こら、一番後ろの二人、うるさくするなら部屋から出てろ」

八王子南署の巻目刑事課長の叱責《しっせき》が飛ぶ。

「で、被害者側は、二次被害を恐れて、示談金を受け取ったわけだ」

小暮管理官の問いに、

「はい……ただ被害者側は裁判を辞さない覚悟だったという話もあるんです」

と、堀は答えて、「それが、何があったのか、急に折れたらしくて。県警の知り合いも、事情は知りませんでした。一方で、検察は起訴に向けて粘っていたようです。というのも、主犯格の余根田の態度がひどく、手下格の楠元と二人で、被害者のことを悪く言いたい放題。自分たちこそ被害者だと言わんばかりの言動で……余根田だけでも反省させたい、執行猶予が付いても、有罪判決でおとなしくさせないと、いずれまた何かやらかすぞと」

「いい大学に入ってるってことは、根っからのワルというより、金持ちのボンボンか？」

「はい。父親は東京の中堅建設会社の管理職です。それ以上に、祖父が群馬の有力者で」

「その辺りで誰かとコネがあったってことか？　文書のここ……『最終的に起訴猶予に至ったのは、加害者の親族の働きかけにより、とある筋の関係者が、検察に関与したのかもしれないと、県警担当者は語った。』って、この思わせぶりな文章……つまり被疑者《マルヒ》の親族が、検察を動かせるだけの強いコネを持ってた、という意味だよな。なぜぼかしてる？」

「そこは、名前を挙げないほうがよいと、わたしのほうで判断したものですから」

堀に代わり、脇田が引き継いだ。「必要な場合は、口頭で申し上げるにとどめたほうがよいと」

「……大物か？　よし、皆もそのつもりで。いいよ、独り言をつぶやいてくれ」

管理官が意味深な口調で言い、全員が緊張して、脇田の次の言葉を待った。

「では、独り言です……余根田の祖父は、地元選出の衆議院議員の後援会副会長です。その議員とは、えっと、現内閣官房副長官、奥平《おくだいら》……」

「ストップ、もういい」

管理官より先に、本庁捜査一課長の能義がさえぎった。

内閣官房は、内閣を支える首相と直結のポストである。現副長官は、次期首相と目される現官房長官の右腕であり、首相の派閥から出ている。そんな人物に、後援会副会長から、孫を助けてほしいと依頼があり、渋々ながらでも動いたとすれば……むろん首相に直接ではなく、官房長官に、あるいは首相秘書に、力添えを頼み、法務大臣にまでその願いが伝わったとすれば……検察官が起訴を見送ることは十分にあり得る話だった。

鞍岡は思わず拳を握りしめた。

「……似てますね」

隣から、つぶやく声が聞こえた。横目で睨むと、志波はまっすぐ前を向いたまま、

「奥平官房副長官と親しいですからね、八雲刑事部長は」

鞍岡は眉をひそめた。この男は、どこまで知っているのか……鞍岡が捜査一課を追われた件については、奥平―八雲ラインの関与が確かに疑われる。

「脇田さんが、文書に名前を挙げなかったのは、奥平官房副長官と、八雲刑事部長が親しいことも理解していてでしょうね」

だろうと思う。今日の会議も欠席している八雲が、もし書類上に奥平官房副長官の名前を見いだしたら、どんな事態を招くか……。脇田は次の人事で、所轄に落とされているかもしれない。

能義捜査一課長や小暮管理官も、無傷でいられるかどうかわからない。

ドン、と大きな音が室内に響いた。管理官がテーブルを叩いたらしい。

「検察が起訴をあきらめた事情は、誰も知るよしはない。誰かの独り言なんぞ忘れろ。我々の任務は、今回の殺人死体遺棄事件の解決だ。動機が怨恨なら、確かに三年前の準強制性交は調べるに値する。だが、なぜ三年も経ってなのか。なぜ、直接犯行に関わった余根田や楠元ではなく、佐東進人でもなく、佐東の父親が対象なのか……疑問は多い。とすれば、被害者が直接恨みを買ったトラブルが別にあったと考えるべきかもしれない。佐東進人が逃げた理由も判然としない。とにかく情報が少な過ぎる。聞き込みの対象は絞れるどころか、かえって広がったということだ。新しい担当を発表する」

「えー、遺体遺棄現場周辺と、被害者の仕事関係者の聞き込みは、そのまま続行。元愛人の居場所を捜すことも続行。新たな聞き込み対象だが……」

引き継いだ巻目刑事課長が、事務的な口調で、「まず、余根田、楠元、芳川という、準強制性交の加害者の所にも、復讐を匂わせる何らかの行為があったかもしれない。また佐東進人については、居所を突き止め、話を聞く必要がある。そして、三年前の被害女性と、その周辺の聞き込みも当然ながら必要だ。女性は大学をやめ、神奈川のアパートも引き払い、甲府の実家で暮らしているという。ここへは、鞍岡と志波が行ってこい」

「えっ」

鞍岡はつい声を上げ、「自分たちは佐東進人のほうでしょ。顔も見てますし」

「そっちは、もっと足の速い若手に任せる」

巻目が言ったとたん、わっと笑い声が室内にはじけた。

鞍岡は、きまり悪さに、髪を搔きむしった。隣を見ると、志波は他人事のように涼しい顔をしており、苛立ちがつのる。なんだ、こいつ……。

佐東進人を取り逃がしたあと、なぜ追いかけなかったのか、志波を問い詰めると、あの距離ではどう走っても間に合わないので、と、しれっとした顔で答えた。

「よろしいですか」

志波がいきなり手を上げた。「甲府に一緒に行く相手に、変更をお願いします」

はあ？　上等だよ。鞍岡は手を上げるだけでは足りない気がして、立ち上がり、

「自分も、変更をぜひお願いします」

3

「少しお尋ねしたいことがあります」

地味なパンツスーツ姿の、依田生活安全課長が口を開いた。

甲府行き特急電車の窓際の席に彼女は腰掛け、座席を向かい合わせにした斜め向かいに、志波が腰掛けている。

「どうして被害者は、男四人に対して、一人で、カラオケルームに入ったんですか。積極的な女性だったんでしょうか。頂いた資料には、書いてなかったものですから」

「捜査会議用だったので長くできず、捜査員全員に必要ないと判断された情報は、作成者が省略したんです。情報が必要な者は個別に聞く、ということで」

志波が、階級が一つ上である警部に丁寧に話した。「女性は引っ込み思案なおとなしい性格で、友人も少なかったのですが……その数少ない友人を守るためだったようです」

「どういうことですか」

彼の向かい側に腰掛けた、やはりパンツスーツ姿の館花巡査が訊く。「当時のネットニュースの書き込みでは、男四人と一人でカラオケに行った被害者が、無防備だとか、初めからその気だったのではないかなど、かなりひどい言葉で責められていますけど」

「ええ。わたしも読みました」

志波がうなずく。「事情を知らないこともあり、被害者を責める言葉が並んでましたね。実は、四対四の合コンだったんです。佐東進人がふだんは声がけ役だったようですが、今回は芳川拓海が、女子大に進んだ高校時代の同級生に声をかけ、ほかに三人を集めてもらったようです。その芳川の同級生が、被害者の友人で、乗り気ではなかった被害者を、なかば強引に誘ったと言います。事件後、友人は罪悪感にさいなまれ、いまも心療内科に通院中らしいです……が、これはまた別の話ですね」

「いいえ、別ではないと思います」

依田が言う。「性犯罪は、当事者だけでなく、周囲の人々にも被害を広げます。殺人事件なら、被害者の家族や友人、また加害者家族にも、大きな影響を与えることが、社会的に認知されてきました。ですが、性犯罪に関しては、同様に広い範囲に悪影響を与える、本当に罪深い犯罪であるにもかかわらず、その理解が社会全体では進んでいません」

依田がかすかに身じろぐ。パンプスが、向かいに腰掛けている鞍岡の革靴にふれた。

聞いてます？　という合図らしい。背もたれにだらしなく身を預け、窓外の景色に目をやっていた鞍岡は、聞いてますよ、と伝える代わりに、姿勢を正した。

捜査会議で志波が、「一緒に行く相手に、変更を」と願い出たのは、女性の性犯罪被害者は、男性の捜査員を怖がる傾向があり、女性署員を臨時に捜査陣に加え、代わって話を聞いてもらうためだった。会議後、志波が被害女性の実家に電話し、話を聞きたい旨《むね》を母親に伝えたところ、男性と話すことは難しく、女性なら可能性があるとの回答をもらった。

被害者に寄り添える女性の捜査員として、巻目刑事課長が依田を推し、署長も認め、能義捜査一課長が臨時に捜査陣に加えることを許可した。

依田は、協力を承知するとともに、同行者に館花を指名し、これも許された。

ちなみに鞍岡の、志波とのコンビ解消の願い出は、あっさりと却下された。

「話を、事件当夜のことに戻します」

志波は、被害者・端本舞香《はしもとまいか》が一人になった事情を、かいつまんで話した。

合コンはまず居酒屋でおこなわれた。二時間後、女性陣は、カクテルを飲んでみない？　と男たちから洒落《しゃれ》たバーでの二次会に誘われた。舞香は一次会だけで帰ろうとしていた。だが、彼女の友人が、一時間で帰るから、と誘い、ほかの二人も行くと言うので、仕方なくついていった。

女性たちは甘いカクテルを勧められ、舞香は用心して一杯の半分程度しか飲んでいなかったが、ほかの三人は三杯、四杯と飲み、かなり酔いが回った様子だった。

もう帰ろうと、舞香が皆に言って、全員がいったん店を出た。女性たちはタクシーを拾おうとしたが、なかなか来ない。一人の女性が路上に座り込んで眠りそうになり、ようやく一台来たタクシーに彼女を乗せ、帰る方向が同じ女性が、送っていく、と同乗した。

残された舞香と彼女の友人に、近くの店で休むことを、男たちが提案した。舞香は、大丈夫ですと断り、タクシーを待った。だが、なかなか捕まらない。すると友人が、酔っていたせいか、歩いて帰る、と言って、ふらふら歩き出し……転んで、片方の靴のヒールが折れ、膝を強く打った。男たちが、近くのカラオケルームで休んでいくようにと、転んだまま立てずにいた彼女に肩を貸し、舞香もひとまず従うしかなかった。

カラオケルームは、裏通りのビルの地下にあり、従業員が少なく、ホテル代わりに使われることもある店だったらしい。男たちは、暴行目的で合コンを計画したことは否定した。だがレイプドラッグを用意していたとすれば、あわよくば、という気持ちはあったのだろう。

男女六人は、一度部屋に入り、飲み物を注文した。女性二人はウーロン茶を頼み、友人が気持ちが悪いというので、舞香が彼女をトイレに連れて行った。その間に、余根田がレイプドラッグをポケットから出し、佐東が受け取って、それぞれのウーロン茶に入れた。

このレイプドラッグについて、芳川は、使用に積極的だったのは佐東だと言い、佐東は否定しているが、ほかの三人は佐東の行為に間違いないと供述している。

志波が話している内容を聞きつつ、鞍岡は余根田俊文と佐東進人の関係について、ぼんやりと考えていた。幼い頃から余根田は、実際の暴力ではなく、暴力の気配をにおわせる尊大な態度で、人を支配することが習い性のようになっている男ではないか……似たタイプの男を、鞍岡は何人も知っている。不良や反社だけでなく、警察内でも、派閥を作る者の中に同様の男がいる。そうした男たちに従う者も、たいてい似ている。自分に自信がなく、孤独が苦手なのか、周りに人がいると落ち着くためにグループに属し、使い走りのような役も引き受ける。

「被害者と友人がトイレから戻ってきたときに、ウーロン茶を飲むと酔いがさめるよと、佐東が勧めたそうです。ただし佐東は、勧めたのは余根田と楠元だと言い、ほかの三人はやはり佐東だと供述しています」

志波が話しつづけた。

二人がウーロン茶を少し飲んだ後、友人が吐きけを催し、またトイレに立った。舞香も付き添った。トイレには先客があり、ほかに一人が待っていた。トイレの前は狭く、三人が立って待つスペースはない。友人が、部屋に戻ってて、と舞香に言ったらしい。だがのちの供述で、友人は酔っていて、カラオケルームに行った記憶すらなかったと語った。

舞香は本当はそのまま帰りたかった。だが友人を置いてはいけない。酔っている彼女を守らなければいけない、と思った。荷物も置いたままだったし、部屋に戻ると、男たちは歌っていた。笑顔で明るく、おかえり、と言われ、少しほっとした。だが用心して、部屋の隅に身を硬くして座り、ウーロン茶をすするように飲み続けながら、友人を待っていた。

そのうち、頭がぼうっとして、意識が遠のいてゆく。プールの水の底に潜って、水の外にいる人々の声を聞いている感じがした。全身を揺さぶられるような、不快な感覚を覚えた。やがて強烈な痛みがからだの芯を貫いて、目を開くと……。

志波が、言葉を切った。

「……トイレに行った友人は、そのあとどうしたのですか」

依田が尋ねた。口が渇いているのか、声がかすれる。「部屋に戻らなかったのですか」

「ええ。トイレに入ったのかどうかわからないのですが、ともかくそのまま店の外に出てしまったようです。カラオケルームの従業員が、外に向かって裸足で階段を上っていく女性の姿を目撃しています。彼女自身は、気がつくと歩道に裸足で立っていたと話しています。みんな帰って、自分一人が取り残されたのだと思い込み、走ってきたタクシーを止め、乗り込んだと。財布や携帯が入ったバッグがないのに途中で気がつき、実家暮らしだったため、運転手に家の玄関先まで来てもらい、親に料金を払ってもらったそうです。帰宅後、家電《いえでん》から自分の携帯に電話したけれど、誰も出ない。たまたま被害者の番号が登録されていたので掛けてみたが、やはり出なかったそうです。その間に彼女がどんな目に遭っていたか、警察が事情を聞きに来るまで、まったく知らなかったと……」

「それで……自分を責めて、いまも心療内科に通っているというわけですね」

依田が、ため息とともに沈んだ声を漏らした。

「ええ。先に帰った二人の子たちも、警察から事情を聞かれた際、事実を知って、泣きじゃくり……深刻な心の傷を負った様子だったと、県警の担当者は話していたそうです」

彼が言葉を切り、沈黙が流れる。

窓の外に向けていた鞍岡の視界がいきなり闇に閉ざされた。トンネルに入ったらしく、列車が走る音が車内に大きく響いた。

4

築二十年以上経過していそうなマンションの、三階の一室が、端本舞香の実家だった。

マンションの玄関で、依田が部屋番号を押す。ハイ、と暗い声で応答がある。

「先ほどお電話いたしました、警視庁の依田と申します。よろしくお願いします」

しばらく無言の間が続き、だめかと思いかけたとき、ロックが外れる音がした。

エレベーターも古く、狭かった。鞍岡は、いまの家を買う前に暮らしていたマンションを思い出した。似たような古い造りで、娘の悠奈が三つのときまで暮らした。

愛くるしかった悠奈の姿が眼裏《まなうら》に浮かぶ。パパ、いってらっちゃい。出勤の際、玄関先まで出てきて、笑顔で手を振ってくれた。パパ、おかえんなちゃい。パパ、ごはんでちゅよ。パパ、おやすみなちゃい。パパ、ごめんなちゃい。パパ、だいしゅき……。

その笑顔が最高の宝物で、絶対に守ると心に誓い、傷つける者がいたら、絶対に許さないと思った。傷つけられる想像をしただけで、全身がかっと焼ける気がした。

舞香は、事件後、少なくとも自殺を二度試み、実家に引きこもっているらしい。それ以上のことは、事件の担当者も知らないという。

「鞍岡さん、鞍岡さん……」

呼びかけられて顔を上げる。館花がエレベーターの開のボタンを押したまま、彼を見ていた。

依田と志波はすでにエレベーターを降りて、こちらを振り返っている。

「お、悪い」

つぶやくように言って、エレベーターから降りる。館花がつづいた。

依田が、部屋のインターホンをあらためて押した。ハイ、と暗い返事がある。

「依田です、お願いいたします」

彼女の声は穏やかで、優しい。しばらく経って、ドアが薄めに開く。痩せた中年女性のやつれた顔が現れ、警戒した目で、こちらの一人一人をうかがう。

依田が警察手帳を出して、名乗る。鞍岡たちも手帳を提示して、挨拶する。

「男の方は……」

と、被害者の母親だろう、女性が断る口調で言った。「同じ部屋、同じ空間にいる、ということが、もうだめで……父親と兄でさえ怖がって、パニックになることもあるので」

「それは、やはり男性だから、ということですね？」

依田が念を押すように確かめる。相手はうなずき、

「においも、だめだと、吐いてしまって……二人は家を出て、近くに部屋を借りてます」

隣の部屋のドアが開く音がした。女性がそれに気づいて、音もなくドアを閉める。

隣の部屋からは、七十代と思われる髪の白い婦人が廊下に現れた。買い物に出るらしい恰好をしている。廊下に四人も立っているのに、驚いた様子で、じろじろと奇異なものを見る視線を向けてくる。鞍岡が話そうとしたとき、志波が一歩前に出て、

「サンシャイン生命の者です、いつもお世話になっています」

と、婦人に物腰柔らかくお辞儀をした。「今日は保険の件で、お隣にご挨拶に伺いました。場所を取りまして、相すみません。どうぞお通りください」

卑屈にならず、上品な物言いで、相手をエレベーターホールのほうへ誘導する。彼に合わせて、依田がお辞儀をして壁際に寄り、館花、そして鞍岡も続いた。

「ああ、保険屋さんなの」

婦人が納得した様子でうなずき、「うちは、もう決まってるから」

「承知しました。お気をつけて行ってらっしゃいませ」

彼の丁寧なお辞儀を受けて、婦人はエレベーターに乗っていった。

待っていると、端本家の部屋のドアがまた開き、女性が顔をのぞかせた。

「廊下にいますと、ご迷惑をおかけしますので、我々二人だけで結構ですから」

依田が、自分と館花を示し、「中でお話を、よろしいですか」

女性が目でうなずく。

「あと、お父様とお兄様が別居しているということでしたら、そちらのほうに、二人が」

と、依田は鞍岡と志波を示し、「お訪ねして、お話をよろしいでしょうか。住所は中で伺って、二人にはメールで伝えますので。よろしくお願いします」

5

「どうしました、ずっと静かですね」

志波の言葉に、鞍岡は顔を上げた。

依田からのメールで伝えられたのは、先のマンションから一キロほど離れた場所にあるアパートだった。志波が地図アプリで調べて、先導している。

「野郎とおしゃべりして楽しいかよ」

「まだ根に持ってるんですか、佐東進人をむだに追わなかったこと」

「むだでもあきらめねえのと、根に持つほど執念深いのが、おれの取り柄だからな」

「見習えませんね」

「刑事が淡泊で、取り柄になるかよ?」

「合理的ではないむだを省くのと、切り替えが早いのが、取り柄なので」

「合理的に切り替えて、サンシャイン生命か?」

「女性が二人いましたからね。鞍岡さんだけなら、ヤミ金の取り立てにしましたよ」

二人の前の横断歩道を、若い母親と三歳くらいの女の子が渡っている。女の子が楽しそうに笑い、愛らしい声が高く響く。鞍岡の口から、無意識にため息が漏れた。

「子どもは、まだいないのか……てのは、男相手でもセクハラか？」

「かもしれませんね」

「近頃はもう何をどこまで話していいのか、わかりゃしねえな」

「野郎とおしゃべりしても楽しくないでしょ」

「おまえ、いねえだろ、友だち」

「小学一年で百人できましたよ。子どもはいませんけど、独身ですし」

志波の左薬指に指輪はないから、そうかとは思っていたが、

「独身貴族を楽しもう、ってことか」

「生まれて初めて生で聞きましたよ、平安時代級の死語ですね……着きました、ここです」

壁のひび割れや、雨樋《あまどい》の破損など、いたるところに傷みが目立つ、廃墟かと見間違いそうな二階建てのアパートだった。二階へは、錆びた鉄製の外階段で上がる。

「二階の一番奥の部屋が、端本舞香の父行雄《ゆきお》と、四つ年上の兄竜介《りゅうすけ》が暮らす部屋です」

志波が先に階段を上がっていく。かん、かん、と響く音がやけにわびしく——妻と娘、また母と妹のいるマンションを出ざるをえなかった男たちの心情と重なるように聞こえた。

「じゃあ……宝物を傷つけられた父親の気持ちは、わからんだろうな」

べつに志波を責める気はなく、つい言葉が漏れた。

志波が階段を上がりきる。こちらに背中を向けたまま、

「……傷つけられた人間の気持ちは、わかりますよ」

と低く答えた。妙に真情がこもっている気がしたが、鞍岡は黙っていた。

そろって部屋の前に進む。平日で、兄の竜介は運送の仕事に出ているだろうが、父の行雄は在宅のはずだという。地元の信用金庫を、現在は休職中で、妻のほうから、東京の刑事が話を聞きにいく、と連絡してあるとのことだった。

チャイムは壊れており、志波がノックをして声をかける。しばらくして、無精ひげを伸ばした男が顔を見せた。眼鏡のつるが壊れているらしく、ガムテープで留めてある。刑事の訪問を知らされていても、ラフな部屋着のままで、部屋を片付けた様子もない。

「いまさら何なの。まだわたしたちを、いじめ足りないわけ？」

行雄は、散らかった室内に戻りながら、抑揚のない声で言った。布団が一つはたたまれ、一つは敷きっ放し。座卓には、食べ終わったカップラーメン。床には、脱いだままのシャツや靴下などが散らばっている。信用金庫に勤続三十年余だった人の部屋とは思えない。

「わたしたちは普通に生きてきただけだよ。地道に働いて、子どもたちを育て、一人は東京の大学にやり、女の子は地元でいいんじゃないかと思ったけど、環境問題を研究したいと夢を抱いて、神奈川に出た。まじめにこつこつ勉強してたんだ。それが悪党どもにいきなり襲われ、心を砕かれ、夢を散らされ、人生を叩き潰《つぶ》された。警察に助けを求めたら……なんで男たちについていった？　どんな服を着てた？　きみから誘ってないか？　その気にさせたんじゃないのか？　泣きじゃくるあの子を散々いじめただろ。まだ足りないのか」

「あの、ちょっと、こちらの話を聞いていただけますか」

志波が話しかけるが、相手はつけたままのテレビに目をやり、話しつづける。

「調書だなんだと、心も体もぼろぼろの娘を何度も何度も呼び出して。時間通りに行ったのに、急な事件だから別の日に来てくれと帰されたこともある。思い出したくもない相手の顔を、写真で確認するのに、なんで甲府から神奈川まで出る必要がある？　何の予告もなしに、加害者に直接会わせたこともあった。そりゃパニックになるだろ。手違いだったなんて言っても、遅いんだよ。ショックで倒れて、病院に運ばれて……。けどそのことで謝ったか？　結局、誰も何も謝らない。犯人も、その親も、警察も」

志波がまた何か言おうとする。

鞍岡は、彼の肩を押さえて、止めた。話すだけ話させたほうがいい気がした。

「弁護士が現れて、紙を一枚出して、あとは金で示談の話。腹を立てて、帰れと言ったら、脅しだ。こちらは全力で被告人たちを弁護します、と来た。四人の腕利きの弁護士をそろえ、とことん戦いますよって……悪いのはレイプしたそっちだろ、なんで戦うんだ。怖い、つらい、もう生きていたくない、って泣きじゃくってる若い娘一人と、頭がいいはずの大人たちが、とことん戦うって、おかしいと思わないのか、あんたらは。この国はさぁ」

鞍岡は、話を聞くうちに、悠奈の幼い頃も思い出し、無意識にこうべを垂れていた。

「……申し訳ありません」

しぜんと言葉が出た。警察や法曹関係者や国を代表するつもりはなかったが、人として、この社会の一員として、頭を下げずにはいられなかった。志波は黙っていた。

沈黙がしばらく流れた。テレビから陽気なコマーシャルの音声が流れている。

「で、なんなの」

行雄がぽつりと訊いた。話をしてくれる雰囲気を感じた。

「いま端本さんは、犯人も親も謝りに来なかったということを、話されてましたけど」

鞍岡は尋ねた。「結局一度も、加害者側と会ったことはないんですか？」

「会うわけない。向こうから来ないし、どうやって会える？　名前も知らないのに」

「名前も知らないんですか。なぜです？」

志波が意外そうに訊いた。とたんに、

「知りたいわけねーだろっ」

彼は激した口調で吐き捨てた。「人間じゃないんだ。あいつら、人間じゃない。名前を知ったら、人間だろ。あいつらのことなんか、一切、知りたかない。こっちは……」

ふうっと、また彼のからだから力が抜けていく。「娘のことで精一杯なんだよ。ごはんを一口でも食べてほしい、三十分でも眠ってほしい……一日一日が地獄だった。気ぃ張って、いつものように過ごしてれば、あの子も少しずついやなことを忘れて、元のように、と思って職場に出て、一年、二年と働いたけど……限界だ。人前で笑って、ありがとうございますなんて言えるか。示談金なんて全額返す。だから、あの子を元に戻してくれ」

「端本さん……」

鞍岡は懸命の思いで呼びかけた。「ごく事務的なことだけ、お教えください。それが、ご迷惑を顧《かえり》みずに、お訪ねした用件です」

佐東正隆が死亡し、遺棄されたとされる日を挙げて、「その日、どこで何をしていたのか、教えていただけますか」

相手がこちらを見た。目は死んでいる。なぜ、と訊かれるだろうか。

「……覚えてないな。もう長い間、ずっとここにいるだけだ」

「では、息子さんは、どうですか。その日、何をしていたか、ご存じですか」

「さあ……働いてるし、夜勤で帰らないこともあるから」

竜介が勤めている運送会社のことは、依田からのメールに記してあった。

「ご家族の写真をお持ちですか。できたらお借りしたいのですが」

事件の現場周辺、あるいは佐東家の周辺で、必要になる可能性があった。

「ここには置いてない」

「わかりました。ご協力、ありがとうございました」

「あなた……本当に警官なの？　ずいぶん感じが違うね」

相手の声はいくぶん柔らかかった。「ネチネチいじめてきた刑事とは、ずいぶん感じが」

警察に、被害者をいじめる意識があったとは思えない。ただ、職務上必要なことでも、言い方一つで、被害者には冷たく感じられることはあるだろう。

「とくに、あいつ……弁護士を追い返して、電話も突っぱねて、娘を支えて裁判しようと思った時期もあったけど……あいつのせいで、心が折れた」

「……あいつ、とは誰のことですか？」

「娘が高校の文化祭の打ち上げで、同級生にだまされて酒を飲み、一日だけ停学になったことを調べてきた。クラス全員が罰せられて、あの子は一番軽い罰だったのに」

彼が、座卓の上からスマホを取って、操作を始める。「ほかにも家族のことを調べて。息子が中学で万引で捕まったこととか、自転車でお年寄りに怪我をさせたこと。わたしが職場の忘年会で、酔っ払ってふざけてる写真まで、どっかから借りてきて……それもみんな裁判で出すと言った。この家族は元々おかしい、壊れていると、主張するんだと」

「いや、しかし、そんなことは、警官の職権では無理ですよ」

志波が驚いた口調で言い返す。

「職権も何も、そう言ってきたんだから。警察だ、刑事だってコイツが」

畳の上をスマホが滑ってくる。「念のため、一度こっそり撮ったことがあった。あんまり家のことを暴いてくるから、おかしいんじゃないかって。ただ、家族の誰もが心がポキンと折れて、いやいやながら示談を受け入れることになって、そのままだったけど」

鞍岡は、相手のスマホを手に取り、写真に撮られている人物の顔を見た。

思わず、息を吞む。下手なことは口にできないと思い、息を整え、

「そのあと、この男は、顔を見せましたか。示談を受け入れたあと、皆さんの前に」

「全然。示談を受け入れたら、わたしの写真も返してきて、二度と顔を見せなかった」

「わかりました。スマホ、ここに置いておきます。お忙しいところを失礼しました」

「べつに、忙しかない。忙しく働きたいよ、家族のために、娘のためにさぁ」

鞍岡は、頭を下げて、部屋を出た。

志波がつづいて出てくる。鞍岡の様子がおかしいのに気づいてだろう、

「どうしたんですか。スマホに写っていた刑事に、見覚えがあるんですか」

鞍岡は階段を下りた。志波がついてくる気配に、途中で足を止め、

「違う。あいつは……」

首を横に振った。「刑事じゃない。あいつは、警官じゃないんだ」

6

エレベーターに乗っているあいだ、館花はずっとしゃくり上げていた。

依田は無言で、ティッシュを袋ごと差し出した。館花が、頭を下げて受け取る。

泣きたいのはあなたじゃなく、被害者と家族でしょ……と叱りたいが、被害者たちの前ではなんとか泣かずに我慢していたので、しばらく放っておくことにした。

舞香は、なかなか姿を見せなかった。警察官を信用していないのだと、母の尚子《なおこ》は語り、彼女自身も信用していないと、はっきり口にした。

女性警官が当初から対応していれば、少しは違ったのかもしれない。彼女たちに対応したのは、ほとんど男性の警官や刑事だった。一度だけ女性警官が、親身になって話を聞いてくれて、事態が好転するかもしれないと期待したが、産休に入ってしまった。引き継いだ男性警官は、書類から顔を上げて話を聞いてくれることは、一度もなかったという。

「加害者と？　一度も会っていません。娘は一度警察で顔を合わせたことがあったようですけど、パニックになって、救急車が呼ばれる事態になり、わたしたちはまったく……。加害者たちは、当然謝りに来るものと思っていました。謝りに来ても、一度や二度では会ってやるものか。何度も誠意を示してきたら、ようやく会うだけは会って、謝る態度を見てやろうって、そんな風に思っていたのに……ただの一度も来なかった。弁護士が渡してきた紙切れに、なんて書いてあったか……『お互いに認識のずれがあった』『合意していると誤解してしまった』……それで示談に応じろ、でないと、裁判でつらい想いをするぞ、って。そんな物言いでしたよ。そして警察も、弁護士の言うことは本当だから、聞いたほうがいいって。誰も信用なんてできません」

それでも示談をせず、裁判をと考えていたら、一人の刑事が、家族のことをいろいろ調べて、脅すような真似までしたと聞いて、依田も館花も驚いた。

どこの刑事か、なんて名前か、事によっては処罰が必要だと思い、依田が尋ねたが、尚子は、ヤマザキかハマザキか……怒りが先に立って、よく覚えていなかった。

そこにふらりと舞香が現れた。素足で、ミニスカートをはき、胸もとの開いたノースリーブのシャツを着ていた。食べていないのだろう、腕も脚も骨が浮いて、左手首には何カ所も切った痕が残っていた。精神のバランスが崩れているのか、どことなく現実感を伴わない印象があり、ほほえんでいるようにも泣きだしそうにも見える、とらえがたい表情をしていた。

依田は、彼女の正常とは思えない姿を見て、事件に関する質問はできなかった。からだの具合を尋ねると、本人は二拍くらいの間を置いて、

「べつに平気です」

と答え、食事は摂《と》れているか、眠れているかと問うと、

「どういうことでしょうか」

質問の意味がわからないというように首を傾《かし》げた。

家から通える場所に、性犯罪の被害者をサポートする会や、家族会があるかどうか、尋ねてみた。返事がないので、距離的には少し遠いが、事前に調べておいた、そうした会の連絡先を教えて、一度行ってみてはどうか、と勧めた。

「え、どうして、わたしが、そんな会に……？」

舞香は、意外そうな声音で訊いた。だが表情が強ばっている。

「ママ、もしかして、この人たちに、何か変なこと言った？」

舞香の声が険しくとがる。尚子の目におびえが走る。

「いいえ、ママは何も話してない、本当よ」

依田は、危険を察し、

「ごめんなさい、わたしの勝手な判断です。お母様は何も話されていません」

とっさに言い訳したが、舞香はソファから立ち、リビングを出て行った。

「舞香……」

尚子が心配そうに追いかけていく。ほどなくトイレのドアを開いたらしい音がして、無理に嘔吐するような声というか、荒い息づかいが聞こえてきた。

館花が立ち上がる。依田は無言で止めた。

依田のスマホが震える。志波からのメールだった。家族の写真は、父と兄が暮らすアパートには置かれていないという。といって、尚子から借りようとしても、いまは難しいだろう。

リビングのサイドボードの上に、写真立てが二つ飾られている。それぞれ家族四人の写真が入っている。一つは、男の子が七歳くらい、女の子が三歳くらいで着物を着ているので、七五三の写真だろう。もう一つは、青年が背広を着て、舞香とわかる少女が高校の制服を着て写っている。

依田は、あとで断ることにして、ひとまずスマホで後者の写真を撮影した。

トイレのほうから何かが壁にぶつかるような音がした。さらにもう一度。

「帰ってください」

尚子の声がした。「お願いします、今日はもう帰ってください」

「あの、大丈夫ですか」

依田が声をかける。

「大丈夫ですから。お願いします。帰ってっ……」

最後は悲鳴のように響いた。

依田と館花は、お礼とお詫《わ》びを伝えて、部屋を出た。母と娘の姿は見えなかった。

エレベーターで館花が泣きだし、マンションの外に出ても涙は止まらなかった。

鞍岡たちとは、マンションの前で待ち合わせることになっている。

依田は、さっき撮った写真を見た。兄の竜介と舞香は四つ違いだというから、竜介の成人式の写真だろうか。スポーツをしていたのか、体格のいい、精悍《せいかん》な印象の男性だ。

携帯が着信を知らせた。生活安全課で電話応対を担当している板倉巡査だった。

「課長、出張中のところすみません」

書類上で依田の判断が必要な事項の問い合わせだった。用件が片付くと、

「あの、課長はいま、捜査本部の手伝いで、甲府に行かれているんですよね」

板倉が声をひそめて話してくる。「準強制性交の被害者の家を訪ねているって……」

「……そんなことまで話しましたっけ？」

「すみません。うちに帳場が立つなんて稀《まれ》だから、戸並さんとか、みんなそわそわして、聞き耳立てちゃって。いろいろ話が入ってきちゃったんです……もう切りますね」

「待って。何か言おうとしてたんでしょ。なに」

「あ……鞍岡さんたちも一緒なら、もう本部から連絡行ってると思うんですけど」

「いま、別行動してるから」

「そうなんですね……これ、戸並さん情報なんですけど」

戸並は、署内イチの地獄耳で、拡声器だった。「もしかしたら課長たちが、一気に甲府のほうで事件を解決しちゃうかも、ですって。だからなんだか、わくわくしちゃって」

「どういうこと」

「あー、準強制性交事件の、ほかの加害者たちの所へ、何か変わったことが起きていないかって、帳場の捜査員たちが聞き込みに行っているのは、ご存じ、ですよね……それが、来ていたそうなんですよ、ほかの所にも……」

視界の隅で、館花がいつのまにか電話に出ている。鞍岡かもしれない。

「え、もう一度言って」

板倉に求める。「ちょっと聞こえなかった。何が来ていたの？」

「脅しとか、ゆすりとかです」

「ゆすり……誰が？」

目の前に、いきなり館花が顔を寄せてきた。

「課長、鞍岡さんからですけど」

依田は、待って、と館花を手で制し、板倉の言葉に集中した。

「ですから、準強制性交の、被害女性の兄が、ほかの加害者たちの家にも来てたみたいなんです。名前は、ハシモトリュウイチかリュウスケ？」

第四章　二人の青年

1

鞍岡は、スマホを耳に当てたまま、早足で歩いていた。

「彼が勤めている運送会社だ。そこにいる」

電話を切って、ポケットにしまう。

「鞍岡さん、さっきの写真は、誰なんです」

志波が、並んで歩きながら苛立たしげに訊いた。「端本家を脅すような真似をしていた奴……刑事じゃない、警官じゃないって、どうして知ってるんですか」

「いまは……話せない」

鞍岡は苦しげに答えた。「確認が必要だ」

「いやしかし」

「待ってくれ」

つい頼む口調になる。「話さないわけじゃない。ただ確かめてからにしたい」

志波は、ひとまず口を閉ざした。

目当ての運送会社は、開発の遅れている駅の裏手にあった。

トラックが駐《と》まっている大きい駐車場の脇に、二階建ての小さな建物があり、一階が事務所らしい。サッシ戸を引いて、入ってすぐにカウンターがあり、その向こうが狭い事務所になっている。手前のデスクにいた中年女性が、はい、と立ってくる。

鞍岡と志波が、警察手帳を出そうとしたところで、

「やめるぅ?」

奥のデスクで電話に出ていた男が、太った体に似合わない高い声を発した。

「ちょっと待ってよ、ハシモト君」

ハシモト、とは、端本か……。

鞍岡と志波は、カウンターの端に備え付けてある腰高のスイングドアを押し開き、女性事務員に手帳を示しつつ、電話をしている男のほうへ進んだ。

「理由を言ってよ。なんで、また急に。ハシモト君、ちゃんと時間を守って働いてくれるし、残業も引き受けてくれるから、うちとしても助かってて、お給料だって……」

男が、鞍岡たちが出した手帳に目を留め、言葉を切った。

鞍岡は、口の前に人差し指を立てて、そのまま電話を続けるよう手ぶりで示した。

「上げたばかりでしょ……うちだって、そんな困るよ」

志波がいつのまにかタブレットに字を書いており、男に示した。

『端本竜介？』

男が目をしばたたいて、うなずいた。

『いまどこか』

と、志波が素早く書いて、相手に見せる。

「あ……端本君、いま、どこにいるの。家にいるなら……あ、東京？」

『くわしく』と志波が書く。

「東京のどこ」

男が鞍岡たちを見て、答えがない、というように首を横に振る。

『社に戻るように』

「あ……ともかく会社に戻ってよ。ちゃんと話し合おう。きみだってうちのドライバーの事情を知ってるんだから、わかるでしょ。もしもし、端本君、もしもーし……」

男が電話を下ろした。切れました、というように首を横に振る。

「掛け直してもらえますか？」

鞍岡は男に求めた。彼が素直に、切れた番号に掛け直す。しばらく待って、

「電源を切っちゃってます」

志波が相手の番号を訊いて、書き留めた。

「いやけど、まいったなぁ、端本君がやめたら、どうすんのよ仕事……」

と、髪の薄い頭を手のひらで撫で……ふと気づいた様子で、鞍岡たちに顔を戻し、「ところで、なんですか。本物の警察、ですか？」

端本竜介は、昨日の夕方五時にトラックを駐車場に入れて、洗車後、五時半過ぎにタイムカードを押している。今日は休みだったというから、彼の父親は知っていて黙っていたか、あるいは竜介のほうが仕事のふりをして、出かけたのかもしれない。

佐東正隆が死亡した日、彼は前日から深夜便でトラックを走らせ、午前六時に社に戻っている。以降は翌日の遅出、午後一時に出勤するまでは、会社から彼に連絡はしていない。つまり午前六時過ぎから、翌日の出勤時まで、竜介は何をしていたのか……少なくとも現時点でアリバイはなかった。

父親のいるアパートに戻って尋ねたところ、覚えていないと答えた。

「二、三日前も、一年前も、おんなじだよ。自分が何をしていたか、どうやって日々生きてるのかもわからない……竜介はえらいよ、毎日仕事に出かけて。いつが休みなのか、休みの日に何をしているか、わたしは知らない。今日も仕事だと思っていたから」

父親の証言は正確さを欠いていて、あてにはならない。もちろん父親自身のアリバイもないと言えた。

一方で、依田と館花が、竜介の母尚子と妹舞香が暮らす部屋に戻り、竜介のアリバイについて尋ねた。別居していたのでわからない、と尚子は答えた。

尚子自身は、いつ何をしているか、もうずっと明確な記憶はないという。

「ずっと悪夢の中にいるようで……」

依田は、彼女の状態を理解した。ただし、アリバイという点においては、尚子も、姿を見せなかった舞香も、いまの状況では厳密には立証されない、と報告するしかなかった。

2

端本竜介のアパートの部屋を張り込むかどうか、鞍岡は捜査本部に電話で尋ねた。

しばらく待たされたあと、

「情報が錯綜《さくそう》していて、捜査方針が固まらない。いったん戻れ」

と、巻目刑事課長からの指示があった。

「情報が錯綜している、とは、どういう意味です？」

鞍岡の問いに対する、巻目の答え自体が、錯綜しているように聞こえた。

何度も問い直し、ひとまず巻目が伝える状況は理解できた。だが、その状況が、どういった事情で引き起こされたのか、話す巻目と同様、鞍岡も理解するには至らなかった。

八王子に戻る電車で、本部の話を聞きたくて焦《じ》れていた志波と、依田および館花に、鞍岡はわかっていることだけでも伝えることにした。

依田と館花は、捜査本部の正式なメンバーではないが、いずれまた端本家の件では協力を求める必要があるだろうと考え、話を共有しておくことにした。

「話が錯綜した原因は、Rが二年前と昨日の、時間を置いて二度現れていたことにある」

鞍岡は、竜介のことをイニシャルで表した。車内は七割ほどの混みようで、前の席に二人、後ろに一人、隣の席にも一人。だが耳にイヤホンをしていたり、ゲームに夢中の様子だったりして、他人の話にわざわざ耳をそばだてそうな気配はない。

「うちの社の連中は、それでまごついたらしい」

警察のことを会社に見立てて話すのは、人前では常套《じょうとう》だった。「Y田（余根田）工業、K元（楠元）工業、Y川（芳川）産業に、社の者（捜査員）が、何か不具合が生じていないか聞きに行ったところ、当初は口が重かった。だが、S（佐東）さんが亡くなったことを伝え、思い当たることがないか尋ねると、三社ともR（竜介）が訪問していた事実を話した。それを聞いた社の者が早とちりして、混乱が生じた。実は、三社が申し立てたRの訪問は、どれも二年前のことだった」

「二年前、というと……」

志波が首を傾げ、「四社それぞれの子会社が起こした例の一件（準強制性交）から、一年後ですか？」

鞍岡は、自分も混乱しそうなので、時系列で、内容はあくまで会社間の出来事のように気をつかって話した。

佐東進人ら四人が逮捕されたのは、事件の五カ月後。犯行現場の遺留物の収集とその鑑定、残された指紋の照合、被害者の体内から検出された精液のDNA鑑定……また当事者だけでなく、友人、カラオケルームの店員、タクシー運転手、合コンに使われた居酒屋やバーの店員など、多くの人間の証言を固めて、さらに正確な書類にするのに、どうしても長い時間がかかったというのは、警察官としては理解できる。

一方で加害者の親たちは、実際に警察に逮捕されるまで、息子たちから何も聞かされていなかったらしい。逮捕後、慌てて弁護士を探したり、示談の条件を決めたりなど、四人を実刑にしない、できれば起訴を免れさせるための工作を始めた。

「祖父の代から対外的な交際が広いY田工業が主導権を握り、すぐに弁護士を用意したらしい。その弁護士事務所で、四社が初めて顔を合わせ、子会社の起こした事案に対して協議した。弁護士費用を含め、四社それぞれの負担金が幾らになるかまで話は進んだという。残り三社は、戸惑うばかりで、言われるままに、よろしくお願いします、と頭を下げた」

「その話し合いに、Sさんも加わっていたのですか」

依田が訊く。

「ええ」

鞍岡は彼女にうなずいて、「その席で四社はマルガイ（被害者）に対して、個々では対応しないことも決めたそうです。すべてを一任された弁護士が、マルガイの親会社（端本家）と二度話し合いを持ち、交渉が進展しないと報告を受けてほどなく、各社にRが現れた……」

「四社それぞれに、直接Rが訪ねてきたんですか」

つまり、竜介が加害者四人の全家庭を訪ねたのか、という志波の問いに、

「SEさん（佐東恵麻）にはまだ話が聞けていない。残り三社は、直接Rが訪ねてきたと話したそうだ」

と、鞍岡は答えて、「Rへの対応に、各社は困ったようだ。弁護士に任せていたので、まさか訪ねてくるとは思っていなかったのだろう。一方、Rの要求はしごくまっとうなものだった」

「どんな要求ですか」と、館花が問う。

「謝罪だ」

竜介は、まず加害者本人がそれぞれ、彼の妹に、また妹を大事に育てた両親に、直接謝罪するように求めた。加えて、愚かな息子を育てた親たちにも、妹と両親に直接謝罪するように求めた。もし自分だったら……と、鞍岡は話しながら考えていた。自分だったら、そんな要求で済ませられただろうか。

解剖台の上に載った脂肪の塊《かたまり》のようだった佐東正隆の姿が、脳裏によぎる。自分なら、加害者たち全員を、あの台の上に載せることを望んだかもしれない。

鞍岡は、端本舞香の姿を目にしなかった。もしも彼女の姿を見ていたら……加害者たちに対して、どんな態度で今後接することができるだろうか。

「Rの要望を受けて、各社とも反省し、真摯《しんし》に方針を転換するべきだった。倫理的、道義的に、それは当然の方針転換だったはずだ……」

人間として、心から謝ることは、まず第一歩だった。犯した罪の大きさを、当人はもちろん、親たちも理解し、弁護士をあいだに入れた条件の提示ではなく――被害者とその家族に直接会って、誠心誠意謝罪すること。そののちに、いかなる形で被害者を支えられるのかを親身になって考え、長期にわたって、被害者の意向に沿った行動をとること。それが……被害はとうてい取り返しがつかないが、わずかでも、償いに通じ、かつ被害者やその家族がふたたび歩み出すための助力となったのではないかと思う。

「ところが、四社そろって交渉は弁護士に任せ、個別に対応しないと決定していたために、Rの要求を無視したばかりか、相談した弁護士からの指示もあって、その場でPM（ポリスマン／警官）を呼んだ」

「そんな……」

館花が怒りなのか悲しみなのか表情をゆがめる。

「時系列だと、Ｒ（竜介）ははじめにＹ田（余根田）工業を訪ねた。Ｙ田側は、すぐに弁護士に相談。ＰＭを呼ぶよう言われ、また弁護士側も要請をかけたため、ＰＭが駆けつけ、フホシン（不法侵入）とキョウヨウ（強要罪）の可能性をＲ本人に告げ、退去させた。次にＲは、Ｋ元（楠元）工業を訪れ、謝罪を要求した。すでに弁護士から連絡を受けていたＫ元側は、ＰＭを呼び、Ｒを退去させる。さらにＲは、Ｙ川（芳川）産業を訪ね、同様にＰＭを呼ばれ、退去――という順番らしい。Ｓ（佐東）さんの所を訪ねたかどうかは、まだわかっていないが……Ｒは、各社に対して、きっとまた来る、と言い残したらしい。Ｙ田側と弁護士とが、Ｒには必ず対処するから、と各社に返答をし……以後、実際にＲは現れなくなった。そればかりか裁判も辞さない態度だったマルガイの親会社（端本家）が、示談を受け入れたとのことだ」

「……それは、マルガイの周辺に、フェイクのＰＭ（ニセ警官）が現れた時期と重なるんですか」

志波が意味ありげに問う。

鞍岡はため息をつき、

「精査しないとはっきりは言えないが……たぶんな」

「つまりＹ田や弁護士の要請を受けたと思われるフェイクＰＭの、マルガイに対する不当な活動によって、Ｒの訪問は断たれ、かつ、マルガイたちの正当な権利（裁判）が押さえ込まれた、というわけですよね」

「わたしたちも、フェイクかどうか、気になるＰＭの存在を、聞きました」

依田が言う。「本物のＰＭならサツカン（監察）の対象ですし、フェイクならば人定《ジンテイ》（人物確認）が必要です」

「鞍岡さんはご存じのようでしたよ」

志波の指摘で、依田と館花が驚いた表情で鞍岡を見つめる。

「それは……」

鞍岡は目をそらし、「確認が必要だ。まだ話せる段階にない」

刑事捜査にあたる者が、同様の発言をした場合、直接の上司でも聞き出すことは難しい、という不文律のようなものがある。志波は不満そうだったが、依田、館花とともに、それ以上尋ねようとはしなかった。

「では……昨日のRの訪問は、どういったものだったんですか」

依田が冷静に尋ねた。

「Sさんの事情を聞いて、不安になったのか、Y田が玄関先のボーカメ（防犯カメラ）の画《え》（記録映像）を確認したところ……」

鞍岡は話を続けた。「昨夜、というか今朝の午前〇時頃、Rの姿が確認された」

「えっ……」

と、館花が大きな声を発し、慌てて自分の口を押さえた。

「何をしたというわけでもない。ただ五、六分、周囲の様子をうかがっていただけらしい。ほかの場所はどうかと、連絡を回すと、K元工業にも、約一時間後に現れていることが確認できた。二年前の件以来、両社ともボーカメを付けることにしたらしい。Y川産業はマンションだから、管理組合を通して、玄関に向けたボーカメを確かめるので時間がかかったが、午前二時頃にやはり、それらしい人物が少しの間うろつく姿が、写っていたとのことだ」

「Sさんの所には、どうなんでしょう……」

館花が訊く。

「まだわからない。少なくとも、家を外から見たときには、ボーカメらしいものは見当たらなかったが」

鞍岡は、志波を問うように見た。

「ええ、気がつきませんでした」

志波が答えて、「Rの目的は何ですかね。二年前が謝罪を求めてということなら、今回は……しかも、今日になって、仕事を辞めると会社に電話してきている」

鞍岡も思案に暮れ、

「わからない。直接話を聞くしかないだろう」

「写真では、無骨な体育会系の青年に見えますけど……」

依田が言う。独り言に近かった。

「やっぱりアパートのハリ（張り込み）は、必要じゃないですか」

館花が言った。「わたしもお手伝いします」

「軽々《けいけい》に言わない」

依田がたしなめた。「わたしたちは今回、特別に協力を求められて参加しているだけなのだから」

でも、と館花が言いかけて、依田だけでなく鞍岡の視線を受け、

「……すみません」

と口ごもり、頭を下げた。

「確かに必要かもしれないが」

鞍岡は、後輩を慰める気持ちも込め、「帳場も筋読みに困っている様子だった。要員確保など調整すべき点も多いし、いまは戻るのが現実的なんだろう」

3

鞍岡と志波が、捜査本部が置かれた八王子南署内の大会議室に戻ったときには、捜査員たちは張り込みに出ているか、明朝からの聞き込みに備えてすでに道場に敷かれた布団の中にいるかして——室内には連絡係の宿直として、篠崎がいるだけだった。彼が椅子から立ち上がって、

「お疲れです。甲府はどうでした」

「報告したとおりだ。聞いてるんだろ」

鞍岡は、適当な椅子に腰を下ろした。甲府に同行した依田と館花には、署に戻るには及ばないと、直帰の許可が上司から出ており、鞍岡たちとは八王子駅で別れていた。

「あー、腹が減ったなぁ」

「え、甲府なのに、ほうとうとか食べてこなかったんですか」

「そんな時間がありゃ、聞き込みに回ってる」

「仕事中毒っしょ。差し入れのカップ麺ならありますよ。あと、奥のテーブルに、コンビニのおにぎりとかパンとか」

志波が奥に歩いて行き、レジ袋の中をのぞく。適当に自分の分を取って、袋を鞍岡の前のテーブルまで運んだ。

「お、すまんな」

志波は黙っている。ニセ刑事の正体を早く教えろという、無言の圧力を感じる。

「端本竜介、ホンボシですかね」

篠崎もカップ麺を食べている途中だったらしく、座り直してラーメンをすすりながら訊いた。

「けど、あれだけのことを一人でできますかね」

鞍岡は、袋の中からおにぎりを選んだ。

「とっつかまえりゃわかるさ。張ってるんだろ、余根田の家やら、それぞれの場所を」

「二十四時間態勢で張ってますけど、いまのところは何も。ただ、芳川は実家暮らしですが、余根田と楠元は都内で一人暮らしなんですよ。端本はそれを知ってるのかどうか」

「一人暮らしのほうは張ってないのか」

「人数ぎりぎりなんで迷ったみたいですけど、近隣署に応援を頼んで、張ってます。クラさんたちをいったん戻したのも、帳場のやりくりが厳しいからですよ」

「佐東家のほうは?」

「あ、彼女、午後に退院しましたよ。脳のほうは問題がなかったようで」

「おう、そりゃよかった」

鞍岡はおにぎりを頬張り、「じゃあ、彼女から詳しい話は聞けたのか」

「はい。ちょうどおれらが担当の時だったもんで。息子の犯した準強制性交の件をこっちが知ってるんで、驚いた様子でしたが……『目には目を』という犯人からのメッセージが残されていたと、クラさんが話したんですよね。それを、旦那の遺体確認後に聞いたときには、やはり息子の起こした事件を一番に思い出したそうです」

「……で、ほかに怨恨で、思い当たることは？」

「なさそうでした。話しぶりだと、旦那の浮気も知らない様子でしたね」

「夫と言え」

「はあ？」

「被害者の佐東正隆のことだ。旦那とかご主人とかは、妻のほうを下に見る言葉に聞こえるから、他人のおまえは、夫と呼ぶようにしとけ」

志波は後方にいて、どんな顔をしているか、鞍岡の視野には幸い入ってこない。

「何ですか、急に」

「いいから。話をつづけろ」

「あ、そうそう。端本竜介が来たかどうかも訊いたんですよ。来てました、二年前。相手が謝罪を求めてきたと。彼女は、すぐに謝ったそうです。彼が、妹や家族に直接謝ってほしいと申し出たので、息子と旦那と一緒に……あ、息子と夫と一緒に？　謝罪に伺いたいと答えたらしいです。いまも被害者には申し訳ない気持ちでいっぱいのようでした」

「そうか……」

それを聞いて、さすがにほっとする。

「ですが、竜介の妹と両親に直接謝りに行くことは、できなかったそうです。夫から、弁護士にすべて任せると、ほかの家族と意見をそろえているのに、勝手に謝ったことを逆に叱られたし、抜け駆けみたいに自分たちだけ謝りになんて行けないと……。また、進人からは、もっと謝るべき人間がいるのに、なぜ自分だけが謝りに行くのかと嫌がられて、結局そのままになってしまっていたそうで……」

となれば、端本竜介は裏切られたように感じたかもしれない。

「彼女から進人に対して、連絡はとってないのか？」

「何度も電話してます。でも出ないらしくて。おれの前でも掛けてもらいましたが、電源が切られてます。おれもそれは確かめました。母親としては、父親のことを早く知らせて、会わせたいのにと、やきもきしていました」

「もし進人から連絡があったときは、警察《うちら》に伝えることに？」

「もちろん頼んで、承知してもらってます」

「あと、進人が、おれたちの姿を見て、急に逃げ出した理由に、心当たりは？」

「それも驚いてました。なんで逃げたりなんて、って……ただ三年前の事件のおり、警察でかなり絞《しぼ》られたらしくて。それがトラウマみたいになってるようだ、とは言ってました」

「はっ、加害者側がトラウマかよ」

「ですよね……でも絞られ方によっちゃ、恐怖心が残ることはあるでしょう。というか、二度と起こさないように、あえて怖がらせる担当者もいますから。それでなくても、家の前にゴリラみたいな男がウホウホ待ってたら、たいていの人間は逃げ出したくなりますよ」

「ざけんじゃねえ」

鞍岡は吐き捨て、「あの野郎、どこで何をしてんだか……」

「捜査員のあいだで話が出たんですが……たとえば進人が、端本竜介と組んでる可能性は、どうなんですかね」

「竜介は、妹のことで進人を憎んでるだろ。あり得んよ」

「そうとも言い切れませんよ」

志波がぼそりとつぶやいた。「お互いの、当面の目的が一致すれば……」

「目的って何すか」と篠崎が訊く。

志波は答えず、サンドイッチを口に入れながら、メールを打っている様子だった。彼にもメールを打つ相手がいるらしいことを、鞍岡は意外に感じた。

「進人のことは、ともかく母親に聞くのが一番だな」

鞍岡は二つ目のおにぎりを頬張り、「彼女、家か？　いまから行って、話を聞くかな」

「いや、彼女は神奈川の、夫の母親のところへ行ってますよ。介護が必要な状態なのに、丸一日行けなかったんで、ひどく心配してました。要介護認定が5の寝たきり状態らしくて……一日に二度、訪問介護が来てくれるらしいんで、彼女が一日行かなくても、すぐにどうこうって話にはならないそうですけど、いろいろと不都合は出てくるだろうからって」

「要介護認定が5か……それはもう施設じゃなきゃ、難しいだろ」

鞍岡は自分の母のことを思った。父親を脳卒中後の慢性心不全で亡くした後、母は認知症が進んだ。認定は3だったが、徘徊《はいかい》もあるので、単身赴任が多い五歳年上の兄のところでも、共働きの自分のところでも介護は難しく、施設にお願いすることになった。母もそのほうがいいと言ってくれたことで、罪悪感は多少薄らいだが、忸怩《じくじ》たる思いは残っている。

「誰か張ってるのか、その義理の母親の家は？」

「ええ。うちらと交替で、ずっと彼女についてる班があるので」

「確か、進人はその家に大学の頃、下宿していたんですよね」

志波がまたぼそりとつぶやいた。「練馬の、隣家の女性が、そう話してました」

「ああ、言ってたな……だったら、ちょっとのぞいてみる価値はあるか」

鞍岡のつぶやきに、篠崎は苦笑いを返して、

「甲府から帰ったばっかりでしょ、どんだけ仕事中毒っすか。いま警察車両は出払ってるし、この時間だとタクシーもつかまりにくいから、明日にしたらどう……」

と言いかけたところで、捜査本部に備えられた無線機の一台が鳴った。

「こちら、神奈川の佐東家前の、名越《なごし》と鎌田《かまだ》です。本部どうぞ」

篠崎が歩いていって、無線に出た。

「はい、本部。何かありましたか、どうぞ」

「若い男の影が、家の裏手に見えた気がしました。佐東進人の可能性があります。直当《じかあ》たりしますか。待機しますか。指示をよろしく。どうぞ」

鞍岡も志波もほぼ同時に立ち上がった。篠崎が鞍岡を振り返る。いまこの場では、階級および勤続年数から鞍岡が責任者の立場にある。短く迷ったのち、

「待機だ」

篠崎に向かって言った。「いまからおれがそっちへ行く。それまで張ってろ。もし進人がその前に外へ出てきたときにだけ、動いて、確保しろ」

同じ言葉を篠崎が無線で伝える。了解と返事がある。

「でも、どうやって神奈川まで向かいますか」

篠崎が振り返る。鞍岡の後ろを見て、

「あれ、志波警部補は……」

鞍岡も振り返る。志波の姿はなかった。

「逃げられちゃいましたね」

篠崎が茶化すように言った。「そりゃそうですよ。クラさんも、今日は休んで、明日の朝早く、出かけるんでいいんじゃないっすか」

「ったく、むだは省いて、切り替えてか。いやみな野郎だ……。おい、住所はわかるか」

「わかります」

篠崎が答えて、テーブルに置いた自分のスマホのほうへ向かった。

「メールで送ってくれ。ああ、あと、もう一つ頼みがある」

「あ、何ですか」

鞍岡は、篠崎も知っているはずの、ある人物の名前を告げた。

「奴がいま、どこで何をしているか、知りたいんだがな」

篠崎は、誰のことか思い出そうとしてだろう、眉根を寄せ、

「ええと、確かあの人……警察を不祥事で辞めたんじゃなかったですか」

「だからさ、辞めた後の奴の動きを知ってる人間に、心当たりはないか」

「うーん……たぶんですけど、生活安全課《セイアン》の戸並さんが親しかったんじゃないかな、と」

「それとなく聞いてみてくれ。明日でもいい、何かわかったら、メールをくれ」

「了解です。でも本当にタクシー、この時間、署の前を通りませんよ。呼びますか」

「それも時間がかかるだろ。ひとまず道に出て、探してみる」

鞍岡は、ペットボトルの水を含んで口の中をゆすぎ、大会議室を飛び出した。

一階の受付には、当直の警察官が二人ほどいるだけで、ロビーも閑散としている。

玄関から外へ出る。署の前の道路は広い片道二車線だが、繁華街から離れているので、車の往来は少ない。タクシーを拾えるところまで走るか、電話で呼ぶか、と迷っていると、車のものよ

りも軽めのクラクションが耳に届いた。

首を振り向けると、中型のオートバイがエンジンをふかして止まっている。背広姿のドライバーが、フルフェイスのヘルメットのフェイスカバーを上げる。志波だ。彼が球体の白いものをこちらに放る。慌てて受け止めた。ヘルメットだ。

「バイク通勤なんですよ。こういうときに便利なんで」

「……ったく、いやみな野郎だ」

4

「もっとしっかりつかまってくれないと、飛ばせませんよ」

公道に出て初めての信号待ちで、志波が後ろに首を傾けて言った。

鞍岡は、小さく舌打ちをして、志波の腰に腕を回した。

「署の奴らには見せられねえな……」

「この程度を気にするのは、自分の内なるモノを怖がってるからですよ」

「怖がる？　何を？」

「同性愛の意識です」

「はあ？」

鞍岡は慌てて腕を解《ほど》いた。

「信号変わったら、飛び出しますよ」

「ざけんな……」

鞍岡はふたたび志波の腰に腕を回した。

「男たちの多くが、同性を好む傾向が自分にもあるんじゃないかという恐れを抱くらしいです。べつに不思議じゃない――裸に近い恰好で神輿《みこし》を一緒にかつぎ、スポーツで勝利した男たちは抱き合って喜んでいる。愛との境目なんて曖昧だし、自分にも同性を愛する面があるんじゃないかと恐れるがゆえに、突き放すように同性愛を嫌悪したり、排除しようとする……あくまで私論ですが。ただ本来は、恐れる必要などなく、人間にはそういう面もあるんだろうって、自分も他人も許すだけで、世の中がもっとラクになると思いますけどね」

鞍岡は、否定したいが、しきれずに迷っているうち、クラッチを外す音がした。オートバイが前輪が浮く勢いで飛び出し、志波の腰にしがみつくかたちになった。

またたく間に大通りに出る。十一時を過ぎているが、車の通りはそこそこある。ことに配送のトラックが目立つ。

志波は、車の流れに逆らわず、一定の速度で走っていたかと思うと、前方が渋滞してくれば、すうっとハンドルを切り、車と車のあいだを縫うように前へ出て行く。

行き先がわかっているのか疑問だったが、ハンドル中央のスタンドに立てたスマホのアプリに、篠崎に聞いたらしい住所を打ち込んで、カーナビとして使っているようだった。

鞍岡の体感として、志波の運転は巧みで、スピードが出ていても荒いところが少しもない。宙に浮いたまま前に運ばれていくような、心地よい浮遊感がある。

街灯が視界の先で流れ、残像効果で光はつながり、まるで光の川の流れをさかのぼっていくような錯覚をおぼえる。

そんな状況ではない……と、わかっていながら、美しい、と感じた。

佐東進人の祖母が暮らす家は、古い木造二階建てだった。さほど大きくなく、門から玄関までは二メートル程度で、門扉《もんぴ》は掛け金が掛かるだけで施錠はされていない。

当家を張り込んでいた名越と鎌田の両巡査部長は、家の中から男女の言い争うような声が聞こえてきたのを耳にして、車を降り、家の前まで進んだ。

男の声は若く、苛立っているのか、ときに声を荒らげている。年上の女性が、懸命にそれをなだめているように聞こえた。

名越と鎌田は、門扉の前で聞き耳を立て、どうすべきか迷った。待機するように言われたが、何か事が起きてからでは遅い。いざとなれば現場の判断が優先されるはずだし、そうでなければ、かえって叱責を受けるだろう。

「まだ責めるのかよっ」

若い男の激した声が聞こえた。応えるように女の声がするが、言葉は聞き取れない。

しばらくして、

「あいつだよ、あいつが殺したんだ」

と、さらに興奮した口調で叫ぶ、若い男の声が門の外まではっきり届いた。

名越と鎌田は、危険な予感がして互いの顔を見合い……名越がインターホンを押すあいだに、鎌田は門扉の掛け金を外し、内側に入った。

インターホンの返事はない。家の中から聞こえていた声も途絶えた。名越は重ねてインターホンを押し、鎌田はドアを強めに叩いた。

「佐東さーん、こんばんはー、佐東さーん、ちょっとよろしいですかー」

返事はなく、鎌田はなおドアを叩いた。入ってきた名越が、

「佐東さーん、ご挨拶にうかがったんですがー、開けていただけますかー」

と、ドアの前から右手に回り、部屋の窓の内側に向かって呼びかける。

鎌田が、少し焦《じ》れて名越に向かい、

「裏に回る」

と言い、玄関前から離れたときだった。家の裏手のほうから大きい物音がした。たとえば置いてあったバケツかじょうろを蹴り飛ばしたような。

鎌田と名越は、とっさに家の裏手へ走った。


志波が運転するバイクが、張り込み用の警察車両の後ろに止まった。

鞍岡は、後部シートから降り、ヘルメットを取りつつ車内に人の姿がないのを確認した。

「何をやってんだ、あいつらは」

目当ての家のほうを見る。その裏手の方角から、「おい、待てっ」「待たないかっ」という声が聞こえてくる。目が届く範囲では何も見えない。バイクがぐるっと方向を変え、

「裏の道に回ってみます」

志波が緊張した声で言った。

鞍岡はうなずき、

「おれは家を当たる」

と、玄関へ向かった。背後でバイクが走り去る音がする。

インターホンを押す。少し間を置いて、

「……はい」

と、か細い声が返ってきた。

「八王子南署の鞍岡です。先日、立川大学でご遺体の確認をしていただいた後、お話をうかがった者です」

「ああ……お待ちください」

インターホンがいったん切れた。さほど待たずに玄関ドアが開き、憔悴《しようすい》した様子の佐東恵麻が現れた。

5

鞍岡は、まず彼女の体調を尋ねた。彼女は、ご心配をおかけしましたと詫びと礼を言って、玄関を入って次のリビングに彼を案内した。

奥の部屋のドアが開け放しになっている。恵麻がリビングとつづきの台所に入った隙に、鞍岡は中をのぞいた。六畳の和室に、介護ベッドが置かれ、高齢の女性が横になっている。意識があるのかないのか、女性は目を閉じているが、何か食べ物を反芻《はんすう》しているかのように、口がもごもごと動いている。

室内には、介護に必要な器具や用品が整頓されて置かれている。それらを見れば、彼女がほぼ一人で介護を担《にな》ってきたのであろうことが伝わってくる。部屋の外まで、一種形容しがたい、独特なにおいが漂い流れてきた。

鞍岡には、似たにおいの記憶がある。父は脳卒中後、死を迎えるまでの三年間、寝たきりとなった。自宅での介護を一身に担ったのは母だった。実家に帰省すると、不快と言っては申し訳ないが……ふだんの生活臭をさらに煮つめたような、思わず息を詰めたくなるような、独特なにおいがしていた。あの実家のにおいと、共通するものを感じる。

「息子さんが、さっきまでいたのですね」

鞍岡は、リビングのほうに戻りながら、単刀直入に訊いた。

台所でお茶の用意をしていた恵麻が、少し言い惑ったのち、

「はい」

と答えた。

「何があったのか、お聞かせください」

「……お座りください」

恵麻が、ダイニングテーブルの椅子を、彼に勧める。

彼が座った後、彼女がお茶を運び、ため息をつきつつ話した。

「進人には、主人のことを早く知らせようと、意識が戻った後、何度も連絡していたのに、つながりませんでした。わたしは、義母《はは》のことが気がかりで、訪問介護の方と連絡を取り合い、今日の午後退院できましたので、ここに参りました。そして義母の世話をし、ようやく一息ついたところで――今後の事に迷い、義母のそばに長い時間座り込んでいました。ともかく進人には知らせないと、と腰を上げて連絡しようとしたとき、あの子がこの家に戻ってきたんです」

ここまで話すのにも、しばしば間が空き、ため息を幾度となくついて、長い時間がかかった。

鞍岡は辛抱して、言葉を挟まず、ただ聞くことに徹した。

「進人によると、昨日、練馬の家へ帰ろうとしたら、妙な雰囲気の男たちが家の前にいて、嫌な予感がして、つい逃げたそうです。三年前の事件で、悪いのはもちろんあの子ですが、警察の取り調べで、精神的にかなり追い詰められたらしく……以来、いかめしい印象の男性を見ると、からだが震えて、逃げ出したくなるそうです。昨日もそれで、思わず走り出したところ、途中でスマホを側溝に落として泥が入り、修理に出したと言ってました。事件を起こした三年前から、ニュースや新聞を遠ざけていたからでしょう、主人の事は知りませんでした。昨日は、ネットカフェで過ごしたと言ってました。主人が家に帰ってきてないことは、メールで知らせてはいました。といって、返事はありませんでしたけど」

鞍岡は、じっと待っていても要点にはなかなかたどり着けない気がして、

「それで息子さんに、父親の事は伝えたのですか」

と尋ねた。恵麻は、うつろな眼をして、うなずいた。

「お父さん、亡くなったの……死んだのよ、と伝えました。あの子は、何を言っているのか、という顔をしました。警察の人に連れられて、遺体を確認したことを話しました。そして警察の人の話では、お父さんは誰かに殺されたらしいということも……」

恵麻は、夫の遺体の様子を思い出したのか、いきなり両手で顔を覆い、涙をこらえる様子だった。しばらく経って、息を整え、手を静かに下ろして、

「まだ半信半疑だったのかもしれませんが……進人は、どうして、と訊きました。警察の方は、お父さんを恨んでいる人に心当たりがないか尋ねていたし、恨みによる犯行を思わせる、メッセージが残されていたらしい、と伝えました」

「……そのメッセージについて、息子さんに伝えたのですか」

彼女は、ため息のあと小さくうなずき、

「進人にも、そのメッセージとは何か、と繰り返し尋ねられ……『目には目を』という言葉だったらしいと。警察の人に、そう言われたと……」

「息子さんはどう反応されました」

「……とてもショックを受けているようでした。わたしは、とにかく、お父さんに会いに行こうと言いました。お父さんに手を合わせて、今後のことを、ちゃんと考えていこうって。でもあの子は、『目には目を』と何度もつぶやき、わたしに、何を意味しているのだろうと問いました。わたしにわかるはずがありません。そう言うと——お母さんはどう思ったんだ、『目には目を』という犯人のメッセージが残されていたと聞いて、何を考えたんだと、やや声を荒らげて尋ねてきました。答えるまで許さないというような怖い目をして……わたしは、迷いながら、三年前の事を思い出した、と答えました」

「それに対して、息子さんは？」

「おれのせいで、お父さんが殺されたと思ってるんだろって、大きな声を出しました。わたしはびっくりしました。そんなことまで考えたわけではなかったからです。でも、進人は……自分のせいだと言われているように、受け止めたみたいでした」

彼女はつらそうに眉をひそめ、しばらく黙り込んだのち、強くうなずいて、「でも、そんな風に考えるのは、進人自身も、悪いことをしたと思ってるからでしょう。なのに、被害に遭った女性や、親御さんに、直接会って、心から謝っていないことを悔いているからでしょう……。わたしは、そのことをあの子に告げ、いまからでも謝りにいこう、と勧めました。心の底から謝って、償えなくても償おうと心がけて、お相手のためになることを行動で示そう、そして、自分の人生をしっかり建て直していこう、と言いました」

鞍岡は、なぜそれが多くの加害者とその親たちにできないのだろうかと、やりきれない思いがした。

「けれど、あの子は……まだ責めるのかよっ、と悲鳴のような声で叫びました。謝るなって言ってたろ、お父さんや弁護士は、絶対に謝るなって言ってたじゃないか、なのになんだよって……そして、不意に顔を上げて、そうか、そうだ、と思い当たることがあるような表情を浮かべ……あいつだよ、あいつが殺したんだ、って声を上げげました」

「あいつ……それは、誰のことです」

「わかりません。いまからあいつのところに行く、と言って、家から出て行こうとしました。誰のこと、と、わたしが訊いているところに、インターホンが鳴ったんです。画面に映った男性を見て、進人は、きっと警察だ、顔つきでわかる、と言いました。またおれのせいにしにきた、三年前だって、おれは実際の行為はしてないのに、薬だって入れちゃいないのに、誰も信じないで、余根田と同じか、ときには余根田よりも罪が重いように言われたと……」

彼女は目に涙を浮かべ、「被害に遭われた女性のことを考えないの、と、わたしは訴えました。自分のことしか考えない、情けない息子です。でもそんな子どもに育てたのは、親の罪です。逃げないで、向き合いなさいと言いました。後ろめたいことが何もないなら、警察の人ともちゃんと話しなさいと。でもあの子は、警察は絶対信用できない、こっちの言い分なんか聞かないと言って、勝手口のほうへ向かいました。わたしはなんとか止めようとしましたが――ドアの外から男の人たちの声が聞こえ、そちらに気を取られている隙に、あの子は入ってきたときと同じ勝手口から、外へ出て行きました……」

つまり、家の中の言い争いを耳にして、名越と鎌田は待っていられなくなり、直接訪ねたが、進人が裏から逃げてしまったため、慌てて追いかけた、ということなのだろう。

鞍岡が状況を理解していたところに、インターホンが鳴った。

画面には、ヘルメットを取った志波の姿が映っている。ため息をつき、目を伏せ気味にしている彼の表情から、進人の確保に失敗したことが伝わってきた。

6

「……もしもし」

「よお、ごきげんさん。その後、どう」

「え……どう、とは？」

「うぜえなぁ。サツの旦那に、その後どうと尋ねりゃ、捜査の進展に決まってんだろ。アホなふりして話を延ばすんじゃねえよ」

「すみません」

「で、被疑者《マルヒ》につながりそうな対象者《マルタイ》は何人か浮かんでるの？」

「……なぜですか」

「お、知りたいか。教えてもいいけど、知ったら共犯だぞ。実はな……」

「あ、待って、言わないでください」

「んだよ、思い切って堕《お》ちてみろよ、こっちの蜜は甘いぞ」

「家族が、いるんで……」

「あー、おれにもそんなのがいたけど、どこでどうしてるやら。いやなこと思い出させんじゃねえよ」

「……すみません」

「何人か、怪しい奴の名前、挙げてくれりゃあいいだけだ」

「あ、いや、まだ筋が読めてないようで。各所に張り込みをかけたり、聞き込みに回ったり。結構な数になってて、誰それと絞れる段階じゃ……」

「相変わらず上はトロいな。じゃあ……クラさん、いまいるんだろ、そこの署に」

「鞍岡、警部補ですか。でしたら、はい」

「帳場に当然入ってるよな」

「そりゃあの人は、やっぱり……」

「だったら、クラさんが誰を追いかけてるか、教えてくれるだけでいいや。それで筋は大体わかるわ、外さねえ人だから」

「そんなに親しいんですか……鞍岡警部補と」

「聞いてみろよ、クラさんに。とたんに、おまえがクラさんに疑われるわな。いいデカさんだからさ。けど、あの人は定年まで持たねえわ」

「え、辞めちゃう、ってことですか」

「ハハハ、デカしか取り柄がねえのに辞めるか……死ぬんだよ」

「え……」

「死ぬの、定年が来るずっと前に。撃たれるか刺されるか、事故に見せかけてトラックでドーンか。一番ありそうなのは、誰かの身代わりかな……。その前に、こっそり利用させてもらうさ。あの人が追いかけてる対象者《マルタイ》、つぶやけよ。ただの独り言だ」

「……でも、二人くらいしか耳には」

「いいよ、それで。はい、もう電話は切った。切ったと思い込んでた。だから、ふと頭に浮かんだ名前を、無意識でつぶやいた」

「……えっと、ハシモト、リュウスケ……サトウ、シント」


鞍岡たちが、佐東進人を再び取り逃がした件で、捜査本部の幹部たちから叱責を受けてから三日後の深夜、とある交番に、中年の女性が駆け込んできた。

「助けて、助けてください。殺されます。子どもが。わたしもきっと一緒に」

血走った目で訴えかける女性に、交番に詰めていた巡査が、ともかくいったん落ち着くように取りなすと、

「のんびりしてたら、やられちゃう」

女性は焦りの表情を浮かべて、「でしたら、あの、鞍岡さんに、連絡してください」

「誰ですか」

と眉をひそめる巡査に、女性は後ろを気にしながら訴えた。

「刑事の鞍岡さんです。以前話を聞いていただいて、事情をご存じです。きっと助けてくれます。あの人を呼んで、早く。あいつに殺される。どうか、子どもを、わたしたちの命を、助けてください」

第五章　不信の世界

1

夜になっても気温はさほど下がらず、生ぬるい風がからだにまといつく。

杉並の善福寺川《ぜんぷくじ》沿いの遊歩道は、街灯が明るく、夜が更けてからもジョギングやウォーキング、犬を散歩させる住民もいて、人通りがわりと絶えない。一方で、遊歩道からそれて、池のある広い公園の中へ入っていくと、灯りはほとんどなく、人の姿も見かけなかった。

池の中央には中州があり、野鳥が多く棲息《せいそく》している。休日には愛好家が集まるが、いまは人けもなく、鳥の声も聞こえない。池から間近いベンチの上に、コンビニで買ったスナックなどが入った袋を置き、彼自身はいつでも逃げられるようにベンチの後ろに立って、缶コーヒーを飲んでいた。

約束した時間から十分過ぎても相手は現れない。電話口で相手は、会うのをためらっていた。仕方ない、あらためて呼び出すか……そう思ったとき、前方の池の向こうに、小さいけれど明るい光がまたたいた。光は池の周囲を回って、こちらに近づいてくる。

スマホのライトらしい。三回点滅して消え、少ししてまた三回点滅する。事前に取り決めていた、〈一人だ、安全〉というサインだった。応えるために、スマホの電源を入れ、ライトを点《つ》けた。二度点滅させる。

相手が気づいて、すぐそばまで歩み寄ってくる。ライトを相手の顔に向ける。相手が手で光をさえぎる。周囲や背後にもライトを振るが、人の姿はなかった。

スマホの電源を切る。今度は相手がライトをこちらに向けてきた。手でさえぎり、

「ヨシ。まぶしいから」

と伝える。すぐに光がそれた。

「進人？」

芳川拓海が呼びかけてくる。「おまえ、髪、切ったの？」

佐東進人は、神奈川の祖母の家を、警察官らしい男たちが訪ねてきたので、慌てて飛び出した翌日――高校生の時から彼の特徴の一つだった目にかかるほどの長髪を、ばっさり切った。防犯カメラで特定されないように、いわゆる変装のつもりだった。

目が慣れて、辺りが薄ぼんやりと見える。進人はベンチの前に回って、

「ヨシ、おまえも座って、ライトを消せよ」

芳川は素直にベンチに腰掛け、ライトを消した。

「進人……スマホ持ってんじゃん。なんで公衆電話から掛けてきたの？」

「うん？　まあ、いろいろあってさ……」

髪を切った日、スマホの修理が終わっていた。ただし電源を入れると、位置情報が警察に伝わるのではないかと恐れ、極力使わないようにしている。

「最近見張られてるって言ってたけど、警察、ついてこなかったのか」

進人の問いに、芳川は肩をすくめ、

「マンションの裏口から出た。玄関のほうにはそれらしい車があるんだけど、裏にはいないみたいでさ。昨日も裏からコンビニに出たけど、路地が続くのに、人の姿が前にも後ろにもなかった。つーか、表から親が出てくのを窓から見てても、誰もついていかないよ」

「なんで」

進人は、缶コーヒーを友人に渡した。

「警察は、こっちじゃなくて、あの男がまた来るかどうかを見張ってるからだろ。おまえの父親みたいに、うちの親も……」

芳川は少し言いよどみ、「狙うかも、って。あの、ご愁傷様……」

進人は、それには答えず、小さく吐息を漏らし、

「……じゃあ、警察はやっぱ、あの兄貴がやったと思ってんだ」

「うん。電話で言ったろ、余根田と楠元の実家の防犯カメラにも映ってたらしい。襲う前の下見だって、うちの親は怖がってる。警察に、早く逮捕してほしいって求めてた。ただ……端本って言ったっけ、行方がわからないみたいなことを、警察が言ってたって。でも復讐なら、なんで

余根田とか楠元とか、おれたちを直接じゃないんだ」

進人は、コーヒーの缶を口に運んだ。

芳川も、缶コーヒーのプルトップを苦労して開け、一口飲んで、

「で……話って何。おれたち、なるべく会って話さないほうがいいんじゃね？」

「なんで？　また誰かを襲う相談を、してると思われるからか」

「やめろよ、そうじゃねえよ」

芳川がうんざりした口調でさえぎる。

進人は、地面を軽く蹴り、

「ヨシは、いま何やってんの。どっか学校とか、通ってんのか？」

「専門学校を二つ目。福祉系に行って、いまはアニメ系……でも、もう無理かな」

「なんかあった？」

「みんなが、おれが何をやったか、知ってる気がしてさ……」

芳川は膝を揺すりはじめ、「ネットでさらされた、おれの名前や顔を見つけた奴が、周りに伝えて、陰でこそこそ話してる気がする……親は気のせいだって言うけど、誰かにいつも責められたり、軽蔑されたりしてる気がして……いやになって通えなくなるんだ」

「マジ、おんなじだな」

進人は苦笑を浮かべ、「別の大学、通おうとしたけど、顔を合わす全員に知られてる気がして行けなくなって……音楽系の専門学校も一週間でやめた。バイトも同じ理由で続かない」

「やっぱか……親は、金を出して、余根田んとこの弁護士やコネも使って、せっかく罪にならなかったのに……どうして心を入れ直して、まじめにやれないのかって……」

芳川が腕を力なく垂らした。缶コーヒーが地面にこぼれたため、慌てて戻し、「まじめにやっても、どうせもう就職も結婚も無理だろ？　誰かがネットで、職場や結婚相手の家に、おれらのことを送ったら、それで終わりだからな」

進人も両親から似たことを言われた。いや、父親にはもっとひどいことも言われた。

おまえのせいで家も、おれの人生もめちゃくちゃだ、ここまで馬鹿とは思わなかった。女が欲しけりゃ買えばいいだろ、二万で済む話を、幾ら払ったと思ってる。しかも実際はやってもない、ぱしりで薬を飲ませて、何百万って、本当に馬鹿か。その上、こっちがいろいろ手ぇ尽くして守ってやっても感謝すらしない。少しは反省してまじめにやるかと思えば、あれもだめ、これもだめって、人間のクズだな。おまえはもう人間として終わってるよ。

「……まさか、本当に殺《や》るとはな」

進人のつぶやきに、芳川がえっと反応した。

「ヨシ、おまえ、親を殺ってほしくね？」

「は、どういうこと」

「恩着せがましく、大金を払ったのにとか、どうしてまじめにやらないのかとか、うるさく言ってくるのがいなくなる。保険金も入るだろ。その金で、外国とか、おれらのことに無関心な場所へ行けばいい。あの兄貴に頼んでやろうか？　芳川の親も殺ってくれって」

相手が息を詰めて目を見張っていることが、見なくても伝わってくる。

進人は笑い出した。しばらく笑って、

「けど、あの男と連絡がつかない。おまえんちに現れたっていうし、何か考えはないか？」

「おまえ、何の話してんの」

「言ってたんだろ、あの兄貴……本当は、おれたちも、その親たちも、みんなぶっ殺してやりたいって。でも手を汚す価値もないと思うから、ともかく謝れって。直接謝りにこいって。でも、謝りにいかなかった。金だけ渡して放っておいた。そりゃ憎むだろう……けど、まずおれの父親からとはな……」

進人はふと前方を見やった。

丈の長い草が茂った池の中州が、遠くの街灯によって、ひときわ黒々とした影を作っている。不穏な印象の闇のかたまりに思える。

「……まだ見てねえんだ、父親の死体。いずれ、みんなそうなるんだろうけど」

「え……何のこと、そうなるって」

「死体だよ。一人ずつじわじわ殺るつもりなんじゃね。おれたちは後回しにしてさ。次は、誰の番になるか、怖がらせて苦しませたいんだろ」

進人が冷たく笑いながら語るのに、

「とめてくれよ」

芳川が焦った声音で、「さっき、あいつを知ってるような口ぶりだったろ。知ってるなら、とめてくれよ。おれは、余根田たちに引っ張られただけで、やってないのは、進人も知ってるだろ……謝ったほうがいいなら、謝るよ」

「いまさら遅いさ」

進人は、相手の肩に手を回した。「ヨシ、生きてて、どうする。自分で言ったろ。就職も結婚も無理だし、この先、彼女も友だちもできやしないぜ。生きてる意味あんのか」

「……なんでレイプドラッグなんか、持ってたんだよ、進人。あんなもの持ってなきゃ」

「持ってきたのは余根田だろ。あいつは、おれに押しつけただけだ。けど、入れたのもおれじゃない……誰が彼女たちのグラスに入れたか、ヨシは知ってるよな？」

芳川は肩を震わせて黙っていた。

「おれは、さすがにそれはやめようと言った。余根田は、入れなきゃ佐東も芳川もぼこぼこにするぞってすごんだ。そしたら……なあ、ヨシ、おまえがおれの手から、ドラッグを取って、さっさと済ませちまおうって、彼女たちのグラスに入れたんだよな」

「……怖かったんだよ、あいつは、何かっていうと急所とか脇腹とか殴ってくるから」

「なのに、警察では、おれが入れたことになってた。余根田も楠元も、そしてヨシ、おまえもおれが入れたと証言した。そう刑事から聞いた。はじめは余根田がおれをはめて、ヨシは刑事に責められて仕方なく同調したんだと思ってた。だから本当はヨシが入れたって真実は口にせず、自分じゃないって否定しつづけた。けど取り調べから解放されたあと――余根田や楠元から、酒しか飲ませてないと話してたのに、芳川が、ドラッグを入れたのは佐東だって証言してると、刑事から聞いて、あの二人は面白がって、おまえの証言に乗ったんだと話した……そうなりゃ三対一だからな、いくら違うとおれが言っても、刑事は信用しなかった」

「……もういいじゃないか、起訴されなかったんだから」

「そういう問題か。薬を入れた奴が一番悪いって、警察では散々責められたんだぞ」

「でも、止めなかったろ。進人だって、彼女がドラッグの入ったウーロン茶を飲むのを黙って見てたし、余根田たちを止めなかったろ」

「ああ、そうだよ……おれは最低の人間だっ」

進人は、相手を荒く突き放した。「一番まともなのは、あの兄貴だ。妹のために、謝れって、みんなの家を訪ねて回って……誰も謝りに来ないから、復讐に現れた。ぶれてねえよ。あいつを警察になんか捕まらせたくない。ていうか、手伝ってやりたい」

「おまえ、おかしいよ……」

芳川が怯《おび》えて、言葉が震えた。

「ヨシは、親と一緒のマンションのままだろ。余根田と楠元はいまも一人暮らしか」

「ああ。けど二人とも前のアパートは引っ越した。いま余根田は、父親やじいさんのコネで、都内の建設現場で働いてる。結構いい給料をもらってるみたいだよ」

「なんで、それを知ってるんだ？」

「楠元とは、まだつながってるから。たまに連絡が来る。楠元も、余根田の所で雇ってもらってて、おまえも来いって誘われたんだ。周りには、前科がある奴もいて、どうこう言われる職場じゃないって。ほかに居場所がなきゃ、アリかなとは思うけど」

「やめとけよ」

進人はぶっきらぼうに注意した。「あいつらが人を誘うのは、面倒ごとを押しつけたいときさ。二人の住んでる所を教えてくれ。余根田の住所は、楠元に聞けば、わかるだろ」

「なんで知りたいんだ」

「あの兄貴が現れる可能性があるだろ。その気になりゃ、調べようはあるし……きっとその気になってるはずだ」

2

鞍岡の視線の先のベッドの中で、女と五歳の女の子が身を寄せて眠っている。

二人の首のあたりまで毛布が掛かっている。二人が怪我を負っているかどうかまではわからないが、寝顔は落ち着いていて、ひとまず安心してもよさそうだった。

「鞍岡さん」

依田澄子に後ろから声をかけられた。

「ああ」

鞍岡は応えて、からだを引き、ドアを静かに閉めた。

「鞍岡さんが来るまでは起きている、とおっしゃっていたんですけど、安心されたのか、いつのまにか……」

「怪我は？」

「ご自分にも、お子さんにも、怪我はないとおっしゃって。わたしから見ても、大丈夫そうでした。念のために熱を測ってもらいましたが、二人とも平熱でした」

「そうか、いや、ありがとう」

鞍岡は深く頭を下げた。

「いいえ。うちなどより、ちゃんとした施設のほうがいいに決まってますけど、近くのシェルターに空き部屋がなくて。一般のホテルも遅い時間だから受け付けてくれなくて、子どもさんがいることも考えると……」

「助かったよ、本当に、恩に着る」

「座ってください、いまお茶を」

彼女がリビングダイニングのほうに誘《いざな》う。

「いや、こんな遅くにお邪魔して悪いから」

遠慮しようとするのを、

「わたしも一息入れたいので、つきあってください。志波君も座って」

玄関を入ってすぐのリビングダイニングに立ったまま待っていた志波に、彼女は声をかけ、キッチンに入った。

「じゃあ、失礼します」

と志波が、ダイニングテーブルとセットの洒落た椅子に腰を下ろした。

鞍岡も恐縮しつつ、じゃあ少しだけ、と並びの椅子に掛けた。

数時間前、世田谷区の交番巡査から鞍岡に連絡があった。安原宏江《やすはらひろえ》という女性を知ってますか、という問い合わせだった。覚えがなかった。電話口の向こうで、女の声がした。旧姓は小茂田《こもだ》だそうです、と伝える巡査の言葉につづき、鞍岡さーん、助けてー、と叫んでいる声を耳にして……ああ彼女か、と思い当たった。

夫の暴力から逃げているという話だった。だが鞍岡は、署内で仕事中で急には動けなかった。何とか力を貸してやってほしいと、交番巡査に伝えたが、深夜帯は世田谷署への直通電話のみを残して、署員は交番から引き上げる決まりだった。ホテルの場所などを知らせることしかできないが、彼女は慌ててアパートの部屋を出たために、金銭の持ち合わせがないという。

鞍岡が迷ったあげく、頭に浮かんだのが依田澄子だった。彼女なら、DVから逃げてきた母子《おやこ》を助けてくれるだろう。住所も世田谷方面と聞いた覚えがある。もう寝ている可能性はあったが、切羽詰まって電話を掛けた。幸い彼女は起きていた。事情を伝えたところ、いま住んでいるのは調布だが、タクシーに乗ればわりと近いらしく、すぐ交番に向かいます、と彼女は答えた。

しばらくして彼女から連絡があった。五歳のお子さんが眠そうにしていることもあり、自宅マンションに彼女たちを連れて行こうと思う。ついては、鞍岡さんに依頼された人間であることを、彼女に伝えてほしいと言う。宏江は、スマホも置いて出てきたらしい。

依田のスマホを借りた宏江に、依田は信頼できる女性警官だから、助けてもらうようにと伝えた。ごめんね鞍岡さん、ほかに誰もいなくて、と宏江は何度も謝った。

鞍岡が仕事を終えたとき、タクシーはつかまりそうになく、同様に仕事で残っていた志波がオートバイで送ると申し出てくれた。依田のマンションに着いたあと、志波は外で待とうとしたが、彼女が一人暮らしか、同居人がいるのかもわからないため、強引に誘って一緒に訪ねた。依田らしい上品な、清潔感のある部屋で、一人で暮らしているようだった。

「宏江さん、鞍岡さんのことを、とても信用されてますね」

依田が、三人分の緑茶を運んできながら言った。職場での堅い感じはなく、勤めはじめの、クラさん、スミちゃんと、互いに呼んでいた頃の柔らかさが戻っている。

「九年前って、彼女が言ってました。小さな劇団でお芝居をしてた頃、事件の捜査で鞍岡さんと知り合った……芝居も一度見に来てくれて、嬉しかったって、おっしゃってました」

「鞍岡さんが、芝居を?」

志波が意外そうに笑いを含んだ声を漏らす。

鞍岡は、照れ隠しもあって、

「おれが、捜一で担当した強盗殺人でな」

と、あえて硬い顔で話した。

男四人が、老夫婦が暮らす民家を襲い、鈍器で夫を殴り殺し、妻に重傷を負わせて、金品を奪った。逃走に使われたレンタカーが判明し、運転していた男が割り出された。小さなアマチュア劇団を主宰していた、三十歳の男だった。

「男の恋人が、同じ劇団にいた宏江だった。ラブホテルの清掃やホステスのバイトを掛け持ちして、恋人と劇団を支えてた。明るく、サバサバした気のいい性格で、恋人には才能があり、きっと成功すると信じていた。レンタカーの件も、友人にだまされて運転だけをさせられたに違いないからと、こっちの質問にも素直に答えてくれた」

だが男は、なかなか芽が出ないことを悩んだあげく、ギャンブルで大負けして、借金返済のために進んで犯罪に関わっていた。逮捕直前、山の中で首を吊っている姿で見つかった。遺体との対面後、泣き崩れる宏江を、鞍岡は慰め、困ったことがあったら言ってくるようにと話した。

「一年後、宏江は恋人の残した台本で、小劇場で追悼公演ってやつを行い、おれも招待された。ふだんなら忙しくて行けないのに、たまたま前の日に事件が解決して、ぽっかり時間が空いてな……芝居なんて見慣れないから、はっきりとは言えないが、死んだ恋人に才能があったようには思えない、凡庸なコメディだった。宏江は、男たちに騙《だま》されつづけてもなお明るく生きる女を、大げさなほど陽気に演じていた。駅前の花屋で買った千円の花を手渡して、面白かったよ、と感想を伝えたら、宏江は……嘘をつけない顔をしてるからすぐにわかる、でも来てくれて嬉しいって、涙を浮かべて笑った」

翌年も、その翌年も、宏江は小劇場で三日程度の芝居を打った。新しい恋人が台本を書いたらしい。才能がある人だと言っていたが、見に行く時間はなかった。

ある日、彼女から連絡があった。涙ながらに、恋人から暴力を受けている、と助けを求めてきた。実力が認められずに日の目を見ないため、苛立って彼女に手を出したという話だった。ずいぶん我慢したが、限界だったらしい。

恋人を刑務所に送りたいわけではなく、ただ円満に別れたいだけだと言うので、鞍岡が間に入って恋人を説得し、彼の実家にも連絡した。結局彼は両親に連れられ、いなかに引っ込んだ。

「そして四年前、結婚したと連絡が来た。もう子どもも生まれてるっていう。夫はシナリオ作家だと言った。才能にあふれていて、じき大きな賞をもらうはずだと声を弾ませた。正直、嫌な予感がしたが……黙っていた。ただ、何か問題が起きたら、連絡してこいとだけ伝えた」

鞍岡は、出されたお茶を口にした。うまかった。しぜんとため息が漏れ、「勝手な想像だが……宏江はいつだって、自分のオトコに才能が無いことを、誰よりもわかってたんじゃないかな。わかってて励まし、支えるのが、彼女なりの愛だったのかもしれない。最後はうまくいかなくなる、傷つけられるとわかっていても、繰り返しちまう……生い立ちが関係しているのかどうかはわからんが、単純に一方を加害者、被害者と、決めつけられない男女もあるんだろう……。スミちゃんは、あ、依田警部は、実際に暴力を受けているのは女性側なんだから、そういう風に、男女どちらにも問題があるかのような見方は、不愉快だろうが」

「いえ……」

依田はくぐもった声で応えた。「わたしなりに、わりきれない関係が、男女に限らず、人と人との間にあることは理解しています」

鞍岡は、黙ってお茶を飲み干した。

「……ごちそうさん。こんなにおいしいお茶は、初めて飲んだ気がする」

「そんな、大げさな」

と、依田が照れ笑いを浮かべる。

「いえ、本当においしいですよ」

志波も、お世辞とは聞こえない静かな声で言った。

「お茶には、人柄が出ますね」

「たかがお茶で、そんな……」

「たかがお茶と思って、淹《い》れてないからだろう」

鞍岡はつぶやくように言った。依田も志波も黙っている。妙な間が気恥ずかしくなり……さて、と椅子から立った。

「明日、宏江たち二人が泊まる場所は、見つけておくから」

依田も椅子から立って、

「捜査本部、大変な時期でしょう。わたしのほうで公的機関に当たってみますから、鞍岡さんは捜査に専念なさってください」

彼自身、アテがあるわけでもなく、彼女の親切な言葉に、申し訳ないとは思いながら、

「そうして、もらえると……」

甘えることにして、小さく頭を下げた。

志波も、ごちそうさまでしたと立って、部屋を出ようとする。

鞍岡は、短く迷い、椅子に腰を戻した。二人の視線を感じる。

「……例の、端本家に現れていたフェイクの警官のことだが」

と切り出した。二人が緊張した様子で、椅子に腰を戻した。

「名前は伊崎由紀夫《いざきゆきお》という。前は、捜一にいて、わりと切れる刑事だった」

「本物の警官ではあった、ということですね」

志波の念押しに、

「ああ。社交辞令にも長《た》けて、昇進試験も易々《やすやす》と受かり、おれから見れば軽いところが鼻についたが、上からは気に入られて、出世も早そうに見えた。しかし、女好きとギャンブル好きがたたって、六年前になるかな、退職した」

「……思い出しました」

依田がこめかみに手を当て、「反社とつながって証拠隠滅、情報漏洩の疑いで、逮捕の可能性も指摘されながら、自ら退職して懲戒を免れ、事件自体もうやむやになった……」

同意を求めるような視線を向けられた志波は、彼にしては自信なさげに、

「いや、自分はその頃だと、別の件に集中していたので、ちょっと憶《おぼ》えが……」

「ああ、そうか。あの頃は、志波君はオリンピックに向けて頑張ってたものね」

依田がさらりと言い、えっと、鞍岡と志波が同時に声を発した。

二人から見つめられて、依田のほうがまた驚いた様子で、

「え、だって、志波君……近代五種のホープとして、オリンピック強化選手だったでしょう？」

鞍岡は、依田から志波へ、また依田へ、さらに志波へと視線を移した。

キンダイゴシュ……確かに志波はそんなことを口にしていたが、オリンピック種目の近代五種とは思いもしなかった。馬術、フェンシング、水泳、そしてランニングと射撃が組み合わされた

競技で、キング・オブ・スポーツとも呼ばれているらしい。だが日本ではメジャーな競技とは言えず、鞍岡もオリンピックに出場した選手でさえ、一人も知らなかった。

「……ご存じだったんですか」

と志波がかすれがちの声で訊く。「結局は、候補にさえなれなかったんですけど」

「わたしも乗馬をやるの。だから警官で近代五種のオリンピック強化選手って、自然と耳に入ってきてたから。でも事故に遭って、断念することになったという話をあとで聞いて……」

依田の口ぶりからすると、その事故がどういったものかまでは知らないようだった。

「自分の不注意で、うまくいかなくなりました」

志波は硬い笑みを浮かべて答えた。

鞍岡は無言で、彼の表情を見ていた。

「じゃあ、その退職した刑事が、端本家に現れたということですか？」

志波が話を戻して、鞍岡に訊いた。

どこかとりつくろった翳《かげ》りがうかがえる。だがそれにはふれず、

「伊崎の事情を多少知っている人間からの情報だが……彼は退職後、大手保険会社の、子会社である調査会社に再就職した。保険金請求が正当かどうかを調べていたようだ。一方で、会社の仕事のほかに裏で依頼を受けて、探偵まがいの事もしていたという。依頼に応えるためなら、それっぽい手帳を作って、警察だと名乗ることもあったらしい」

「では端本家にも、その手口で……？」

依田が呆れた表情を浮かべ、「弁護士の依頼で、端本家を調べたんでしょうか」

「起訴が見送られた結果からして、依頼元は、たぶんもっと上だろう」

「余根田の祖父が後援会副会長をしている奥平官房副長官、ですか」

志波の言葉に、鞍岡は頭を掻き、

「実は伊崎は、八雲刑事部長に可愛がられてたんだ」

また奥平―八雲ラインかと、二人の息を呑む気配が伝わってくる。

そのとき、寝室のドアが音を立てて開いた。

三人が振り向くと、下着姿の女の子が立っており、

「おしっこ……」

目をこすりながら愛らしい声で訴えた。

3

いまにも崩れ落ちそうな雑居ビルの一室だった。

「入ってくれ、いいから入りなよ」

刑事に言われた。「さっきの場所で、逮捕されたかったわけじゃないんだろ?」

声をかけられたのは、練馬にある佐東家につながる道の手前だった。

止まれ、と言われた。そのまま進んで佐東家を訪ねると、張り込んでいる警官に捕まって、任意同行……門の内側に入ってドアをノックすれば、不法侵入で現行犯逮捕だぞ。

電信柱の陰から声をかけてきた相手を見て、驚き、すぐに怒りがよみがえってきた。

声が出そうになるのを、相手は、シッとさえぎり、佐東家に間近い道路脇に駐車している黒い

車を指差して、あの車が警察車両だよ、と教えた。中にいるのが佐東正隆の殺害事件を捜査している刑事二人で、息子の進人か、君が現れるのを待ってるんだ、端本竜介君。

名前を呼ばれて、気を呑まれた。

ついておいで、こんな場所で逮捕されたくないだろ、ほら、おれは何も持ってない、と刑事は背広の前を広げた。背中も向けた。拳銃や手錠らしき物は見えなかった。

大事な話がある、ついてきて。そう言われて、迷いながらも、ひとまず従った。

大通りに出たところで、どこへ行く気だ、と尋ねた。事務所がある、そこで話そう、と刑事は言った。人殺しの話を、ファミレスじゃできないからね……。

相手のいやみな笑いを見て、端本家のことを調べ上げていたことを思い出した。また家族が脅されるような状況は避けたい。通りかかったタクシーを、相手が止めた。まさかタクシー内で暴力沙汰にはならないと思い、求められて、相手の隣に座った。肩から提げていた小型のリュックを脇に置いた。中には、ナイフが入っている。

しばらく走って、池袋の繁華街から少し離れた裏通りでタクシーは止まり、こっちだ、と雑居ビルに誘われての、いまだった。

「あんたも刑事だろ。おれを逮捕するつもりなんじゃないのか」

竜介は、まだドアの外に立って、部屋の内側に立つ男に尋ねた。

「警官には、二通りある。話の分かる警官と、話の分からない警官。おれは前のほうだ」

「うちの家族のことをいろいろ調べて、脅したのに、よく言うよ」

「雇われて、仕事としてしたことだ。あんたらに示談を呑み込ませて、裁判をあきらめさせてほしいって依頼だった。雇われた金額分、働いただけで、何の感情もない」

「警察がそんな仕事を、雇われてするなんて聞いたこともない」

「警官もこっそりバイトをしないと、食っていけなくてね。さあ、見ての通りのタネも仕掛けもない部屋だ」

竜介がドアロから中をのぞく。土足のまま入れるフロアに、デスクと椅子が一脚ずつ。その向かいに古びた長いソファが一脚。それしかなく、がらんとしている。

「せめて入って、ドアを閉めてくれ。鍵は掛けなくていい。ソファに座っても、ドアの近くに立ったままでも構わない。おれはこの椅子に座る」

刑事は、デスクの後ろの椅子に腰掛けた。きいきいと椅子のスプリングが軋《きし》った。

「ここはじきに再開発で、ビルごとつぶされる。ぎりぎりまで居座って、もう少し補償金をつり上げようってことを考えた奴がいてね。これもおれの雇われ仕事さ」

竜介は、ひとまず襲われる心配がないのを認めて、室内に入り、ドアを閉めた。

「話って、何だよ」

閉めたドアの脇に立ち、すぐに出て行ける状態で尋ねた。

「端本君さあ、何をするつもりなの。会社、辞めたんだって？」

なぜそれを、と驚いたが、警察なら調べがつくかと思い、黙っていた。

「きみが余根田と楠元の実家、芳川のマンションを訪ねたこと……インターホンも押してないから、訪ねたとは言わないか。ともかく姿を現したのは、防犯カメラで確認されてる」

竜介は戸惑ったが、すぐに開き直ったほうがいいと思い、

「だから何……家の前を歩いたからって、罪にはならないだろ」

「いい答えだ。で、その後、佐東家は今日まで訪ねなかったのかい？　それとも今日は二度目か

な。これまでどこでどうしてたの。警察が張り込んでいたのに、引っかからなかったじゃないか。そう見えて、わりと賢いのかな」

竜介は返答を控えた。べつに賢くなどない。今後のことについて考えがまとまらなかっただけだ。

佐東正隆の死が、他の三家族に及ぼした影響を知りたかった。だが家の前を歩いたところで、わかるはずもなく、余根田家と楠元家の玄関先には防犯カメラが付いていた。まずいかもしれないと思い、いったん引き上げ、ネットカフェで過ごした。会社に戻る気にはなれず、辞めると伝えて、ホームセンターで、小型のリュックと、ナイフ、粘着テープも買った。

そして、佐東家を訪ね、あの母親に会おうとした。どうして約束したのに、謝りにこなかったのか、尋ねるつもりだった。

「まあ、何をするにせよ、覚悟を決めるのには時間がかかるもんだよな。年の若い犯罪者を何人か相手にしたけど、突発的な犯行に見えても、実行するまでには何日も、何カ月も、ときには何年も、迷っていたものだよ」

「……何の話か、全然見えない」

「つれないね。こっちはどこなら君と会えるか、けっこう考えたんだぜ」

刑事は、竜介を指でバンッと撃つ真似をして、「余根田家や楠元家の防犯カメラには気がついたろう？　目立つところに備えてあるからね。佐東家には防犯カメラがない。そして、あの家の母親は優しい……それは、二年前に訪ねたときに知ってるよな。妹と両親に謝れと求めた君に、あの家の母親は謝った。息子と主人を連れて、謝りに行くと約束した」

「……どうして、そのことを？」

竜介の疑問を、男は鼻で笑った。

「それでおれが雇われたからさ。君が各家を回って謝れと求めたとき、対応策として――勝手に謝ってはいけないことはもちろん、決して直接話そうとせずに、弁護士を通すように相手に伝えて、それでも帰らない場合は、警察を呼ぶようにと、それぞれの家族は弁護士から指示を受けていた。にもかかわらず、あの家の奥さんは、君に謝り、また実家のほうへ家族で謝りに行くと約束してしまった。旦那は彼女をどやしつけ、善後策を弁護士に相談した。このままだと君がつけあがり、ほかの家も佐東家のように、粘れば謝ると思ってしまいかねない……と、弁護士側は不安を抱いた。それは困ると、ある人経由で、おれに話が回ってきたわけさ」

「ある人経由って？」

「それは君には関係ない。要するに、君がまた訪ねるとしたら……ほかの家より、佐東家の可能性が高いんじゃないか、と思ったわけさ。訪ねやすい、といったほうがいいかな。なぜ、約束したのに謝りに来なかったのか、と尋ねる用件がある分ね」

竜介は、相手に見透かされている気がして、黙っていた。

「ともかく、やるなら、余根田だろう」

男が、およそ刑事らしくないことを言った。「君の妹への行為に対し、復讐をするなら、一番は主犯の余根田だ。奴は相当のワルだぜ。おれは、君の家のことを調べるのと同時に、四人の大学生とその家族についても調べた」

「え……どうしてそんな」

竜介は意外に感じた。「あいつらは、依頼してきたほうなんだろ……」

「依頼側の供述が本当かどうか、ある程度の裏を取ったということさ。その際わかったことは……余根田は、君の妹の件が初めてじゃない。余罪がある」

たぶんそうだろうとは思っていたが、はっきり聞くと、新たな怒りが湧く。

「その余罪は、どう処理された？」

「一件は、被害者が警察まで出向いたのに、被害届を出す前に、状況を事細かく問われることで気持ちがくじけたんだろう。届を出すのをあきらめたが、担当者が同情的で、話をよく覚えていたので、こっちも知ることができた。あと二件は、まったくの泣き寝入りのようだ。共犯の楠元が、友だち連中に、大学へ来なくなったミス・キャンパスは余根田がやっちまったからだ、なんて話を、飲んでる席で吹聴《ふいちょう》したらしい。ちょっと当たってみたら、複数の証言が出てきたから、本当だろう」

「……ほかの二人も加わってたのか、芳川と佐東も」

「いや、あの二人は、君の妹の時が、初犯のようだ。意志が弱いから、ワルに引っ張り込まれて、被害者と自分の将来を壊しちまった馬鹿な二人だよ」

「だからって許せはしない。とくに、レイプドラッグを飲ませた佐東は」

「知ってるかい。外国じゃあ、人通りのある往来や電車の中でも集団レイプがおこなわれ、止める者もいないっていう。それもG７とかG20とかに加盟してる国の大都市での話さ。信じられんぜ、この世界はまったく」

男は、デスクの上にどんと両足を乗せ、「世界の先進国とやらが自国や同盟国を守る名目で、税金をじゃぶじゃぶ使ってる。けど、自分の町で暮らす、弱い立場の人間を守ることには、税金も、取り締まりの労力も、出し渋る。身近な場所も平和にできないのに、世界を平和にできるかよ。なあ？」

「何の話だ……」

「君は正したいんだろう。信じられないこの世界を」

いつか相手のペースに巻き込まれている自分を意識しながら、竜介は訊かずにはいられず、

「……だったら、どうすればいいって言うんだ」

「君は、余根田と楠元が一人暮らしをしてるのを知ってるか。その住所はわかってる？」

彼らが実家にいない可能性はあると思っていた。だが、どうすればいまいる住所がわかるのか、案はなかった。

「おれは、余根田がひどいワルでも、罰する気はない。それはおれの仕事じゃない。ただ奴らから得たいものはある。君はどうなんだ？」

「……あんたは、おれに何をさせたいんだ。何を求めてる？」

「だから、正してほしいのさ。この世界を、もう少し信じられるようにね」

4

佐東正隆の元愛人の居所がようやくわかった。埼玉の浦和で、クラブホステスをしながら、アパートに一人暮らしをしていた。

あえて隠れていたわけではない。シングルの家庭で育ち、母親はその後再婚したので、ほとんど連絡をせず、友だちづきあいも苦手だったため、捜し出すツテが少なかった。

彼女の供述によれば、佐東正隆とはきれいに別れて、何のわだかまりもない。同姓同名の者が

死んだニュースはちらと耳にしたが、あ、同じ名前……と思っただけで、本人とは思わず、わざわざ誰かに連絡して確認する気も起きなかった。というか、確認する相手がいなかった……そう言いかけたとき、捜査員の前で彼女の表情が曇った。

短い期間、付き合った男がいたという。

彼女が佐東正隆と別れたのは、佐東の家庭の事情で、かなりの額の金が必要になり、もう彼女を援助できなくなったためだった。そのあと間もなく、彼女の前に、警察を名乗る男が現れた。佐東の身辺調査だと語った。

男は、彼女と佐東との付き合いについて根掘り葉掘り聞いた後、また別の日に現れて、彼女を口説いた。警察というのは嘘で、保険会社の調査員だと話した。

半年ほど付き合ったか……。相手が彼女に飽きたらしいのと、彼女が男に実《じつ》がないとわかって、あきらめがついた時期がほぼ同じで、自然消滅になったらしい。

「それで、ニュースで名前を耳にしたとき、一瞬ちらっと、調査員だったあいつに連絡すれば、亡くなったのがあの佐東さんかどうか、わかるだろうな……とは思ったんですよね」

男の名前を尋ねると、伊崎由紀夫と答えた。

鞍岡と志波は、都内のネットカフェを中心に、若者が安価で宿泊できる場所を、佐東進人と端本竜介の写真を手に、しらみつぶしに当たっていた。

進人の写真は、母親から借りた。竜介の写真は、依田と館花があらためて端本家を訪ねて借りたものを、拡大してコピーした。佐東恵麻が息子の心配をしているのと同じく、端本家でも、会社をいきなり辞めて行方が分からなくなっている竜介のことを心配していた。

鞍岡たちの捜査は、新人でも務まるものだが、二度にわたり佐東進人を取り逃がしたペナルティの意味合いが濃かった。だから三日続けたところで——佐東正隆の元愛人、松嶋千景《まつしまちかげ》の存在が捜査会議の席で発表されると、二人は直接当たらせて欲しいと願い出て、彼らの力量を知る幹部たちも特別に許した。

「伊崎は、佐東氏の何を詳しく調べていたのかな？」

鞍岡は、足立区にある千景のアパートを、志波と共に訪ねて、話を聞いた。

「最初は、佐東さんの会社で横領があって、幹部社員全員の素行を調査している、みたいなことを話してましたけど……あとで全部ホラだって笑ってました」

彼女はクラブに出勤前で、部屋の鏡台の前で、メイクをしていた。

「あるとき、お酒に酔って、いい気分だったのかな……身辺調査の仕事は、ひそかに誰かの弱みを握れるから、金になるって話し出して……佐東さんとわたしの件も、金になると思ってたんですって」

「つまり二人の関係をネタに、佐東氏をゆするって意味かな」

「でしょうね。だから、やめてよって、止めたんです。佐東さん、悪い人じゃなかったし、別れたのだって、家の事情だし……。わたしは当時知らなかったけど、実は息子さんが、警察沙汰になっちゃったんですって？」

「伊崎が話したのかい」

「ええ」

「伊崎は、佐東氏の息子とも接触してたのかな。連絡をとってるようなことを言ってなかった？」

「いいえ、聞いてないです。息子さんの話はそのときくらいかな……佐東さんは、馬鹿な息子のせいで、金が必要で、わたしとも別れたんだって」

彼女がメイクの出来を確かめながら、「何をしたかは話さなかったけど。だったらなおさら、佐東さんのことは放っておいてよって。もし変なことしたら、わたしが警察に駆け込むからねって……そう言ったら、伊崎はヘラヘラ笑って、ほかにも金になりそうなのが何人かいるから、心配すんな、ですって」

「その、ほかにも金になりそうな相手の、具体的な名前は言ってなかったかい？」

「うーん、どうだったかな……さほど気にしてなかったから、名前までは」

「端本か、竜介といった名前を、彼の口から聞いた憶えは？」

「さあ……覚えてません」

「そうか……伊崎の連絡先はわかるかな」

「消しました、自然消滅ってわかったときに」

なおしばらく伊崎と佐東正隆との関係について聞き、新しい発見のある答えが聞けなくなったところで——そろそろ着替えたいんで、と彼女が椅子から立った。

ひとまず引き上げるか、と鞍岡がメモをとっていた手帳をしまおうとしたとき、

「松嶋さん」

志波が彼女に呼びかけた。「あなたは正義感の強い人ですね」

「ええ？　何ですかそれ」

と、彼女が苦笑する。

「いま付き合ってる彼氏に対して、昔の彼氏に変なことをしたら、警察に駆け込むなんて、なかなか言えることじゃありませんよ」

「だって、なんかいやでしょ、人の弱みにつけ込むとか」

「そんなあなたが、どうして伊崎氏と付き合うことに？」

「ハハハ、寂しかったのかな。それに、初めはいかにもできる刑事って感じだったんですよ。そっちの、クラオカさん？　みたいな。さすがにおにいさんみたいなイイ男じゃないけど。本性を出したら、ぐたって崩れちゃって……。それでも前は、できる刑事だったんだ、なんて言ってたけど」

「誰に依頼されて、佐東さんのことを調べていたか、話しましたか」

「うーん、どうだったろう。人の弱みにつけ込む身辺調査の仕事なんてマジであるの、って訊いたら、わりと警察の上の方から頼まれることが多いんだぜ、って笑ってました。警察が直接は調べられないこともある。たとえば政治家のスキャンダルとか。依頼されて、いくつも潰《つぶ》してきたんだって。それが本当なら、警察って最低じゃないって言ったら、最低なんだよって……あ、ごめんなさい」

「いえ。ご協力、ありがとうございました」と、志波が礼をする。

「そっか……やっぱり佐東さん、亡くなったんだ。かわいそう。お線香あげに行きたいなぁ。けど、奥さんに申し訳ないか……亡くなった後に、愛人がいたなんてわかったら、ショックですもんね……今夜、お店でそっと献杯しようかな」

5

　鞍岡が、志波と共に、またネットカフェを当たる仕事に戻っていたとき、

「八雲刑事部長に直接会って、話を聞いてみますか」

　と、志波から持ちかけられた。

　夜の十時を回っていた。このくらいの時間からネカフェを訪れる者も多い。一度当たった店でも、店員のシフトが変わると、再び回ってみる必要が生じる。

「本気か」

　鞍岡は戸惑い、「会って、八雲さんに何を聞くつもりだ」

　次の店に向かう途中の路上だった。二人は並んで歩きながら、

「ひとまず聞きたいことは――伊崎を弁護士に紹介したか。直接端本家への接触を指示したか。いまも動きをコントロールしているのかどうか」

　志波が冷静に語る。鞍岡は迷い、

「だが、おれたちが追ってるのは、佐東正隆殺しだぞ。関係あるのか」

「伊崎の動きが気になりませんか。被害者《マルガイ》の身辺を調査し、松嶋千景にゆすりをほのめかしている。彼女に止められたけど、本当に何もしなかったかどうか」

「たとえ伊崎が被害者をゆすっていたとしても、それがコロシに発展するか？」

「金を払わないので、思いあまって殺した。ほかの三家族への見せしめとして殺した。そのため

に、あえて無残な殺し方をした……というのはどうですか」

「だとしても、そこに八雲さんが関与するとはとても……」

「どんな筋になるのか、実際はまだ読めません。ですから、刑事部長の話から、補助線が引けないものかと思ってます」

鞍岡には迷いがあった。彼が捜査一課にいた頃、ある事情で八雲に会いたいと、上司を通じて申し入れた。断られたので、刑事部長室に電話を掛けて申し入れた。やはり忙しいと断られた。ついには警視庁の前で待ち伏せし、お話がありますと直接申し出たが、無視され、食い下がろうとして、ほかの署員たちに阻《はば》まれた。ほどなくして、鞍岡に八王子南署勤務の辞令が下りた。

「鞍岡さん、捜一から降ろされたときのことを引きずってるんですか」

「なに……」

「また怒りを買ったとしても、いまの署からはもう飛ばされないでしょう」

志波はやはり、鞍岡が捜査一課から外された事情を知っているらしい。

「どうかな。島《とう》しょ部に、単身で飛ばされる可能性もあるだろう」

鞍岡は鼻で笑って、「どうせ家庭内単身赴任だから、大した差もないが」

「話してみますよ、直接、刑事部長に」

「直接？　何かコネでもあるのか」

志波の口調が、現実性があるように聞こえたため、「おまえ、八雲さんとはどんな関係なんだ。捜一に上がれたのは、八雲さんの推薦があってのことらしいな。おれとおまえを組ませたのも、八雲さんの指示だと、能義一課長から聞いたぞ。おまえ、何か隠してるだろ」

オリンピックの強化選手だったことも隠していたし、どこか信じられないところがある。

そのとき、鞍岡のスマホに電話の着信があった。妻の彩乃からだった。道路の端に寄って、電話に出る。

「もしもし、おれだ、どうした？」

「パパ、悠奈が帰ってこないの」

彩乃の声はかすれていた。悠奈は中学二年、十四歳だ。

「帰ってこないって、もう十時だぞ。ラインか電話は？」

「八時前に、少しだけ遅くなるってラインが来て、待ってたんだけど……九時近くなっても帰ってこないから、こっちから何度も連絡したのよ。でも電源が切れてるみたいで」

「だったら、どうしてもっと早く知らせてこない」

「ラインで何度も知らせたでしょ。捜査中の場合が多いから、連絡は電話ではなく、ラインにするようにって言ったのは、パパでしょう？」

ラインはつい忙しさにかまけて見ていなかった。それを素直には言えず、

「悠奈がどこに行ったか、聞いてないのか」

「最近は、お友だちと、高速道路の高架下でダンスの練習をしてるって言ってたけど」

「具体的に、どの辺だ」

彩乃は場所を伝えて、

「わたし、さっき行ってみたの。蓮に留守番を頼んで。でも誰もいなかった。警察に知らせたほうがいい？」

「おれが行って、確かめてみる。それで決める。悠奈から連絡があったら知らせてくれ」

電話を切って、タクシーを探す。

「お嬢さんが、帰ってこないんですか？」

志波が話しかけてくる。電話でのやり取りを聞いていたらしい。

「ああ、ちょっと捜してみるんで、悪いがあとを頼めるか」

「一緒に行きますよ」

「え……」

「二人で捜したほうが見つかる可能性が高い」

鞍岡は、短く迷って、手でさえぎった。この男は信用しきれない。

「いい。これはおれの家のことだ」

強く言って、タクシーを止められる場所へと走った。

第六章　迷い子たち

1

鞍岡《くらおか》は、娘の悠奈《ゆうな》が友人とよくダンスの練習をしているという、高速道路の高架下近くで、タクシーを降りた。

妻の彩乃《あやの》から詳しく聞いた場所へ走る。ここか、と思われる場所は、一般道から外れて、高架の高速道路沿いにしばらく進んだ、人けの無い空間だった。

悠奈がいた痕跡らしきものを探すが、空のペットボトルや空き缶が転がっているだけで、存在を示すものは見当たらない。自分が知らなかった場所で、娘が一定の時を過ごしていた……それも彼女にとって大切な時間を送っていたということに、置いてけぼりにされたような寂しさを覚える。

タクシー内で何度も娘に連絡を取ろうとした。いまもまた試みる。やはり電源が入っていない。娘の声がしないかと耳を澄ませて、高架下沿いに足を延ばす。金網のフェンスが連なり、内側に建築資材などが置かれている。少し先で、笑い声が聞こえた気がした。

足を速めて進んだ先で――高架を支える太い柱にもたれかかるようにして、五人の少年が缶ビールや煙草を手に、何やら笑いながら話していた。いまどきの不良っぽい恰好をして、酔っているのか、声に抑制が利いていない。鞍岡は歩み寄りながら、声をかけた。

「きみたち。お楽しみのところ悪いが、そろそろお開きにしてもらえるかな」

一斉に彼らの視線が向けられる。敵意が、酒と紫煙《しえん》でよどんでいる。

「なんだ、おっさん」

「どっから湧いてきてんのよ」

うるせえ、消えろ、という警告に聞こえる。

鞍岡は、背広の内ポケットから警察手帳を出して提示し、

「警視庁の鞍岡です。みんなの声が少しばかり大きいと、苦情が来ててね」

五人のうち三人の顔が引き締まる。残る一人は酔っているらしく鼻で笑い、もう一人はしゃがんで顔を伏せたままでいる。人を隠しているような様子はない。

「ここにいるのに、なんか許可いるんすか」

「ほとんど人なんて通んないけど」

先と同じ二人が言い返してくる。

「一応国有地なんでね、長くとどまるには許可がいる」

と、でたらめを言い、ついでに、「近くでダンスの練習をしてた女子中学生が、数人の若い男に脅されたって話も来てるんだけどね」

「はあ？　ＪＣなんて見てたら、脅さずに可愛がってるし」

「前に向こうのほうで、ガキがダサく踊ってはいたけどさ」

一人が、悠奈が練習していたという場所のほうを指差す。嘘ではなさそうだ。

「じゃあ、きみたちより若い子を見かけたら、早く家に帰るように伝えてよ」

少なくとも三人には言葉が届いたのを認め、「君たちもそろそろ帰ったほうがいい」

さっきの場所へ戻ってみることを考えていると、

「なんだ、てめえは、さっきからよぉ」

明らかに酔っている一人の少年が、鞍岡に突っかかろうとする姿勢を見せた。

おい、よせ、と三人が止めるのを振り払い、鞍岡の胸倉をつかもうとする。

「おっと、危ないよ。帰り道がわからなくなったのかな」

身を軽く引いて、相手をいなす。目の前の少年より、うずくまって顔を伏せている男のほうが怪しい。だぼだぼのパンツの後ろポケットに手が伸びている。ナイフを持っている可能性がある。刺した理由なんて別にない――という連中はごくたまにいる。甘く見て後手《ごて》に回ると危険だ。うずくまっていた男が、後ろに手をやったまま、鞍岡のほうへ立とうとする。

「てめえは、引っ込んでろよぉ」

酔った少年がちょうどまた突っかかってくる。彼の足を手前に刈る形で引っかけ、バランスを崩した相手の胸を軽く突き、立とうとしていた男のほうへ押しやった。二人がぶつかり、そのま

ま地面に背中から転げる。鞍岡は、素早く相手との間合いを詰めて、

「おおっと、大丈夫か。危ないよ」

酔った少年ではなく、怪しげな動きをしていた男を支える仕草で背後に手を回した。ポケットの中に折りたたみナイフの感触がある。素早く抜き取り、自分のポケットに収めた。

「二人ともだいぶ酔ってるみたいだが、まさか十代じゃないだろうね？」

鞍岡は、二人を置いて身を起こし、比較的まともな三人を見据えた。「二人を連れて、早く行ったほうがいい。さもないと、迷子が複数いると伝えて応援を呼ばなきゃならない」

三人は、倒れている二人に手を貸し、繁華な通りのほうへ立ち去ろうとする。

ちょうど鞍岡のスマホが着信を知らせた。志波《しば》からだ。ったく、なんなんだ……舌打ちをくれ、五人の少年が去って行くのを見送りながら、電話に出た。

「鞍岡だ。どうかしたのか？」

「お嬢さん、お名前は悠奈。身長百五十四、痩せ型。髪は肩に掛かるストレート、右目の下に薄いほくろ——で、合ってますか」

警官がそんな風に、ある人物の容姿について確認を取るときは、事件か事故の被害者についての問い合わせなど、たいていはよい話ではない。

「……合ってたら、なんだと言うんだ」

声が思わずかすれる。

「いま、わたしの目の前にいます。無事です」

2

鞍岡は教わった場所へ走った。

初めに捜した場所から、進んでいったのと反対側に五百メートルほど戻った、資材置き場の内側だという。金網のフェンスが続いているが、途中に出入り口となる扉があって、鍵が壊れているので出入りができる――と、志波が言った通りの場所を見つけた。

扉を押して、中に入る。志波が立っていた。彼が黙って、外からは見えない陰に視線を送る。

鞍岡がその方向へ回り込んでいくと、鉄板を積み上げてベンチ状になっている場所があり、悠奈と、同じ年頃の見知らぬ少女が力なく座っていた。

「悠奈っ」

娘に呼びかけ、歩み寄る。

すでに志波から父親に連絡したと聞いていたのだろう、彼女に驚きの表情はなく、叱られることを覚悟しながら、謝るのも嫌で、つんと反発する態度が表に出ている。

「大丈夫なのか、よかったよ、無事で。どこにも怪我とかしてないのか」

あえて優しく問いかけても返事をせず、顔も向けないので、

「悠奈っ、黙ってないで答えなさい」

つい怒りを含んだ声を発する。

娘よりも隣の少女のほうが、びくりと怯《おび》えたように身を震わせてうつむいた。

「なに。声大きい」

悠奈が不機嫌な声でつぶやく。

「おまえがちゃんと応えないからだろう。どれだけ心配したと思ってるんだ」

腕時計を相手に示して、「もう十一時になる。なんで連絡ひとつしてこない」

「充電が切れたの。モバ充（モバイル充電器）を忘れてきたから、使えなくなった。そんだけ」

「友だちに借りて、連絡すればいいだろう。公衆電話でもいい」

「友だちのも切れたし、公衆電話なんてどこにもない。心配しなくても、無事じゃん」

「無事なら無事と連絡しなさい、と言ってるんだ。さあ、ママに電話して、帰るぞ」

「帰らない」

娘の声は小さかったが、突き放すようなかたくなさがある。

「何をバカなことを言ってるんだ」

鞍岡の荒い声に、娘よりもやはり隣の少女のほうが怯えた様子で、

「悠奈……帰ったほうがいいよ」

消え入りそうな声で言う。

悠奈は、優しい笑みを浮かべて、彼女の手を握った。

「大丈夫、そばにいるから」

鞍岡は、そのとき目に映ったものに微妙な違和感を抱いた。だが、それを口には出さず、

「この子の親御さんも心配してるだろう……同級生かい？　パパの携帯を貸すから、連絡して、無事でいることを伝えたほうがいい」

と、スマホを差し出す。すると、

「さいな、もうっ」

悠奈が、彼の手を荒く押し放した。かっとして怒鳴りつけそうになるところ、

「鞍岡さん」

それまで距離を置いて黙っていた志波が、声をかけてきた。

自制を促す響きがあり、外へ、と目で誘い、先に金網の扉を開いて、道路に出る。

鞍岡は、娘たちがどこにも去る様子がないのを確認して、後につづいた。

「お嬢さんは、あの友だちを助けたかったみたいですね」

志波が声を落として話しはじめようとする。

「ちょっと待て。その前に、どうやって娘たちを見つけた。大体なんでここにいるんだ」

「言ったでしょ、二人で捜したほうが見つかる可能性が高いと。なので、鞍岡さんのお宅に電話しました」

「はあ？　なんでおまえがうちの番号を知ってる？」

「組で捜査するので、万が一の場合を考え、署のほうで教わってました」

「おれは、おまえの家の番号なんて知らんぞ」

「知ろうと思わなかっただけでしょ？　ともかく、鞍岡さんの――」

志波は急に言いよどみ、「こういうときの呼び方に、日本の場合、本当に困りますね。一般的には、鞍岡さんの奥様と話しました、となるのでしょうけど……ご主人、と夫を呼ぶことが、上下の関係を無意識に表しているように、奥様、奥さんと呼ぶのも、同じだと思うので」

「またおまえは、面倒くさいことを……」

「その面倒くささが、男女の性差の問題の根深さなんだろうと思います。面識がないのに失礼で

すけど、お名前で、彩乃さんとお呼びしてもいいですか」

「だめだ、と言ったら、どう呼ぶんだ」

「……ミズ・鞍岡とか、鞍岡夫人とか？」

「いいよもう、名前で。さっさと話を進めろ」

「では……鞍岡さんの妻、彩乃さんに、わたしのことを信じてもらうため、一度署に確認の電話を掛けていただき、あらためて電話して、お嬢さんの事情をうかがいました」

志波は、悠奈がダンスの練習をする場所を彩乃から聞き、鞍岡を追うようにタクシーに乗ったという。

「お嬢さんは、一緒に練習する友だちのことは伝えていなかったそうです。干渉されるのがいやだったんでしょうね。なので、お嬢さんが小学校の頃から親しくしていた友人に、電話を掛けていただくよう、彩乃さんにお願いしました。一人くらいはダンス仲間がいるか、少なくとも仲間のことを知っているだろうと思ったものですから」

「彩乃は、まだ友だちの所へは連絡していなかったのか？」

「友だち間で騒ぎになる可能性がありますからね。まずは鞍岡さんに連絡することを一番に考え、あとは鞍岡さんからの連絡をやきもきしながら待っておられたようです」

鞍岡は、娘を捜すことで焦《あせ》るあまり、客観的な対応を考えられずにいた。

「そして、やはりダンスの練習を一緒にしていた子がいました。いまは足を捻挫《ねんざ》して休んでいるそうです。その子は、お嬢さんがどこにいるかは知らないけれど、今日も練習する日だった、と話したようです。なので、もう一度その子に聞いてほしいと、彩乃さんにお願いしました。ダンスの練習中、何か嫌なことや怖い目に遭ったとき、練習場所近くで、逃げ込む秘密の場所がないかどうか……。すると折り返し電話があり、いつもの場所から四、五百メートル駅側に戻ったところに資材置き場があり、扉の鍵が壊れているので、強目に引けば入れる場所がある、と教わって……二人を見つけたんです」

鞍岡の中で、怒りを含んだ苛立ちが沈静していく。

「ちなみに、彩乃さんにはすでに連絡しています。ご心配だったようなので」

「そうか。妻の呼び方はともかく……あの子たちを見つけてくれて、礼を言う。ありがとう」

志波が一瞬、意外そうな表情を浮かべた。

「あ、いえ……」

「で、娘は、家に帰らない理由を話したか」

「いいえ。秘密を抱えている様子で、詳しくは……。ただ、二人の様子から推測したことですけど、友だちを、あることから守りたい、という思いのようですね」

鞍岡は、先ほど悠奈が少女の手を握ったとき、一瞬目に留《と》まり、違和感をおぼえた——少女の手首の切り傷の痕と、うつむいた彼女のうなじの辺りの痣《あざ》を思い出した。

「あること、とは……もしかして、虐待か」

鞍岡の問いに、志波は小さくうなずいた。

「身体的な暴力、だけだと思うか？」

言外の意味を、志波はくみ取ってか、視線をやや落とし、

「二人を見つけたとき、友だちのほうが逃げようとして、鉄板の端につまずいたので、わたしがとっさに支えました。そのとき身を硬くして、一瞬体を震わせたのですが……あのときの反応や、青ざめた表情からすると……性的な虐待も疑ったほうがいいかもしれません」

「悠奈は、それを知っていると思うか」

「ある程度、聞いている気がします。だから、石園真緒《いしぞのまお》という名前だそうですが、彼女が家に帰りたくないというので、一緒に付き添っていたのでしょう」

鞍岡は頭を強く掻《か》いた。

「……どうするかな。警察で保護をしたほうがいいか」

「警察で保護した場合、相手の親に連絡して、迎えに来てもらうことになります。虐待しているかもしれない相手にです。そもそも彼女たちが連絡先を教えるかどうか」

「じゃあ、こっちがその子を家に送って、親と話すのはどうだ」

「虐待してますか、と訊きますか。否定されたら、戻さないわけにいかないし、きっと否定するでしょう。戻したあと、もしあの子がもっとひどい虐待を受けたとわかったら……お嬢さんは、鞍岡さんを一生許さないかもしれません」

志波に揶揄《やゆ》するような表情はなく、真剣に娘たちのことを考えているのが伝わる。

「……何か、案があるみたいだな」

「知り合いが、行き場のない女の子たちに、居場所を提供する活動をしています。相談に乗り、必要ならシェルターとしてマンションの一室を用意し、後の事についても児相や公的機関と連携を取って、よりよい対応を考えようとしています。少なくとも我々より若い子に慣れているし、お嬢さんたちの希望を聞き出してくれることも期待できます」

「それで、解決、というわけにもいかんだろう」

「ええ。根本的な解決は、早期には難しいでしょう……ただ、二人を連れて行き、向こうのスタッフと話をして、対応に納得すれば、お嬢さんもひとまず今夜は帰宅されるのではないかと」

「……信用して、いいのか」

「わたしのことですか」

志波の表情がしまる。この男は明らかに何かを隠している。信用したくても、しきれない面がある。だが今回については助けられた。

「いや……その、助けてくれそうな知り合いのことだ」

「信用できます」

志波がきっぱりと答えた。「間違いなく、わたしよりは」

3

新宿歌舞伎町の繁華街に面した場所に建つ公立病院の、広い敷地の一角を借りて、キッチンカーがカフェを開いている。

小ぶりな立て看板があり、『Gサンクチュアリ』と書いてある。その前に高いテーブルが三つ出ていて、午後十一時半を過ぎているのに、立って飲食する客の姿があった。

キッチンカーの後ろには、大型のキャンピングカーが駐《と》まっており、窓から明るい光が洩れている。前後の出入り口は、ドアは開いているものの、カーテンで仕切られている。

鞍岡と志波が、悠奈と真緒を連れてタクシーを降り、周りを見ながらキッチンカーのほうへ進んでいく途中、

「倫吏《りんり》ーっ」

キャンピングカーの前に若い女性が立って、こちらに手を振っていた。

三十歳前後だろう。白いシャツにジーンズというカジュアルな恰好で、足取り軽く歩み寄ってくる。ショートカットの、意志の強そうな顔に、明るい笑みを浮かべ、

「はじめまして。ガールズ・サンクチュアリ代表の来宮環紀《くるみやたまき》です」

刑事二人を前にしても、気後《きおく》れしないはきはきした口調で言って、悠奈と真緒にしゃれたデザインの名刺を渡し、そのあと鞍岡にも名刺を差し出した。

「電話で話した、鞍岡さん」

志波が環紀に紹介する。

「鞍岡です。夜分遅くにお手数をおかけします」

「鞍岡さんのお嬢さんの悠奈さん。悠奈さんのお友だちの、石園真緒さん」

「こんばんは」

と、環紀が少女二人に挨拶《あいさつ》し、二人も小さい声ながら挨拶を返した。

「では、先に、カフェで何かオーダーしません？」

環紀がキッチンカーのほうに誘《いざな》う。少女たちに顔を寄せ、「温かいココアかラテはどうかしら。あ、中のお姉さんたち、ラテアート、すっごく上手よぉ」

キッチンカーの中には、二十歳前後と思われる女性が二人、エプロン姿で働いており、こんばんはー、いらっしゃいませー、と笑顔で挨拶して、

「リクエストくれたら、なんでも描けるよ」

と、悠奈と真緒に向かって話しかける。「おなか減ってたら、うちら、ホットサンド、めっちゃおいしいから、おすすめだぴょん」

悠奈が、鞍岡を振り返る。こんな時間、こんな場所で食事を摂《と》ることに迷いはあったが、

「自分たちも、腹ごしらえしませんか。ホットサンド、マジでいけますよ」

志波が察してか、あえてだろう、くだけた口調で言った。

鞍岡は、娘にうなずいた。悠奈は、真緒と相談して、キャラメルラテと、ハムチーズのホットサンドを二つずつ頼んだ。

「それじゃあ、お嬢さんたちと、あちらの車の中で話してもよろしいですか」

環紀が、鞍岡にキャンピングカーを指し示した。

「娘たちだけ、という意味ですか？」

鞍岡は彼女とキャンピングカーを見比べた。

「はい。話を聞かせてもらうのは、わたしと、スタッフの行平《ゆきひら》です」

いつのまにか環紀の背後に、彼女よりやや年上らしい事務員風の女性が立っている。

「悠奈さん、真緒さん、あっちのキャンピングカーの中で、話を聞かせてくれる？　オーダーしたものは、できあがったら、おねえさんが運んできてくれるから」

環紀が娘たちに言って、鞍岡へ、「ご心配でしょうから、先に車内をご覧ください」

と、先に立って歩き出す。志波はすでに知っているのか、その場に残る様子だった。

鞍岡は、彼女についていきながら、

「よくこういう形で、車の中で若い子たちの話を聞くのですか」

と尋ねた。「事務所のような場所ではなく？」

「はい」

環紀は少し後ろに首を傾け、「行き場がなくて、街の中を迷子みたいにさまよっている子たち

がいるので——声をかけ、温かい飲み物と食事を用意して、どうしたのか、さしあたって今はどうしたいのか、話を聞きます。どうぞ中へ」

彼女が、カーテンを横にわけて、キャンピングカーの中へ入っていく。鞍岡はあとにつづいた。

車内は、改造されていて、ファミリーレストランの座席のような、四人がけのテーブルとソファが、縦に二組設けられている。車内の色合いも装飾も、明るくて愛らしく——たとえば、アミューズメント施設のレストランのようで、決してここでは嫌なことや悲しいことは起きない、守られている場所、という印象を抱いた。

「以前は、マンションの一室を借りて事務所にしていました。でも、この近くは家賃が高くてとても借りつづけられないし、繁華街から遠いと、子どもたちは寄ってくれないんです。ふらっと寄れて、イヤだったらすぐ街に戻れる……そんな距離感やラクな感じでないと、心を開いてくれません。みんな、臆病な子たちなので」

「臆病？」

「強がる子や、大人に悪態をつく子もいますけど、内心はとても不安で、大人に不信感も抱いています。お金もセックスも求めないのに、優しくされるなんて、何かおかしい、きっと裏がある、と思うんですね。そうした警戒心を解くのが、はじめの一歩で……それにはこういう形がいいみたいって、試行錯誤しながらやってます」

奥のトイレも含めて、すべてが清潔に整えられている。それ以上に、彼女の立ち振る舞いや言葉の端々に、自分たちの行為の有効性と限界を公平に捉えている誠実さを感じた。

「わかりました。しばらくお任せします」

鞍岡は、彼女に会釈《えしやく》をして車から出た。外では、行平という女性と、悠奈と真緒が待っている。

鞍岡は、悠奈たちにうなずき、行平にお願いしますと会釈をした。

キッチンカーの前のテーブルで、志波がコーヒーを手に待っていた。鞍岡の分らしいコーヒーも置いてある。

「元は児相の職員なんですよ、彼女」

志波がコーヒーをすすりつつ、「公務員は二年でよく部署を移るでしょう。彼女もやっと仕事に慣れ、子どもたちの助けになれる力がついてきたところで異動の辞令が下りて……かなり抗《あらが》ったそうですけど、結局辞めて、心理士の資格を取り、こつこつ実績を積んできたんです」

「詳しいんだな」

鞍岡もコーヒーを手に取り、「付き合ってるのか」

野暮《やぼ》な質問だった。二人の間に交わされる言葉の調子や、視線や表情で、わかっていたことだ。

志波も聞こえなかったような顔で、コーヒーを口に運んだ。


一時間後、鞍岡は悠奈とタクシーで自宅に帰り着いた。

友人の真緒は、ガールズ・サンクチュアリの用意したマンションの一室に泊まることになった。真緒の親には、代表の環紀が電話を掛けた。街で保護をしたので、今夜は預かりたい旨を申し出たところ——母親という女性は、「あ、そう」とだけ応え、電話を切ったという。真緒を虐待しているのは、どうやら母親が付き合っている相手らしい。今後については、管轄の児童相談所に連絡し、連携して考えてゆきたいと、環紀は語った。

真緒はひとまず安堵《あんど》した表情を浮かべ、悠奈と抱き合った後、バイバイと手を振った。

明日会える？　と悠奈が訊くと、真緒は環紀のほうをうかがうように振り返った。環紀は二人にほほえみかけ、明日ラインで連絡し合おう、と応えた。

「おかえりなさい」

母の彩乃に迎えられ、

「ただいま」

悠奈は小さく応えて、二階の部屋に上がっていった。

鞍岡は、彩乃と視線を交わして、ひとまず大丈夫、という意図でうなずき、

「タクシーを待たせてる。署の帳場《ちょうば》に戻らなきゃいけない」

いつものことだと、彩乃も理解していて、

「ええ。気をつけて」

「詳しい話は、あとで電話なりで」

「悠奈からも聞くから」

「ああ。じゃあ」

と出て行きかけたところで、二階から階段を戻ってくる足音がした。

鞍岡が顔を上げると、悠奈が少しだけ顔を見せており、

「……ありがとう」

と、ささやくように言った。

内心驚きながら、「ああ……」と応えた。

「……もう一人の刑事さんにも、伝えといて。ありがとうって」

「わかった。伝えておく」

悠奈は、まだ何か言い足りないような表情を浮かべていた。だが、恥ずかしいのか、ふいっと

顔を引っ込め、また階段を上がり、部屋のドアを優しく閉める音がした。

4

夜が明けて、その日の午後、芳川《よしかわ》家から一一〇番通報があった。

通信指令室から最寄りの交番に、芳川家を訪ねるよう指示が出された。

「了解しました。あ、ちょっとお待ちください。その芳川家とは、もしかしたら……」

交番詰めの巡査長は、当の芳川家が八王子南署に置かれた捜査本部の張り込み対象となっている、との通達を思い出した。

何度か連絡のやり取りがあり、交番から警察官二人が出て、張り込み中の捜査員二人のうち一人を残し、合わせて三人で芳川家を訪ねることになった。

玄関先では、芳川家の主婦聡美《さとみ》と、その背後に高校一年生の娘遥花《はるか》が隠れるようにして、警察官たちを迎えた。二人はひどく怯《おび》えていた。

「これを、これを見てください」

聡美がかすれた声で言い、玄関先に置いたままの段ボール箱を指差した。

箱は開かれていた。警察官たちが視線をやると、中には、有名なウサギのキャラクターのぬいぐるみが、仰向けにして置かれていた。

彼らはさらにのぞき込んで、そろって目を見開き、驚きの声を発した。

ぬいぐるみの腹部に、カッターナイフが突き立てられている。さらに、白い紙がぬいぐるみの足下に置かれ、赤い色の印刷文字が打たれていた。

『次はおまえたちだ』

やや停滞気味だった捜査本部がにわかに色めき立った。

芳川家で事情を聴取した捜査員と、段ボール箱とその内容物を調べた鑑識課員から、次々と本部に報告が上がってくる。

段ボール箱は、配達されたのではなく、玄関脇に置かれていたという。発見したのは、買い物から戻った聡美。ときおり置き配があるので疑いもなく、室内に入れた。

宅配伝票は貼られていた。届け先は、娘の遥花。依頼主は、有名なティーン向けファッション誌の編集部で、品名には読者プレゼントとあり、すべて印字だった。

遥花は、学校が午前授業で終わった後、図書館に寄り、二時に帰宅したという。依頼主のティーン誌は、ふだん立ち読みする程度だったが、もしかしたらずっと前に何かのプレゼントに応募したのか、あるいは友人の誰かが応募してくれたのかと思い、リビングに箱を運び、母のいる前で開けた。そしてカッターで刺されているぬいぐるみと紙とを発見した。

箱の指紋は母娘のものだけ。伝票、ぬいぐるみ、カッターナイフ、『次はおまえたちだ』と字が打たれた紙、そのどれからも指紋は出なかった。

すぐに宅配業者への聞き込みが行われた。だが業者は当該の荷物は扱っていないことが判明した。ファッション誌の編集部も何も送ってはいなかった。

犯人自身が芳川家の玄関先に箱を運んだと推測されたが、張り込みの捜査員はそれらしい人物を見ていない。防犯カメラにも怪しい人物は映っていなかった。だが、マンションの裏口には、防犯カメラはなく、張り込みもおこなわれていない。裏口の扉は、内側からは開くが、外側からはロックがかかっている。ただし、たとえば住民が裏口から出て、少し先の集積所にゴミを運んでいる最中に、開いたドアから素早く身を滑り込ませれば、鍵がなくてもマンション内に入ることは可能だった。

捜査本部の幹部たちは、今回の犯人が、佐東正隆《さとうまさたか》の殺害犯と同一人物の可能性が高いと判断した。近所の聞き込みから目撃者を捜すことと、ぬいぐるみやカッター、段ボール箱など各遺留物の入手先を洗い出すように、捜査員たちに指示を出した。

夜の捜査会議が終わった後に、八王子南署の屋上に誘ったのは、能義だった。

車の音は遠いが、クーラーの室外機が多く並んでおり、わりと音が大きい。

「同一犯かどうか、疑いが残るとは、どういうことだ」

捜査一課長の能義《のぎ》が、鞍岡に尋ねた。

「殺害方法が違います」

鞍岡は答えた。「ぬいぐるみの首を紐《ひも》で絞めてあれば、同一犯でもいいと思います」

「次は刺し殺す、という予告かもしれん」

「その可能性もあるので、会議ではあえて異論をはさみませんでした」

「紙に、脅し文句が書かれていたのは、共通するだろう?」

「ぬいぐるみの体内には入っていませんでした。しかも今回の文字は手書きではなく、赤色の印字。脅し文句も、『目には目を』より具体的というか、ストレートです」

「共犯者かもしれない」

「そのほうが可能性は高い気がします」

「志波も同じ考えか。というより、いま口にしたのは、ほとんど志波の考えだろう」

図星だったが、鞍岡は表情を変えずに黙っていた。

「どちらにしろ方針に変更はない。今回のホシを必ず洗い出す。それがホンボシにつながれば言うことなしだ。一方、以前からの線も継続する。引き続きネットカフェを——」

「伊崎《いざき》を追ってみたいんです」

鞍岡は、上司の言葉をあえてさえぎり、「伊崎は、佐東正隆の件に何かしら関わっている気がします。あるいは、いままさに関わっているかもしれない。なので」

「なので、八雲《やくも》刑事部長を捜査対象《マルタイ》にするつもりか」

「お話を伺いたいだけです」

「その要望の答えを伝えるために、ここへ来てもらった。却下だ。お忙しい」

「短く済ませます」

「答えも頂いた。伊崎由紀夫《ゆきお》とは退職後一切関わりがない、ということだそうだ」

「伊崎のことを、八雲部長は可愛がっておられました。課長もご存じですよね？　退職後の就職先を世話して、その後もときどき調査に使っていた、という話があります」

「ご本人がご存じないとおっしゃってるんだ」

能義は、話の調子を変えるようにため息をつき、「クラ、おまえはまだあの件を引きずってるんだろ。もう忘れろ。ある意味で、部長もババを引かされたんだ……頼んできた相手が相手だ、仕方ないだろう。おまえがつっかけなきゃ、部長も嫌な思いをせず、おまえも捜一のままだった。誰も傷を負うことはなかった」

「どんな傷です。八雲部長はいずれ警察庁次長、さらに長官の噂《うわさ》まである。おれにしたって、警官まで辞めさせられたわけじゃない。けど、あの女性はどうなんです」

能義は顔をそむけて、

「いまさらどうしようもないことを蒸し返すな。ともかく刑事部長には会えないし、会おうとするな。勝手に、帳場の方針と違う筋を追うなよ。追うなら……外すぞ」

能義が低い声で言い捨てて、屋上から出ていった。

室外機の音が、うるさい羽虫の音のように響く。

「やっぱりだめだったでしょう？」

陰に潜んでいた志波の声がする。「正面からでは、刑事部長に会えない」

「まあ、わかってたことだ。それでも尋ねた甲斐はあった」

「……どういう意味です」

明かりの差す場所に志波が出てくる。

「能義先輩らしいってことだよ」

鞍岡は鼻で笑った。「追うなら、外す……じゃあ、外してもらおう」


翌朝、鞍岡は志波と共に、伊崎の勤め先である調査会社を訪ねた。

伊崎は三日前から大阪に出張していた。調査については、元捜査一課の刑事なので、本人の裁量に任されているところが大きいらしく、実際に成果も上げているという。

いま大阪の何というホテルにいて、実際にどんな調査をしているかは、直属の上司しか知らないし、守秘義務もあり、令状がない限りはお教えできないと言われた。

「ということは、東京にいる可能性だってあるわけだ」

鞍岡は志波と共に、伊崎が住民登録している住所を訪ねた。数日前から留守らしく、マンションの郵便受けには、チラシの類《たぐい》が溜まっている。

近所で聞き込みをして、彼のマンションへの人の出入りを尋ねる。進人《しんと》と竜介《りゅうすけ》の写真も見せたが、二人を見かけた住人はいなかった。

昼過ぎ、依田澄子《よだすみこ》から鞍岡に電話があった。

5

連絡のあったアパートの前には、館花未宇《たてはなみう》が立っていた。

「お疲れ様です」

館花が、鞍岡と志波に礼をする。

「わざわざすまんな」

鞍岡がねぎらうと、いいえ、と館花が応えた。

「部屋は?」

「一〇八。一階の一番奥の部屋です」

鞍岡は、教わった部屋の前に進んだ。表札は出ていないが、玄関脇に錆《さび》の浮いた三輪車が置いてある。鞍岡はインターホンを押した。中で鳴るチャイムがはっきり聞こえる。

「鞍岡だ」

と呼びかける。はーい、とすぐに明るい声が返ってきた。

ドアが開く。先日、夫のDVから逃れて、保護を求めてきた安原宏江《やすはらひろえ》が笑顔を見せた。

「鞍岡さーん、こないだはごめんなさーい。あのあと来てくれたんですって？」

以前より少しふっくらとしただろうか。子どもを抱えての苦労もあるだろうから、さすがにかつての色つやは失せたが、陽気で気のいい性格は変わっていないようだ。

「起こしてくれればよかったのよ、会いたかったのにぃ。依田さんにもすっかりご迷惑おかけしちゃって。一見、冷たそうだけど、いい人よねぇ、あの方」

「なのに、依田が用意した部屋を、出ちまったんだろ？」

依田は、自分の部屋に宏江と娘を泊めた翌日、ツテを通じて、DVシェルターとして空いていたマンションの一室を、宏江に紹介した。まずは二週間、その部屋で過ごしながら、離婚や自立など、今後のことを考えていこう、という話になっていたのだが――彼女はいきなり自宅に戻ることを依田に連絡して、部屋を出てしまったらしい。

「ああ、うん……せっかく用意していただいたのに、悪いとは思ったんだけどぉ」

宏江は困った顔で、「千晶《ちあき》が保育園のお友だちに会いたいって泣いて泣いて、ほかの部屋の方にご迷惑だし……わたしもパートがあるのに、シェルターからだと遠くて通えないものだから」

と顔をそらして、志波のほうに視線をとめた。

「あら、イケメンさんだ。鞍岡さんの同僚の方？　刑事にはもったいないなぁ」

と話を変える。志波は黙って、小さな会釈だけを返した。

「ごまかすんじゃない。シェルターに残って、新しい職場を探せばよかっただろう？」

鞍岡が言うと、

「……そういうところ、わかってないのよねぇ、とくに男の人は」

宏江が絶望的な表情を浮かべてつぶやく。どういうことか、聞き返す前に、

「女性には限りませんけど、仕事を辞めて、またすぐに新しい職場を見つけるのは、容易ではありませんから。非正規雇用だと、なおさらですよね」

脇から館花が言った。

あら、と宏江が視線を向ける。

館花は、手帳を提示した後、携帯電話の番号を記した名刺を差し出し、

「館花と申します。依田警部が、仕事で来られず申し訳ありません、とのことでした。今後はわたくしがお手伝いさせていただきますので、何かあったおりにはご遠慮なくお申し出ください」

「それでわざわざ？　依田さんには散々お世話になっておきながら、ご厚意を無にするような真似をしたのに、謝るのはこっちです。よろしくお伝えください」

宏江は、館花に頭を下げた後、鞍岡を見て、「助けてもらっていながら、勝手ばかりして、ごめんなさい。けど娘やパートのことだけでなく、これで家庭を終わりにしていいのかって考えて、思い切ってパパに、あ、うちの主人に、電話したら……本当に悪かった、帰ってきてくれって、泣いて謝るの。お酒さえ入らなきゃ、いい人なのよ。お酒は金輪際《こんりんざい》やめるって誓って、部屋に残ってたアルコール類も全部処分したって言うの。だからね……ああ、パパ、ちょっとご挨拶して。話したでしょ、警察の、お世話になった鞍岡さん」

彼女が部屋の奥に向かって呼びかける。台所の先の部屋から、男がごそごそと立って出てきた。五歳の女の子がテレビを見ている様子もうかがえる。

鞍岡が室内をざっと確認したところ、掃除は行き届き、荒れた感じは見受けられなかった。

「どうも、このたびは、とんだご迷惑をおかけしました」

宏江の夫、安原幸造《こうぞう》が鞍岡に頭を下げた。痩身《そうしん》で、インテリ風の顔立ちをしている。

「少し酒が過ぎて、妻と娘に申し訳ないことをしたようですが……全然覚えてなくて」

「覚えてないほど飲んではいけませんね。酒で人生を失う人は少なくありません」

鞍岡は、相手の目を睨《にら》むように見据えて、「本気でやめる気なら、医者に診てもらうことも考えたほうがいいですよ」

「あ、はい、考えてみます」

宏江の夫は目を伏せ、弱々しくほほえんだ。

「大丈夫、わたしも協力するし。大きい賞を獲るまでは絶対断つのよね」

宏江が夫の着ているシャツのしわを直してやり、「いまね、主人、シナリオ大賞の最終候補に残ってるの、これは絶対に行くと思うの。受賞したら、もう一気に売れっ子だから」

「そうか、それは楽しみだ。受かったら、お祝いに何か贈るよ」

「ありがとう。というわけなので……依田さんにもくれぐれもよろしくお伝えください」

鞍岡はうなずき、

「わかった。伝えよう。無理はするなよ」

と言い置いて、志波と館花と共に去りかけた。振り返ると、宏江がまだこちらを見て手を振っている。短く迷ったのち、彼女の元に戻った。そばにもう夫がいないのを確かめて、

「一つ忠告がある。言葉ってやつは、気がつかないところで、自分を縛っちまうもんらしい……夫のことを、主人、と呼ばないようにしたほうがいい」

きょとんとしている宏江を励ますように語気を強め、「きみの主人は、あくまできみだ」

すると宏江は、ふふ、と笑って、

「なんだか鞍岡さんらしくない……でも、わかりました。気をつけます」

と、おどけて敬礼をしてみせた。

6

余根田俊文《よねだとしふみ》は、ビル建設現場での仕事を終え、同じ職場で働いている楠元恵太郎《くすもとけいたろう》の首根っこをつかまえて、仮設事務所の脇にある更衣室へ戻る途中だった。

「いいからつきあえって、ぜってえやれるから」

「いや、おれ、余根ヤンみたいに金がねえから」

「金なんかいらねえんだよ。家出して、腹を空かして、うろうろしてんだから。メシを食わせて、ちょっと飲ませりゃ、オールで、やり放題だよ」

仮設事務所の扉が開いて、年配の女性事務員が顔を出した。

「あ、余根田さん、ちょうどよかった。呼びに行くとこだったの。田中設計事務所ってところから、あなたに電話。仕事のことでお願いがあるって」

「え、なんでおれ？　設計のことなんか知らないっすよ」

「でも先方が、余根田俊文さんにって。急ぎの用みたいよ」

余根田は、楠元を外で待たせて、仮設事務所内に入った。

有線電話が引いてあり、保留のメロディが流れている。受話器を取ればつながるという事務員の言葉を受けて、余根田は受話器を取った。

「もしもし、お待たせしました、余根田です。もしもーし」

「佐東進人の父親のことを、知ってるよな」

若い男の声が返ってきた。「次は、おまえたちの番だから」

「は？　いったい、なんの話……」

聞き返しながら、声が喉に絡《から》んでうまく出ないのを、余根田は自覚した。

「声が震えてるな。余根田、おまえ、余罪があるだろう。うちの妹が最初じゃないよな」

「……妹って、おまえ、まさか」

「ちゃんと調べはついてる。おまえのせいで被害にあった女性の名前はさ」

余根田の思い当たる名前が二つ、三つと挙げられ、「覚えてるよな、彼女たちのこと。これを表に出そうか？　もちろん、ただ出してもつまらない。おまえのじいさんが応援してる議員がいるだろ。いま官房副長官で、首相とも仲がいいんだって？　じいさんの頼みで、その議員が手を回して、ニセ刑事を使い、うちの家族を脅してきた。そのネタと、おまえの余罪についてのネタも加えてさ——いろんなマスコミに流すだけでなく、首相と敵対している派閥とか、野党とかに流したら、けっこう手応えがあるんじゃないか」

「なんなんだ、おまえっ」

つい荒い声が出た。仮設事務所の事務員たちが振り返る。余根田は慌てて声を落とし、

「……そんな、議員とか、おれは知らねえし」

「知らなくて結構だよ。おまえの罪が、導火線になって、政治スキャンダルになれば、議員だけじゃない、おまえのじいさんもどんな目に遭うかな。贈収賄《ぞうしゅうわい》の捜査が入るかもしれないし、おま

えの親父だってそのまま安穏《あんのん》と仕事をつづけられるかどうか。おまえのいまの生活なんて、じいさんや親父がいてこそだろ?」

「……いったい何がしたいんだ」

「謝ってほしかったんだよ。自分の罪と、妹の傷に向き合って、どんな償《つぐな》いをすればいいのか、一生かけて考えてほしかった。けどおまえたちは、真逆のことをした」

「……謝ればいいのか」

鼻で笑う息づかいが返ってくる。

「もちろんさ。おまえらが謝っているところを動画で撮って、みんなに見てもらう。プラス、家族を脅した慰謝料と、謝罪が遅れたお詫《わ》びとして、一億円」

「え……」

「いきなりじゃ難しいだろうから、ひとまず一千万。そんくらいなら親から引っ張れるだろ。親の実印でもちょろまかせば、かなりの金を作れんじゃないの。あと、携帯の番号を教えてよ。それともまた事務所を通したほうがいいのかな?」


佐東進人は、公共の図書館で時間をつぶしていた。

日中は、図書館や公園を転々とし、夕方からはファミレスなど長時間いられる店、夜はネットカフェや漫画喫茶を利用するが、二日と同じ店を使うことはなかった。

間隔を置いてスマホの電源を入れ、連絡が来ていないかを確認する。待っていた芳川拓海《たくみ》からの着信履歴があった。事前に見つけておいた公衆電話ボックスから、芳川に掛ける。

「進人、なんであんなひどいことしたんだよ」

電話の相手が進人とわかると、芳川は声を荒らげた。「親だけならまだしも、妹まで怖がらせて、学校も休んだんだぞ。どういうつもりだよっ」

進人は黙っていた。

「なんとか言えよ。親は引っ越しも考えてる」

「……なんで引っ越すんだ」

「とぼけんな。カッターで刺したぬいぐるみを、段ボール箱に入れて、部屋の前に置いただろ。中に『次はおまえたちだ』って紙が入ってて、それで進人だとわかった。親を殺《や》ってほしくないかとか、一人ずつじわじわ殺るつもりなんだとか、おれを脅すように言ってたろ」

「ああ、だから……」

「宛て名は妹だし、妹の名前を知ってて、うちの部屋の番号を知ってるなかで……やりそうなのは、おまえしかいない」

「なるほどな……」

「あのぬいぐるみは、妹も同じモノを持ってて、ちっちゃい頃から絵本のファンなんだ。なのに、宅配で送られてきた箱を開けたら、カッターで刺してあるなんて……どんな思いがするよ。おれや親への嫌がらせにしては、手が込みすぎてんだろ」

「……妹さんには、確かにかわいそうなことだったな」

「散々つらい目に遭わしちゃってんだよ。ネットで、おれのことがさらされたから、妹だって知ってた奴《やつ》もいて……高校に入る前、親がいったん離婚して、母親の姓に変えて、離れてる地域の学校を受験したんだ。じきに親は復縁する予定だけど、あの件以来、妹はずっと口もきいてくれてない。もうそっとしといてやりたいんだ」

「わかった……警察にはもう届けたのか」

「ったり前だ。『次はおまえたちだ』なんて紙まで入ってりゃ、通報しないわけがあるかよ」

「おれのことは……誰かに話したのか」

「んなの、話せるわけないだろう」

「じゃあ、警察は誰がやったと思ってるんだ」

「そりゃ、例の兄貴さ。うちの親も言ってた。妹の名前や、うちの部屋番号まで、どこで調べたんだろうって、不思議がるというか、気味悪がってる」

「……おれがやったって、話してもいいぜ、ヨシ」

「え、なんで……」

芳川の問いに、進人は答えず、

「連絡してきたのは、そのことだったのか？」

「あ、いや……楠元から連絡があったんだ」

「なんて」

「余根田が、会いたいと言ってるって。進人と連絡がつかないのは知ってるらしくて、ひとまず三人で対処したいことがあるからって、おれも呼び出された」

「何に対処したいんだ」

「聞いたけど、楠元もよくはわかってないらしい。ただ例の件に関係しているみたいなことは言ってた。だから、おれも無関係じゃないだろって……いまさらなんなんだよ」

芳川はやりきれなさそうな声を漏《も》らし、「なあ進人、どうしたらいい？」

「会う場所とか時間は、決まってるのか」

「うん」

「だったら、それをおれに教えて、ヨシは行くな。言ったろ、あいつらが誘うときは、やっかいごとを押しつけるときだ」

「どうするつもりなんだ、進人」

「……わからない。ともかく様子を見てから、どう動くか決めるよ」

進人は、芳川から、彼が呼び出された場所と時間を聞いた後、ネットで調べた埼玉県内のレンタカー店に電話した。自宅にある車と同じ車種の有無を確認する。用意できるとの返事だった。

電車に乗り、埼玉県内の駅で降りる。東京と埼玉では警察の管轄が違い、捜査情報が十分には共有されないという話を、ドラマかマンガかで目にした記憶がある。

カフェで時間をつぶしたのち、予約したレンタカー店に入り、受付に進んだ。クレジットカードと一緒に免許証を提示するときは、さすがに緊張したものの、何事もなく運転し慣れたタイプの車を借りられた。返却予定日は二日後にした。

車を走らせはじめて思いつき、目に入った大型ショッピングモールの駐車場に車を入れた。量販店で替えの下着と、百円ショップで適当な伊達《だて》眼鏡を選んだ。その眼鏡を掛けて、アウトドア用品を売っている店に入り、手袋と、よく切れそうなナイフを買った。

二日後——借りた車を、彼は返却できなかった。

第七章　裏切りの罠

1

被害届は豊島警察署の刑事課に出された。

被害を訴える女性Aさんから事情を聞いたのは、性犯罪担当の女性巡査だった。女性巡査は、Aさんに付き添って、署と協力関係にある婦人科クリニックの診察を受けてもらった。手首と肩に強く押さえられた時にできたと思われる痣《あざ》、膣内に擦過傷《さっかしょう》があり、男性の体液も証拠物件として採取された。

報告を受けた上司は、強行犯係の男性捜査員二人を指名し、はじめに話を聞いた女性巡査もA

さんに寄り添って、彼女の供述を基に、慎重に捜査が進められた。

Aさんが、加害者だと訴えるB氏と食事をしたレストランのフロア担当は、Aさんが入店時は変わったところがなかったにもかかわらず、退店間際にはひどく酔った様子で、B氏の手を借りなければ歩けない状態であったことを証言した。同様に、レストランの前から二人が乗車したタクシーの運転手、さらに二人が宿泊したホテルのドアマンとフロントマンも、Aさんが自分の意思では歩けそうになかったことを証言した。心配になったドアマンが、手を貸すことを申し出たが、B氏が断り、Aさんのほうはぐったりと力が抜けた様子で、言葉を発することはなかったという。

レストランの防犯カメラと、ホテルの防犯カメラには、ともにAさんが自分の意思では歩けない状態であったらしい映像が残されていた。

Aさんは、B氏との食事中、ワインを勧められて飲んだが、ひどく酔うほど飲んではいないと話した。トイレに立ち、戻ってから、B氏に勧められて、すでに注いであったワインを飲んだ後、ほどなくして意識が遠くなり——気がついたら、仰向けでいて、B氏に上からのしかかられていたという。頭痛と下腹部の痛み、そして恐怖とで混乱し、悲鳴と拒絶の声を上げたと思うが、実際の声になったかどうかはわからない。やがてB氏が離れて自由になったが、身を起こして初めて自分がベッドの上で裸になっており、凌辱《りょうじょく》されたことを知った。

B氏が笑いながら何か話しかけてきたが、言葉は耳に入らず、すぐにシャワーで全身を洗いたかった一方で、彼と同じ空間にいることが恐怖でしかなかった。気が遠くなりそうになるのを懸命にこらえ、ベッドの周囲に落ちていた服を拾い集めて着込み、身の回りのものをかき寄せて、ドアの外へ飛び出した。

廊下が歪《ゆが》んで見え、壁に手をつきつつ進むと、エレベーターがあり、倒れ込むようにボタンを押し、開いた扉の内側にからだを滑り込ませた。一階に降りると、フロントがあり、ホテルだと気がついた。そのときはホテルで被害を訴えることまで頭が回らず、むしろ恥ずかしくて、人目を避けるように小走りに玄関を出て、止まっていたタクシーに乗った。自宅マンションに帰ろうとしたが、時間とともに恐怖や後悔だけでなく、激しい怒りがこみ上げ、途中で行き先を変え、最寄りの豊島警察署へ向かった。

捜査員たちは、証言と映像を押さえたあと、B氏の自宅を訪ねた。高級住宅地にある一軒家に、妻と中学生の息子と暮らしていた彼は、警察の訪問に驚き、激しくうろたえた。まさか訴えられるとは思ってもいなかったようだと、捜査員たちは上司に報告した。

B氏は、元在阪テレビ局のディレクターで、フリーとなって撮ったドキュメンタリー映画が国内外で評判を呼び、以後硬派のジャーナリストとして映像制作を行うかたわら、本も多数執筆し、現在は大学の客員教授も務めていた。Aさんは、彼の授業の聴講生で、自身も短編のドキュメンタリー映画を制作し、次回作について彼に相談を持ちかけたところ、食事に誘われたという経緯だった。

準強制性交の容疑を、B氏は否認し、同意の上での行為だと主張した。彼女が口にしたワインや飲食物に、睡眠導入剤など何かしら薬物を入れたのではないかという質問にも、あり得ない、と完全に否定した。ちなみに、二人のテーブルはほかの客や従業員から死角の位置にあり、その席を予約時に指定したのは彼だった。

多くの証言と証拠、それらに照らし合わせてAさんの供述内容が信用できること、クリニックの医師による「強制的な行為であったと疑われる」という診断内容によって、十二分に立件できると同署刑事課は判断し、裁判所で手続きを取り、逮捕状の発付を受けた。

鞍岡は、当初からこの件の捜査にあたっていた溝口《みぞぐち》巡査部長と懇意にしていた。

九歳年下だが、同じ中学の柔道部で、鞍岡はOBとして何くれと面倒を見てやり、溝口のほうは彼を敬慕し、あとを追って警察官になった。

溝口は誠実で正義感が強い一方、やや不器用で、本庁捜査一課に憧れながら、所轄《しょかつ》の刑事課でくすぶっていた。それでも仕事には熱心に取り組み、ことに性犯罪の摘発には力を入れていた。姉が痴漢被害で苦しんでいたからだと、鞍岡に理由を話したことがある。

当時、鞍岡が担当していた殺人事件の捜査本部が、同じ豊島署に置かれていたため、溝口ともときおり顔を合わせていた。

溝口は、管内の刑事事件の処理に必要だからと、署長の意向で捜査本部から外されていた。捜査本部が、事件の解決によって解散となり、鞍岡が署を出ようとしたとき——ちょうど準強制性交の被疑者の逮捕に向かおうとしていた溝口と会った。

「今回の被疑者《マルヒ》は、かなりのビッグネームですから、きっとワイドショーとかで騒ぎになりますよ。署長も、全国ネットのテレビ会見が入るんじゃないかとそわそわしてます」

溝口はいつになく高揚しているように見えた。

「帳場を外れて、管内の事件を一手に引き受けていたことを、署長が悪いと思ってくれていたらしくて……実は、このあと機捜に加われるよう計らってくれるという話が出てるんですよ」

「よかったじゃないか、我慢の甲斐ありだな」

と、鞍岡は後輩の肩を叩いた。

「はい。それだけではなく、今回のヤマが、性犯罪防止の啓発に役立ってくれればと願ってもいるんですよ。被害に遭われた女性には、つらいことでしょうけど」

「……少しでも次の被害者を減らすことにつながるのは、大事なことだろう」

「クラさん、いまから何かあるんですか」

　と問われ、もう帰るだけだったが、

「ああ、そうか、おまえの仕事ぶり、まだちゃんと見てなかったたな。同乗してもいいか」

　溝口の相方は二十代前半の巡査で、覆面パトカーの運転手を務め、溝口は助手席、鞍岡は後部席に座った。車内で、溝口から事件の概況を聞いた。証言も証拠もそろっており、逮捕ののち立件して検察に送り、そのまま起訴、有罪判決は間違いないと思えた。

「しかしドキュメンタリーで賞をもらった映画監督で、作家、大学の客員教授までやってる人間が、よくまあそんなことをしでかしたな。地位も名誉も全部パーだろ」

「ですよね。しかも奴《やっこ》さん、ここだけの話、首相の広報映像も撮影してたらしいんです」

　鞍岡は思わず息を詰めた。

「選挙CMに使ったり、長めの映像《もの》は講演やパーティーの冒頭に流したりしてたそうです。出身高校が同じで、結構プライベートな場面も撮らせてもらってるらしいですよ」

「……おまえ、それ、刑事課長や署長も知ってるのか」

　鞍岡の声は、喉に絡んだようにかすれた。

「はい。もちろん伝えましたけど……」

「問題はないってことになったんだな」

　溝口も鞍岡の変化が気になったのか、緊張気味に、

「逮捕状《おふだ》がすぐ出たくらい十分な証言と証拠がそろってましたし、被害者《マルガイ》も公表の意思を持ってましたから、政治家本人でないかぎり、逮捕はゴーだと。ただ会見では、首相の映像を撮っていた件は、話さないという線でいくそうです。何かまずいですか？」

「いや……まあ、それが妥当だろう」

とは思った。ただ、地方公務員《ノンキャリ》の刑事課長は政治的な案件の機微に疎《うと》く、国家公務員《キャリア》の署長は若くて経験が浅い。

「自分は、被害を訴え出た女性に約束したんですよ」

溝口が真剣に、語調を強めて言った。「必ず加害者に償いをさせますって。姉も痴漢被害で、長い間苦しんでいたのを見てましたから。逮捕して、謝罪させますって。もちろん謝られても取り返しはつかないんでしょうけど、自分のできることとして――」

と話している途中で、溝口の携帯が鳴った。

「課長です。なんだろう」

電話に出た彼は、相手の言葉を聞いているうちに、身を強《こわ》ばらせ、声もかすれた。

「なぜですか……だからなぜですか……逮捕状《おふだ》が出てるんですよ。裁判官は逮捕していいと認めてるんです。署長はご存じなんですか……じゃあ署長が決めたんですか……だったら誰ですか……本庁？　本庁の刑事部長が直接、逮捕の中止を命じてきたんですか？」

溝口はそう言うと、すがるように鞍岡を見た。

鞍岡は、後輩のスマホを奪うように手に取り、

「本庁捜一の鞍岡です。勝手に申し訳ありません。訳あって、溝口巡査部長の車に同乗しております。本庁の刑事部長が逮捕中止を命じてきたと聞いて、じっとしておられず……八雲部長が署

長に直接ということですか。そんな権限あるんですか。もしもし、もしもし」

命令に反すれば服務規程違反だと言われ、溝口たちは結局従わざるを得なかった。

内部でどのようなやり取りがあったかはわからない。逮捕状が出ていたにもかかわらず、執行されなかったことは、警察全体でも問題視され、八雲刑事部長に直接問いただせる立場の人間から、少しずつ話が外へと漏れてきた。

B氏がはじめは首相秘書官に、次には首相にも直接、無実の罪で逮捕される、なんとかしてほしいと泣きついたらしい。彼が逮捕されれば、無実かどうかは別として、大きな話題になるだろう。選挙CMを撮影した人物として、首相にも火の粉が降りかかる可能性があった。誰もが苦々しく思いながらも、首相は秘書官室と内閣官房に処理を一任し、奥平《おくだいら》官房副長官が親しい八雲刑事部長に、「方法は任せるから、なんとかしてやってくれ」と頼んだという。そして八雲は、「すべてはわたしの判断、わたしの責任において」逮捕を中止させた。

一方、Aさんは、警察が逮捕状を執行しなかったことを知らされ、警察の関係部局に抗議をしたが受け入れられず、共に仕事をしたマスコミや女性人権団体、さらにネットを通じて、自分が受けた被害と、警察が逮捕状を取りながらも執行しなかった事実、それは刑事部長の指示であったという内部情報を発表した。

マスコミの報道やネットで情報にふれた人々は、B氏が著名な人物であるのはもちろん、首相の広報映像を撮った人物であることも調べて、今回の件は、首相が友人や知り合いに特別な便宜《べんぎ》をはかる――いわゆる首相案件の一つだとして拡散し、騒ぎが一気に広まった。

その後、溝口は運転免許試験場に異動となった。Aさんに「慚愧《ざんき》に堪えません」と逮捕中止を伝え、内部情報を話したことが問題視された。

鞍岡は、正義を外れた逮捕中止の事情と、溝口の異動の件で、八雲刑事部長に直接会って抗議しようとしたが、すべて断られ、ついには捜査一課から外された。

志波は、一連のそうした事情をすでに知っていた。

2

立地も見映えも超のつく高級ホテルの、ことに夜景の眺望が良い高層階のラウンジだった。

志波の後につづいて鞍岡は、上品な制服を着たボーイに個室へ案内された。

入って左手の大きな黒革のソファに、八雲が座っていた。琥珀《こはく》色の液体が入ったロックグラスを手にしている。眼鏡の奥の目が鋭く志波に、つづいて鞍岡に向けられた。

「ごぶさたしております」

志波が丁寧な礼をする。

鞍岡は黙って、やはり丁寧な礼をした。

「秒までぴったりだ。ラウンジのエントランスから個室に案内される時間まで想定してたのか」

八雲が太い声で訊く。

「まさか。偶然でしょう」

志波が平然と答える。ラウンジに入る直前、志波は少し待ってくださいと鞍岡に言って、三十秒以上立ち止まり、案内されて個室の前に立つまで、何かを計るようにゆっくり歩いていた。

「秒まで合わせることで、きみがアスリートだった事実を思い出させたいわけかな？」

と言いながらも、八雲は別に不快に感じている様子はない。「座りたまえ」

「失礼します」

志波が、彼の向かいのソファに腰を下ろす。

鞍岡は、なお黙ったまま、志波と並びのソファに腰を下ろした。

「何か飲むかね」

「いえ、すぐにおいとましますので」

八雲の視線が鞍岡に向いた。

直接顔を合わせるのは三年ぶりだった。角張った顔、鷲鼻《わしばな》で、濃い眉の下の目はぎょろりと大きく、威圧感がある。だが以前に比べ、しわが増え、全体的に柔和になった印象を受けた。刑事捜査を仕切る強面《こわもて》より、政治家の面が表にあらわれてきたのかもしれない。

鞍岡は、妙に意地を張りたくなった。

「同じものを、頂けますか」

八雲は何も言わず、テーブル上のボタンを押した。すぐにボーイがノックをして姿を現す。八雲は、顎をしゃくって鞍岡の方を示し、同じものを、とボーイに告げた。

「元気そうだね」

八雲がグラスを傾ける。視線は外れているが、鞍岡への言葉だと伝わり、

「恐縮です」

低く答えた。

「志波君との相性はどうだ。捜査対象者《マルタイ》を二度も逃したと聞いてるが」

「自分のミスです……上の命令を聞かないクセが抜けないからでしょう」

八雲の鼻で笑った息づかいが、鞍岡の耳に不快に響く。

「つまり、せっかくのコンビも失敗というわけかな？」

八雲の視線が志波に向いた。

「まだわかりませんよ」

志波が冷静に答える。「二度空振りしても、打席に立ってます。指示待ちの凡庸な打者《バッター》はベンチを出ることさえない」

「きみのキャリアに傷がつかなきゃいいがね」

八雲の言葉に、鞍岡は違和感を抱いた。志波と組むことは、八雲の指示ではないのか。

「傷にしないために、わざわざ時間を作っていただきました」

「こういう願いは、これきりにしてほしいものだ」

二人のやり取りも、何か深いわけがあってのように聞こえる。

「で、用件は何だね。帳場が忙しい真っ最中だろう」

「その帳場のトップが、ここで飲んでおられますが」

志波の皮肉を、八雲は首の骨を軽く鳴らす仕草ではねつけ、

「選挙が近いので、警備のことなど、政治的な折衝《せっしょう》が続いている。ここは職場の一つで、くつろいでいるわけではない。事件捜査は、優秀な部下がいるから任せておける」

「その捜査の一環で参りました。単刀直入にお聞きします。伊崎――」

志波が言いかけたところで、八雲が手を上げて制した。ドアがノックされ、ボーイが現れる。

鞍岡の前に、琥珀色の液体の入ったグラスが置かれた。ボーイが出るのを待って、

「その件なら、すでに能義君に返事をした。聞いているはずだ」

八雲が冷たく答えた。

「建前《たてまえ》としては、お聞きしました」

「建前など言わない。真実にしか興味がないからね」

「自分もです。伊崎とどんな関係にあり、彼に何を頼んでいたのか。大学生四人による準強制性交の件に、伊崎はどう関わっていたのか。それが今回のヤマの鍵を握っていると考えています」

「何のことやら。その男とは、警察を辞めて以後、連絡を断っている」

「伊崎は、調査で摑《つか》んだネタで、ゆすりを働こうとしていました。そこまであなたが知っていたとは思いません。ですが、そのゆすろうとしていた相手が、裸で縛られた状態で殺されているのが発見されました。レイプの形跡もある。話を聞くのは当然でしょう」

「能義君の話では、帳場は、その準強制性交の被害者《マルガイ》の兄を、被疑者《マルヒ》と考えているそうじゃないか。そして殺されていた男の息子にも、共犯の線があるかもしれないと」

「伊崎の線も追うべきだと考えています」

「警察は組織捜査だ。捜査員が調べてきたネタと、鑑識から上がってきた事実を照らし合わせ、経験ある幹部が話し合って捜査の方向性を決め、その線に沿ってまた捜査員が動く――警察学校のイロハからやり直しかね。少数のスタンドプレイなど許されん」

「真実をつかみ損《そこ》ねてもですか」

「つかみ損ねないための、組織捜査だ」

志波はらちがあかないと思ったのか、珍しくため息をつき、

「伊崎をどうしてかばうんです。自分たちはあくまで今回のコロシの件でしか、彼を追ったりは

しません。ほかに影響が及ぶような真似は――」

「それが用件なら、そろそろ引き上げてくれないか。次の来客の予定があるんでね」

志波がなおむだを承知で言い返そうとしたとき、鞍岡は腕を伸ばして、テーブルの上からグラスを取った。その動きに、志波が口をつぐんだ。

鞍岡は、グラスを揺らしてから、琥珀色の液体に口をつけた。馥郁《ふくいく》とした香りが鼻に抜け、幾層にも重なった濃厚な味が口中に広がり、喉へ熱く落ちてゆく。小さく息をつき、

「いい酒ですね……初めてですよ、こんなのは」

八雲は何も言わない。

「八雲刑事部長……あなたは想像されてましたか」

「……何の話だね」

「例の、逮捕状《おふだ》の執行を中止させた件ですよ」

鞍岡は軽く咳をして、喉を熱く落ちていった液体の余韻《よいん》を払い、「あんな騒ぎになると、想像されてましたか。あなたも、政治家の方々も、好きこのんでしたことではないでしょう。誰もが嫌々ながら仕方なく……それでも、たかだか逮捕状一枚。被害者《マルガイ》は、有力者がバックにいるわけでもない、若い女性一人だけ。検察が、身内の犯罪を起訴猶予にして、個別案件は公表しないと口をつぐむのと同じで――逮捕の要件に不備があっただけ、個別案件は公表しない、と、それで終わると思っていたんじゃないですか」

もう一口、琥珀色の液体を口に含む。最初の感動はなかった。どうせ居酒屋で飲む安酒があってる口だ、と一気に喉に流し込み、熱い息をふうっと吐く。

「とんだ計算違いでしたね……結果的に、あなたの名前ばかりか、首相の名前まで世に出てしま

った。首相案件だと問題視する人々ばかりか、首相をかばおうとする余りに、卑劣な行為をした男をかばおうとするグループまで出てきて、さらに騒ぎが広がった。被害に遭った女性は、家族までいわれなきバッシングを受け、住所や仕事先もネットでさらされて、日本にいられず、いまは海外で暮らしてます。本当につらい目に遭ったのは彼女なのにです。相手に心から謝って、罪を償ってほしかっただけなのに……ひどい話ですよ」

グラスをテーブルに置く。コーンと高い音が響いた。

「すんなり逮捕して、送致し、起訴していれば、現在の刑事裁判では――非常に、非常に残念ですがね、たぶん執行猶予だったでしょう。あなたの名前はもちろん、首相の名前も世に出ることはなかったかもしれない。泥をかぶった分、あなたは今後の出世もあるでしょうが、昔と違って喉元過ぎれば忘れられる時代じゃない。いまのネット社会では、すべてが半永久的に残りますよ。そこまで想像して、後世に名を残すおつもりだったのなら、別ですが」

八雲も志波も何も言わない。身じろぎ一つしなかった。

鞍岡は、志波のほうにわずかに首を傾け、

「このいけ好かない男とわたしを組ませたのは失敗だったかもしれませんが……少なくともこの男にとっては、失敗だったでしょうけど……わたしは彼のおかげで、ずっと抱えていた謎が一つ解けましたよ。どうして八雲刑事部長ともあろう人が、いくら懇意の政治家から頼まれたとしても、国のトップへの忖度《そんたく》があったとしても、先々のことを考えずに、あんなことを聞き入れてしまったのか……。それは、無意識のうちに、女という性を軽く見ていたからですよ。性犯罪についても、たかがと思う心があったからです。コロシだったら、逮捕状の執行を中止しましたか。一人の人間の人生を壊し、魂を殺すのも同然の、むごい犯罪が行われたのだという意識があれば、せめて逮捕はして、あとを検察や裁判に託すという、警察の仕事をまっとうしたはずでしょう。これは、あなただけじゃない。政治家だけでもない。この国の根っこにある、我々の……」

鞍岡は自分の胸を叩いた。「我々の、罪ですよ」

喋り過ぎだと自覚していた。あれだけの酒で酔ったわけがない。ずっと溜まりに溜まっていたものが、口をついて出た感覚だった。そして、胸の内にまだ何かが残っている。

目の前の相手に対してではなく、自分に対する罪の意識のように感じた。それが外へ出ようとするのを抑えることができず、ポケットからスマホを出した。

待ち受け画面に、彩乃と悠奈と蓮《れん》の笑顔があらわれる。そのまま八雲の方に示して、

「娘がいます。十四です。息子もいます。十二です。あなたにも、お嬢さんがいましたよね。この国を、この社会を、いまのままで渡しますか。我々の罪を、そのまま子どもたちに、また孫たちに、背負わせていきますか」

返事はない。しわぶきも聞こえない。鞍岡は自己嫌悪に駆られた。スマホをポケットに戻し、顔を上げて、正面から八雲を見つめた。

「いまは、いまのところは、たった一つ。一つだけです。どこへ行けば、伊崎と会えますか。誰かを介してでもいいので、それだけ、お願いします」

鞍岡はソファから立って、気をつけをして、礼をした。

相手からの返事を待たずに部屋を出る。急ぎ足でラウンジを出て、エレベーターホールに向かった。

後ろからついてくる足音がした。志波だと、振り返らなくてもわかる。どんな言葉も聞きたくなかった。志波は何も言わず、鞍岡についてきた。やがてエレベーターの前に二人で並んで立っ

た。ボタンを押したのは志波だった。扉が開き、志波が先に乗って、開のボタンを押し、鞍岡が乗るのを待つ。無言ではあったが、その仕草には敬意が感じられた。

3

池袋の繁華街から少し外れた、全体的にさびれた通りの一角に立つ、雑居ビルだった。

八雲刑事部長と会った翌日早朝、鞍岡の携帯に能義捜査一課長からショートメールが届いた。西池袋の住所とビル名、部屋番号だけが記されていた。

鞍岡と志波はすぐに部屋を訪ねた。返事はなく、ドアには鍵が掛かっている。

あらためて地域の派出所や所轄の知り合いから情報を集めたところ、ビル周辺の一角は再開発の予定地で、当のビルも取り壊しの対象となっているという。入居者の九割以上がすでに移転済みで、残っているのは、立ち退きの補償金の上乗せを狙っている、いわゆるカタギではない団体もしくは個人らしい。

現在のビル管理を委託されている会社に連絡し、捜査上必要なので、ある部屋の鍵を開けてほしいと依頼した。現れたのは七十過ぎと思われる白髪の男性で、

「せっかくだから、部屋を明け渡してくれるように説得してくださいよ」

それが部屋の鍵を開ける条件のように言った。

ドアの鍵が開けられたとたん、白髪の男性を外で待たせて、

「警察の者です。入りますよ」

と鞍岡は声をかけて、室内に進んだ。

窓にカーテンはなく、外光によって十二分に明るかった。

人の姿はない。事務机と椅子、その向かいに古びたソファ——家具はそれだけの殺風景な部屋だ。鞍岡は事務机のほうへ、志波はソファのほうへ進んで、何か痕跡がないか見て回る。

事務机の上に灰皿。煙草の吸い殻が多数。引き出しを開ける。すべて空。机の脇にゴミ箱。缶ビールの空き缶が幾つか。つまみの空き袋と写真週刊誌も突っ込まれている。

「誰かが寝泊まりしていたようですね」

ソファのところから志波が言う。

鞍岡は歩み寄った。ソファの上に、毛布がたたんで置かれていた。ソファの脚下には、レジ袋が二つ置かれ、志波が一つのほうの結び目を解く。

「コンビニのおにぎりの包装、カップ麺も食べてます」

「もう一つの袋の中は？」

志波が持ち上げる。空らしいペットボトルの音がする。

「ソファで寝ていた人物は、ゴミをまじめに分別し、煙草も酒もやらないようですね」

「つまり性格も生活習慣も違う、たぶん年齢も開いている複数の人間が、この部屋にはいたってことだ」

志波が、外にいる白髪の男性の方へ、

「この周辺の燃えるゴミとペットボトル類の収集日はわかりますか」

「あー、ゴミの集積所を掃除するのは、わたしなんでね。燃えるゴミは明日。ペットボトルは来週水曜日」

志波は、鞍岡を振り返り、

「またここへ戻る予定でいる、ということでしょうか」

鞍岡は、白髪の男性の元へ戻り、

「この部屋に出入りしていた人間を見たことがありますか」

「うーん、この部屋だけを見張るようなことはしてないんでね……」

男性は眉間のしわを深くし、「ただ日に二度、朝のゴミ出しの頃と、夕方の六時前後に郵便物やチラシの整理で来るので、何人かと顔を合わせたことはありますよ」

「この男に見覚えは？」

勤めている調査会社から借りた、伊崎由紀夫の写真を見せる。

「ああ、この人なら、結構出入りしてますよ。缶ビールの袋とか提げてね。むっつり黙って睨む人が多いけど、この人は愛想がよくてね……オヤジさんこそ早く上の連中に補償金を上げるように言ってよ、なんて、缶ビールをくれたこともあったな」

「じゃあ、彼と一緒にいたかもしれないんだけど、このお兄ちゃんは見たことないですか」

佐東進人の写真を見せる。白髪の男性はしばらく眺めていたが、

「いや、ないねぇ……」

「じゃあ、こっちのお兄ちゃんはどうかな」

端本《はしもと》竜介の写真を見せる。ちょっと見ただけで、男性が顔を上げた。

4

古い団地を壊して更地《さらち》に戻し、マンションが二棟、中庭を大きくとって建設される予定だった。工事を請け負った会社が、敷地内に仮設の事務所と従業員用の控室兼更衣室を建てているほかは、基礎工事の前段階として、敷地内に重い資材を運び込み、ブルーシートを掛けてある。

本来なら敷地全体をフェンスで囲うところだった。だが団地が建っていた頃に、棟と棟の間の通路が地域住民の生活道路として使われており、住民の要望から、本格的な建設が始まるまでは、かつての生活道路の部分を支柱と針金によって仕切り、通り抜けられる措置《そち》を取っている。

そのため生活道路を外れて、両側のマンションの建設予定地内に入るのは、比較的容易だった。ただ、敷地の外の街灯の光がわずかに届くほかは、仮設事務所の玄関先に外灯が一つ灯《とも》っているばかりで、あまりに暗くて物騒なせいか、夜間の人通りはなかった。

余根田俊文は、電話の相手が、自分が現在働いている現場を、話し合いの場所に指定してきたことに驚いた。夜間は、人目につかないことまで知っているらしい。

さらには、家族のことや、祖父が有力な政治家とコネがある事実も……そのコネで、彼の苦境がひとまず救われた過去も知っていた。何より、表沙汰になっていない彼の（まだ罪に問われていないので、余罪と言うのかわからないが）性暴力の被害にあった女性の名前も知っていたことが、驚きという以上に、恐怖だった。

その件は、親にも祖父にも弁護士にも伝えていない。彼の罪は、警察沙汰になった一件だけと思われている。弁護士はさすがに疑い、「すべて洗いざらい話してください」と言ったが、そばに両親がいたこともあり、「これが初めてで、最後です」と答えていた。

だから今回の電話について、親たちに相談することはできず、自分で処理するしかない。

幼い頃から、困ったことがあれば、親や祖父母が金で解決してくれた。喧嘩の相手が骨折したときも、自転車で通行人に大怪我を負わせたときも、酔って他人の家の門を壊したときも、自動車で追突事故を起こしたときも、治療費や賠償金は親か祖父母が支払ってくれた。

一方で、彼自身はひどくケチだった。彼のせいで親や祖父母が他人に金を支払うことには無頓着なのに、彼自身は他人には十円でも払いたくなかった。

だから今回、相手の要求通りに、金を払うことには苦痛を感じている。楠元、芳川、佐東に、全額を立て替えさせたいくらいだった。

「だめだ、電話出ねーわ」

楠元恵太郎が首を横に振る。プレハブの仮設事務所の前に、二人は立っていた。

「メールは」と、余根田が訊く。

「返ってこない」

芳川拓海に何度も連絡を取っていた。事前の呼び出しには、「わかった」と答えていながら、今日になってメールで、『警察に見張られているから、行けない』と断ってきた。楠元が何度メールしても、返信はなく、電話にも出ない。

「芳川のクソ野郎が。裏から出りゃ、警察くらい簡単にまけっだろーが」

警察は、彼らを訪ねてくる人物を表玄関近くで見張っているらしい。余根田たちは、それぞれ部屋の灯りをつけたままにして、いま住んでいるマンションの裏口から抜け出していた。

「大丈夫かな。全員揃って、って言われたんだろ」

「佐東はいま連絡がつかないだろうから、ひとまず三人でいいってよ。なんでそんなことまで知ってるのか……あちこち調べて回ったか、探偵でも雇ったか。ったく、しつこい野郎だ」

「例の女の兄貴なんだろう？　また実家のほうへ訪ねてきたりして、何が目的なんだ」

「どうせまた、謝れってことだろ」

余根田は、相手から金を要求されたことは、元から払うつもりがないので、楠元にも話していなかった。

「それだけなのか。あいつが、佐東のオヤジを殺したんだったら、おれたちのことだって……。やっぱ、警察に言ったほうがよくないかな」

楠元の声がかすれている。

余根田は笑みを浮かべた。昔から、他人が恐怖を感じているのを見ると、自分の恐れは急に薄らぎ、不思議と腹が据わってくる。人を脅したり、女を襲ったりするときも同じだった。楠元のような奴をそばに置いておくと、相手の不安や緊張が、自分をかえって落ち着かせ、大胆な行動も平気でできるようになる。

「びびってんじゃねえって。こっちだって、素手じゃねえんだ」

ジャケットのポケットから、スタンガンと、振り出し型の特殊警棒を出す。

「二人ならうまくやれるって。ちょっと痛い目に遭わせて、ケツに警棒を突っ込んでる動画でも撮りゃあ……そんで終わりだ。早めにナシつけて、ＪＫをかましに行こーぜ」

進人は、ブルーシートが掛けられている建築資材の山の陰に身を潜めていた。

芳川に教わった場所に、指定の時間の一時間前に到着していた。辺りは暗く、人通りはなかった。十五分ほど前に、人影が一つ、建設会社の仮設事務所らしいプレハブ小屋の前を横切った気がした。錯覚だったのか、目を凝《こ》らしても、二度と見えなかった。

そのうち二つの人影が現れた。プレハブ小屋の外灯で、余根田と楠元だと確認できた。二人は何やら話し合い、楠元は何度かスマホで連絡しては、首を横に振っていた。

約束の時間から十分ほど過ぎて、ライトを持った人影が二人のほうに歩み寄っていった。

進人は、三人の様子が見えるように、建築資材の山の陰ぎりぎりまで近づいた。

5

「伊崎由紀夫と端本竜介は、共に行動している可能性が高いんですよ」

鞍岡は、捜査会議において主張した。

伊崎が拠点の一つとしていた雑居ビルの一室で、二人が数日間過ごしていた痕跡と証言がある事を述べたが、どうやってその部屋を突き止めたかは、「独自のネタ元からなんで勘弁してください」と語らなかった。むろん能義はそしらぬ顔をしていた。

「二人が一緒にいる目的は何だね。またなぜ一緒に過ごすに至ったのか」

現場の指揮にあたっている小暮《こぐれ》管理官に問われて、

「その謎こそが、まさに本件の核心になるはずなんですよ」

鞍岡は、テーブルを叩いて強気に返した。「だから二人を早くとっ捕まえて、話を聞かねばならんのです」

志波が彼に代わって立った。二人は、一日がかりで、伊崎と端本の立ち寄りそうな場所を当たってみたのだが、彼らの行方はようとして知れなかった。

「伊崎は、余根田、楠元、芳川、佐東の四家族のことを、以前に調べていて、佐東正隆に愛人がいた事実など、弱みを握っていたと思われます」

志波は、鞍岡とは対照的に、あくまで冷静な口調でつづけた。「佐東正隆をゆすったかどうかはわかりませんが、ゆするネタは握っていた。ほかの三家族についても、同様のネタを持っていたことは考えられます。噂の段階ですが、伊崎は金に困っていたという話もあります。雑居ビルにも、金で頼まれて居座っていたようです。一方で端本竜介のほうは――妹の件で、四家族に謝ってほしいという思いをずっと抱いていた。四家族に対して、伊崎は金、端本は謝罪、とそれぞれ要求するものがあり、ひとまず手を握ったということは考えられます」

「いや、不審を抱くのはそこだよ」

巻目《まきめ》刑事課長が発言した。「伊崎は、かつて端本家のことを調べて、半ば脅すようにして裁判をやめさせたんだろう。端本からすれば、とても組みたい相手ではないはずだがね」

「そこが伊崎なんでしょうよ」

鞍岡が答えた。「奴《やつ》を多少知ってますが、口がうまいというのか……道理に適《かな》っているような言い回しで、わりと無茶な話でも、いつのまにか相手に呑ませてるんですよ。近づいて、当面協力し合おうって感じに持っていったんでしょう……どうやって近づいたかは、少し思い当たることもなくはないんで、ちょっと待ってください」

「じゃあ、組もうと持ちかけた伊崎側のメリットはなんだね？」

小暮管理官が訊く。

「交渉役、というか、ゆすり役として、表に立たせた、ということが考えられます」

志波が答えた。「なにしろ伊崎は、以前は四家族の側で働いていたわけですからね。さすがに表には出づらいでしょう。端本竜介なら脅しが利く、と考えた可能性もあります」

「だとすれば……四家族に張り込みをかけている現状に、問題はないのでは?」

小暮が組んだ手の上に顎をのせ、「あちこちアテもなく探し回るより、両者の狙いが四家族なら、これまで通り、張り込む方針を貫けばいいだけです。きみたちが雑居ビルを張り込むことは、今回の新情報に免じて、許しましょう」

「いや、それは有り難いんですが」

鞍岡は頭をごしごし掻いて、「いま張っているのは、端本が訪ねてくるのを待ち受けているわけで……四家族の側から、端本たちに会いにいくことは想定してませんよね」

「なぜ、こちらから殺人犯かも知れない相手に、わざわざ会いに行く?」

巻目が薄笑いを浮かべ、「佐東正隆を殺害したホシかもしれないんだよ。芳川家など、脅迫状を怖がって、すでに仙台のほうに避難しているぞ」

「あ、娘さんだけは、学校があるので、千葉の親戚のところに身を寄せているそうです」

篠崎《しのざき》巡査部長が言い添えた。

「四家族へは、警察が保護のために近くにいることを伝えています」

小暮が言う。「もしも脅されたような場合は、警察で対応するので打ち明けて欲しい旨も、ちゃんと伝えてある。何か変化があれば、わかるでしょう」

「警察に話せないことで脅されたら、こっそり出て行くこともあるんじゃないですか」

志波が粘った。「ことに余根田あたりは、伊崎につけ込まれるようなネタが幾つもあるでしょうから。彼や楠元が外出する場合は、尾行も必要じゃないでしょうか」

「現在、本庁管内で帳場の立っている事件は多数あり、うちも人員に余裕はありません」

小暮は、志波の案を遠回しに却下し、「我々の目的は、佐東正隆殺害の被疑者を特定し、逮捕、立件すること。佐東進人の行方を追うのに併せて、別の怨恨の可能性も引き続き調べる必要があります。そこは間違わないように」

鞍岡は手を上げて、

「じゃあせめて、いま現在、余根田と楠元が在宅しているかどうかだけでも、張り込み班に確認してもらうってのは、どんなもんですかね」

幹部たちは短く協議し、その点だけは承諾の上、他はこれまで通りの捜査を続行する方針を確認して、会議を終えた。


鞍岡たちは、雑居ビルを張り込むために、会議室から出た。

「あ、ちょっとだけ待ってもらえますか」

志波は、鞍岡を呼び止め、会議室を出てきた八王子南署の平野《ひらの》という捜査員に声をかけた。

「さっきのぬいぐるみの写真、アップのものを見せてもらえませんか」

平野は、同じ署の後輩と、芳川家に送られた有名なウサギのキャラクターのぬいぐるみが、どこで買われたものか、出どころを追っていた。店の防犯カメラ映像を調べていけば、いつかは被疑者にたどり着ける算段だった。だが、問題のぬいぐるみはたぶん数年前の模造品だろうと、正規品を扱う店の店員から教わったことから、犯人がこのぬいぐるみをどこで入手したのか、割り出しが難しくなった——と、平野は会議で報告していた。

志波は、渡された写真数枚を確認して、

「数年前の物にしては、手垢《てあか》のような汚れは見られませんね」

「比較的きれいでしたね。右足はちょっとひしゃげ感があったかな」

「ひしゃげ感？」

「長い間ぎゅっと押されつづけて、潰《つぶ》れたというか、曲がったというか？」

「一度現物を見せてもらっても？」

「鑑識に保管されてますよ」

「ありがとうございます」

志波は写真を返し、平野は鞍岡にも会釈をして去った。

「何か気づいたことでもあるのか」

鞍岡は、玄関に向かって階段を下りながら、志波の様子が気になって尋ねた。

「いえ。少し思うところがあって……ただ、事件の核心ではなさそうなんで」

志波は言葉を濁した。「それより、伊崎が端本にどうやって近づいたか、思い当たることもなくはない——と、おっしゃってましたよね。あれはどういう意味です」

「いや、外れかもしれん。もう少し詰めてから話す」

二人は一階に下り、そのまま署の外に出た。

「お疲れ様です」

声をかけてきたのは、館花だった。制服を着て、先輩警官と外から署に戻ってきたところのようだった。彼女の礼を受けて、鞍岡はうなずき、

「見回りか？」

「はい。八王子駅周辺の繁華街を回ってきました」

「ご苦労さん」

「あの、安原宏江さんの件ですが」

「おう、何かあったか」

「今日の昼間、どうされているかと思って連絡しました。明るい声で、夫の幸造さんに、テレビ局から来てほしいと連絡があったと教えてくれました。明日行かれるそうですが、たぶんシナリオ大賞が決まりで、発表後すぐ会見なので、その打ち合わせだろうって」

「ほお、そりゃよかったじゃないか」

「はい、すごいですよね。本決まりの後、警部補にも連絡するとおっしゃってました」

「そうか、いや本当によかった……」

そろそろ宏江にも幸運が巡ってきてもよい頃だ。

「他人《ひと》のことをどうこう言える人間じゃないが……男運のなさというか、彼女のうまくいかない恋愛は、親とか、生まれ育ちに関係があるのか、なんて思ったこともあってな」

鞍岡は、志波も視野に入れて話した。「彼女の人生にわずかにしろ関わった者として、先々の幸せを願うなら、たとえば彼女の生まれ故郷へ行って――どうして才能も無いのに空威張りする男を支えようとするのか。なんでDVに発展するのも承知で、つらい恋愛ばかりに傾くのか……彼女自身が目をそむけているような事実がないか調べて、あればしっかり向き合わせ、新たな人生を歩ませるべきじゃないかなんて、よく考えた。だが、本人が望んでないのに余計な御世話だしな。時間もないのを言い訳に、そのままにしてきた。だからこそ、彼女の選んだ相手が、いつかは本当に望み通りの結果を出して、彼女に幸いが訪れることを、心から願ってたんだ」

鞍岡は安堵のため息をついて、館花のほうへ、

「ともかくありがとう、吉報を待ってると――」

と言いかけて、彼女の表情が硬いのに気がついた。

「どうかしたのか」

「え……」

館花は、別のことを考えていたらしく、我に返った様子で、「いえ、何でもありません。すみません。吉報、わたしも待っています。では、失礼します」

彼女がそそくさと署内に入っていく。

「あ、館花巡査」

志波が彼女に声をかけた。足を止めた相手に、

「ちょっと頼み事があるんです」

彼は歩み寄りつつ、「都合がつくときでいいんですが、ある場所を訪ねてほしいんです」

何だろうと、鞍岡も話を聞こうとしたとき、彼の携帯が鳴った。篠崎からだった。

「クラさん、至急戻ってください」

「どうした」

「とにかくすぐに。とんでもないことが起きてます」

「とんでもないって……」

「余根田俊文が刺されました」

6

レンタカーの返却予定時間を過ぎた。

佐東進人は、ハンドルを握ったまま、バックミラーで後部座席を確認した。

相手はひどく苦しんでいる。

「おい……おい……」

声をかける。反応しているのかしていないのか、よくわからない。

助手席のほうに目を向ける。足下に、血で汚れたナイフが転がっている。目をそらし、シートの上に放り出していたレジ袋の中から、水のペットボトルを取る。

「水、飲むか。水だよ。飲むか」

後ろにペットボトルを差し出す。

不意に奪われるように、ペットボトルが取られた。

どうやら意識はあるらしく、ひとまずほっとする。

道路は比較的空《す》いている。平日の深夜帯。混雑していない方へ、空いている方へとハンドルを切ってきた。

後ろから声が聞こえた。

「なんだって、何か言ったか」

後方にやや首を傾けて訊く。

「……どこへ」

かすかに聞こえた。「どこへ、向かってる」

「ああ……」

聞こえたという返事として声を出す。前方に目をさまよわせる。ここはどこだ。

「わからない」

本当だった。どこへ向かっているんだ。そもそもこの男をなぜ車に乗せてしまったんだ。なんてことが起きてしまったのか。ばかげてる。おれは一体どこへ行くつもりだ。いや、どこへなら行けるんだ……。

前方の信号が青から黄色に変わった。止まることが、やけに恐ろしく感じられた。止まったら、何か大きなものに捕まって、父親のように、また、さっきの男のように、ひねりつぶされそうな気がする。

「どこへ……」と、また聞こえた。

この男とどこへ行けるんだろう。行けるところなんてあるのか。あるとしたら、

「……たぶん地獄だ」

進人はつぶやくように答え、アクセルを強く踏んだ。

赤に変わる寸前、車は信号の下を走り抜けていった。


マンションの建設予定地に、救急車と警察車両が次々と到着した。

建設会社の仮設事務所の周辺には、いたるところに血痕が見られる。

腕や肩に傷を負いながらも、現場から自力で脱出したという二十代と見られる男性二名は、住

宅街の道路脇に隠れ、そこから一一〇番通報をして、助けを求めたと語った。

現在両名は、救急指定病院へ搬送中である。

事件現場に最初に到着した、所轄の巡査部長と巡査が、仮設事務所近くの地面の上に横たわっている男性一名を発見した。

男性は、呼びかけに反応せず、脈も取れない。救急車が到着するまで彼らが心臓マッサージをつづけたものの、意識は戻らず、駆けつけた救急隊員によって心肺停止状態と判断された。

男性の背広の内ポケットには財布が入っていた。救急病院へ搬送される救急車に同乗した警察官が、財布を開き、免許証を発見した。

目の前に横たわっている本人と顔写真が一致し——男性の名前は、伊崎由紀夫と判明した。

第八章　あやまつ願い

1

張り込み班を除く捜査員全員が大会議室に集まっている。

事件が起きた現場は、武蔵野警察署の管轄だった。

本庁経由で、先ほど伊崎由紀夫の死亡が確認されたと連絡が入った。死因は、失血性ショック。背中に一ヵ所、胸部に二ヵ所、鋭利な刃物で刺されたとみられる傷がある。

また、余根田俊文は左肩と左上腕部を、楠元恵太郎は左脇腹を、それぞれ鋭利な刃物で切られており、共に意識はあるものの、現在ＥＲで治療中だという。

鞍岡をはじめ捜査員たちは、いますぐ現場に急行する許可を求めた。

幹部たちは、武蔵野署に新たに捜査本部を置くのか、八王子南署の捜査本部が、武蔵野署の協力を得て捜査するのか――本庁の指示を仰いでから、捜査員の動きを決めようとしていた。

「もういいでしょう。現場に行きますよ」

鞍岡は幹部たちに告げた。

「だから、もうちょっと待てと何度も言ってるだろ」

巻目刑事課長が焦りのために裏返った声で制する。

「いま武蔵野署の署長につないでもらってます」

小暮管理官が、捜査員全員に向けて伝える。

「所轄でなく、もっと上と話をつける必要があるでしょう」

志波が抑えた声で進言する。

「そんなことはわかってる。いま刑事部長にも連絡してもらってるところだ」

能義捜査一課長が険しい口調で応えた。「連絡がつき次第、協議して、結論を出す」

口調とは裏腹に、返答の内容は煮え切らない。

「事件現場、伊崎が運ばれた病院、余根田たちが運ばれた病院と、三方面に分けて近くで待機させときゃいいでしょう」

鞍岡は幹部たちに詰め寄った。「ゴーサインが出てから、のそのそ動き出すんじゃ、時間のロスですよ。合理的じゃない」

思わず志波と同じ言い回しになっていたことが意識され、口をつぐんだ。近くに志波の姿は見えないが、誰もが緊張した面持ちのまま、幹部たちの決断を待っている。

だが、小暮も、また能義でさえ迷っている。

八雲刑事部長とのつながりが疑われる伊崎が死亡したため、二人の関係をあらためて確かめる必要が出てきた。その覚悟を八雲に固めてもらう前に、下が勝手に動けないという、抑制がかかっているのだろう。

鞍岡の背広の胸ポケットに入れているスマホが震えた。メールだ。さっと目を通す。表情を殺して、スマホを戻すと、大きなあくびをしてみせ、

「仕方ないっすね。ちょっとトイレに行ってくるんで、そのあいだに決めておいてくださいよ」

鞍岡は大会議室をゆっくり出て、廊下に出たとたん走り、階段を駆け下りた。

『下で用意して待ってます』

志波は、能義が煮え切らない返答をしたところで、会議室を抜け出したのだろう。

玄関から外へ出たところで、オートバイのエンジンをふかす音が耳に届いた。


建設作業が始まる前の広く開けた地所の周囲に、警察関係の車両が隙間なく駐《と》まっていた。ふだんはほぼ夜の闇に沈んでいるだろう場所が、赤色灯と非常用のライト、そして警察官たちの懐中電灯によって、ものものしい雰囲気で浮かび上がっている。

事件現場のかなり手前に、立ち入り禁止の規制線が張られている。現場保存用の黄色いテープを巻き付けてある電信柱の前に、志波はバイクを止めた。見張りの制服警官が駆け寄ってくる。

鞍岡がヘルメットを志波に渡し、巡査に警察手帳を見せた。現在の捜査状況を尋ね、かつ周辺地域の情報を求める。おおまかに理解して、テープをくぐり、現場に近づいてゆく。

向かって正面に、巡査の語った生活道路があり、その右手に建設会社の仮設事務所と従業員用

の控室だというプレハブが二棟並んでいる。その建物の向こうが事件現場だと聞いた。手前に低い脚立が置かれ、上に使い捨ての足カバーの箱が載っている。

鞍岡と志波は、靴の上からカバーを装着して、先へ進んだ。捜査員たちの持っている懐中電灯の光が交錯し、鑑識のカメラのフラッシュが次々に焚《た》かれている。

地面は一部がコンクリートで、ほかは整備前で土がむき出しになっている。コンクリートには血痕が見られ、土の地面には多数の足跡が残されていた。

鞍岡と志波は、足もとに注意して、プレハブの前で事件の状況について話し合っている捜査員たちのほうへ近づいた。顔見知りの第三機動捜査隊の連中や、鞍岡が捜一の頃に帳場で組んだことのある武蔵野署の刑事たちがいる。三機捜の隊員が先に鞍岡に気づき、驚いた表情を浮かべた。武蔵野署の刑事たちも振り返り、不審そうな顔をする。

「ご苦労さん。ここは、うちの帳場が受け持つことになりそうだ」

鞍岡が機先を制して言った。「例の裸で縛られてたホトケの件だ。見せてもらうよ」

三機捜と武蔵野署の者たちは、顔を見合わせ、上司に報告のためだろう、数人が一方へ走ってゆく。それを尻目に、鞍岡と志波は鑑識活動が盛んに行われている場所へ進んだ。

コンクリートに残された赤黒い色は目立つが、土の表面にも血痕らしい染みが見られる。さらに伊崎が倒れていたのだろうか、ほぼ大の字の形にテープで縁取られている場所があった。

電話の着信がある。巻目だ。

「クラさん、いまどこだ。勝手なことはしてないだろうな」

「現場近くで待機してますよ」

「あのあと刑事部長とつながって、能義課長や小暮管理官、うちの署長も駆けつけて、協議の結果、うちの帳場で仕切ることになった」

「へえ、そりゃ意外ですね」

「いやみを言うんじゃない。それから、余根田と楠元の新たな供述が取れた」

巻目は一つ大きくため息をついて、「ホシは、端本竜介だ」

「端本竜介っ？」

鞍岡が思わず発した言葉に、志波も反応した。

「ちょっと待ってください」

周りに人がいない場所へ移動する。志波もついてきた。スマホのスピーカー表示をタップして、

「もしもし、お願いします。竜介がホシとはどういうことです？」

「能義だ」

電話の相手が替わった。「クラ、もう現場だな」

「……はい。入ってます」

言い訳をしても意味のない相手だ。

「余根田たちからはまた詳細な供述を取る。ひとまず要点だ。一、余根田と楠元は、端本から電話で呼び出された。表沙汰になってない暴行の件で脅され、金と妹への謝罪を要求された。二、余根田たちは、端本がすでに佐東進人の父親を殺している疑いがあり、用心のためにスタンガンと警棒を用意した。三、端本は一人で現れた。余根田は金の支払いを拒否した。要求が一千万と高額だったからだ。端本は、ちゃんと謝罪するなら金は要らないと答えた。四、すると、物陰に隠れていた男が怒った様子で現れた」

「伊崎ですね」

「余根田たちは名前は知らない。男がいきなり端本を殴り、蹴った——ボコボコにしたと供述している。謝罪なんか要るか、金を受け取りゃ済んだ話なのに、ばか野郎、と男は言った。五、男は余根田たちに、凶器を出せ、と言った。何か持ってるだろう、と」

伊崎も警察にいた男だ。そのくらいのことは考えるだろう。

「余根田たちは、相手の気迫と暴力を恐れ、スタンガンと警棒を地面に放った。六、謝罪は必要ない、大事なのは金だ、と男は言った。余根田は、おたくは誰だと訊いた。男は名乗らず、倒れている端本のほうを見て、こいつが二度と、おまえたちのところを訪ねていかないように、妹や家族を脅しておく、だから安心して約束の金を渡せ、と言った。七、余根田は、もしかしたら男は以前に弁護士が雇った探偵かもしれない、それだと厄介だと思った。本当は金を渡す気はなかったが、万が一を考えて用意していた百万を見せて、これしか持ってないと告げた。八、男は笑った。おまえらがここに来た様子はスマホで撮った、つまり余罪を認めたってことだ、残りをしっかり払ってもらうぞ、と言いかけたところで……九、端本が、大事なのは謝罪だ、と叫んで、後ろから男を刺した」

鞍岡は顔を起こし、思わず志波と目を見合わせた。

「端本はさらに、妹のところへ脅しになんか行かせるかと言って、倒れた男に覆《おお》いかぶさって刺した。十、びっくりした余根田たちは、やめるように言ったが、興奮している様子の端本はナイフを振り回し——余根田たちは、その場に転んだり、這いつくばったりして、何カ所か切られながらも、必死で逃げて、警察に通報した……以上だ」

「で、そのあと竜介は?」

「余根田たちは知らないそうだ。男にボコボコにされて、ふらふらしてたし、服や顔も血に汚れていたはずだから、遠くへ逃げられるとは思えない、と話してる」

「緊急配備《キンパイ》が必要ですね」

「かけたところだ。あとで各班の割り当てをメールしておく」

「自分たちは、余根田たちの供述の裏を現場で取ります」

鞍岡が切ろうとしたところで、

「能義課長」

と、志波が割って入った。「我々は、八雲刑事部長と、少なくとも今回の件に関しては、もう直接会ってお話をうかがう機会は頂けないと思います。しかし、伊崎の行動の裏取りのために、刑事部長の話は必要です。捜査員では荷が重いでしょうから――課長が直接、本当のところを尋ねて、その答えを我々に教えていただけませんか」

すぐには返事がない。小さな咳払いが聞こえたあと、

「考慮しよう」

2

鞍岡は、余根田たちの供述に沿って、現場の状況を確認した。

周囲に、三機捜の隊員と武蔵野署の刑事、および鑑識課員も集まってくる。

余根田と楠元は、働いている会社が建てたプレハブ小屋の前で待つように、端本竜介に指示されたらしい。やがて、竜介が現れた、と仮定する。三人でしばし向かい合って話し、余根田が金

の支払いを断ると――竜介が、金は要らない、謝罪だけでいいと言う。

それを聞いて、何を言いだすのかと怒った伊崎が、隠れていた場所から現れる。たぶん三人よりも先に来て、プレハブの裏辺りに身を潜めていたのだろう――と、鞍岡が推測を口にした。

その伊崎が、謝罪なんか要るか、ふざけるな、と竜介を殴る蹴る。竜介が倒れ込んだと想定される場所の地面は、かなり荒れている。

伊崎が、今度は余根田たちと向き合う。余根田たちが地面に放ったというスタンガンと警棒は、鑑識が回収していた。

伊崎が、竜介の妹や家族を脅すから、安心して金を渡せと口にする。逆上した竜介が後ろから伊崎を刺す。倒れた伊崎に、竜介が覆いかぶさり、さらに刺した――とされる場所の地面は荒れて、血が染み込んでおり、人の形にテープで囲われている。

興奮状態の竜介は、止めようとした余根田たちにもナイフを振り回し、怪我を負わせる。コンクリートの上の血痕は、主に余根田たちのものらしい。二人は住宅街のほうへ逃げ、警察に通報し、助けを求める――。

三機捜の隊員二人が、余根田たちの足跡と血痕を追いかけ、隠れて通報したという住宅の陰にあたる場所を特定した。

では竜介は、そのあと余根田たちを追うか、逆方向へ逃げるか……。

逃げるのが自然だろうと、捜査員たちの読みは一致した。その方向で作業していた鑑識課員が、

「足跡が確認できます」

と報告した。声が強ばり、「二人分の足跡です」

どちらも運動靴かスニーカーらしく、一人はしっかり踏ん張って歩いている。一人は足を引き

ずっているのか、頼りない足跡で、よろけて手を地面に着いたような跡もある。

「一人が、怪我をしている一人を支えて、この場から立ち去った……ということか」

鞍岡は、自分なりの見立てを口にした。「怪我をしているのが端本だとしたら……もう一人は誰だ？」

足跡は、地面がぬかるんで歩きにくかったのだろう、途中で、針金の間をくぐって、生活道路のほうに入り、そのまま奥へと進んで、反対側の大通りに出ていた。泥のついた足跡が、左に折れ、少し進んで途切れている。いまその場所には警察車両が駐車している。

「その誰かが、ここに駐車しておいた車に、怪我をしている端本を乗せ、運転して去った……」

鞍岡の見立てを聞いて、周辺の防犯カメラのチェックと、目撃者を捜すために、三機捜の隊員と武蔵野署の刑事たちが走り去った。

鞍岡はスマホを出し、巻目課長に連絡した。

「端本竜介は、もう一人の人物と行動を共にしている可能性が大です。誰かはまだわかりませんが、たぶん車に乗ってます。緊急配備は、車の使用を考慮し、範囲を広げる必要があります。病院に連れて行った可能性もなくはな……」

と話しつつ、ふと志波の姿が近くにないのに気がついた。背後を振り返ると、遠く生活道路を戻って、現場とは反対側の暗闇の中に、小さな灯りが動いている。

巻目に断って電話を切る。志波に掛けようとしたところで、相手から掛かってきた。

「おれだ、どこにいる？」

「生活道路を仕切っている針金が、両側それぞれで大きく開かれている場所がありました。誰かが押し広げ、生活道路を横断した可能性があると思い、道路をはさんで現場と反対側の場所を見て回っています。建築資材を積み上げ、ブルーシートで覆っている箇所があるんですが……その陰に、人が潜んでいたらしい跡が見られます。そこからは、現場がよく見えますね」

「誰かがその場所に潜んで、一部始終を目撃していた可能性があるってことか」

「余根田たちが逃げた後、道路を渡って現場に入り、端本を連れて立ち去った、ということも考えられま……あっ」

「どうした」

「コーヒーの空き缶が残されてます……新しいですね」

3

街灯もない山道に入っていた。

進むにつれ目に入った標識には、立川、次に青梅、さらには奥多摩、と書かれていた気がしたが、意識して確認していたわけではない。車の通りが少ないほうへ、灯りが少ないほうへとハンドルを切るうちに、道の両側からビルや住宅が消え、街灯も間遠くなった。

車にカーナビは搭載されているが、スイッチを入れるとGPSが作動して、レンタカー店に、ひいては警察に、位置が知られるのではないかと恐れ、電源は切ったままでいた。

後部席をバックミラーで確認する。ペットボトルの水を渡したとき、どこへ向かってる、と聞かれたが、それ以降相手はずっと黙っていた。眠った、というより、意識を失ったらしい。ひどく殴られたり蹴られたりしていたことを思い出し、いまさらながら心配になってきた。

　しばらく前に起きた事は、現実感を欠いていた。スマホで動画撮影していたせいもある。直接現実を目撃したのではなく、すべて画面越しの映像として見た形だったため、突然むごい事件が起きたときも、映画やドラマなどのつくりものを目にしているようで――呆然としつつも、声を上げたり逃げ出そうとしたりは、しなかったというより、意識にのぼらなかった。

　余根田たちが逃げたあと、自分でも不思議だが、自然と現場に近づいていた。見知らぬ男が、血だらけで、ほぼ大の字の形に倒れていた。ぴくりとも動かない。もう一人の男は、ナイフを手にして、仰向けになり、肩で息をしていた。スマホのライトで照らすと、顔も手も服も血で汚れていたが、彼自身が血を流している様子はなかった。

　ちゃんと顔を見たのは初めてだったのに、例の女性の兄だとすぐに理解できた。

　警察に電話してもよかった。なのになぜか、彼からナイフを取り上げ、腕を引いて起こし、肩を貸して、止めてある車のほうへ運んでいた。

　何を求めて、そうしたのか。何を願っていたのか……。

　彼を助けたかった？　その気持ちはあった。だが、わざわざあの場所から連れ出したのは、彼にわかってほしかったからだ、という気がする。

　彼を助けたのが、自分だということを――佐東進人が助けたのだということを、彼にちゃんと認識してほしかったのだ。でも、なぜ……？

「……止《と》めろ」

　不意に後ろから聞こえた。「止めてくれ」

　進人は、車を止めずに、首を少し傾け、

「大丈夫か。血が出てるとか、ひどく痛むところはないのか」

我ながらおかしなことを訊いている。だが、いまは一番大事だとも思った。

「あちこち痛いが……刺されてるとか、骨が折れてる、って感じはない……たぶん」

相手が、からだの状態を確かめているらしい間が空いて、「で、あんたは誰なんだ?」

例の女性の兄が、我が家を訪ねてきた話は、前に母から聞いた。妹と両親に直接謝ってほしいのだという。端本竜介という名前も、そのとき教わった。

母は、相手の要求を承知した。示談金だけで済ませていい話ではなく、まず誠意をもって謝るべきだと、進人に言った。

彼は面倒だと思う一方で、謝りたい、謝って許されたいと思った。

だが、父が猛反対した。対応は弁護士に一任し、被害者たちとは直接関わらないと、他の家族と決めたのに、勝手な真似をするなと、母を叱った。

進人は、今度は父の言うことがもっともだと思った。謝らずに終わりにできるのなら、それに越したことはない。面倒だからというより、自分が傷つけた相手と向き合うことが怖かった。責められたり、なじられたり、泣かれたり、呪われたりして……自分の犯した罪を目のあたりにすることに、心が耐えられない気がした。

「通りがかりの者だ」

とっさに、でまかせを口にする。「おたくが苦しそうにしてたから……覚えてないのか」

「運ばれたことはなんとなく……でも、だったらどうして、こんな暗い道を走ってる?」

竜介が身を起こし、窓の外を見ていた。「どこへ連れて行く気だ。病院じゃないのか?」

「普通に病院に行ったら……おたく、警察に捕まるんじゃないのか」

「……あんた、何を知ってるんだ」

「できるだけ、あの場所から離れたほうがいいだろうと思って……あと、パトカーとかに見つからずに、すれ違う車とかも、なるべくないほうがいいんじゃないかって……」

「なんで、そんなことをする？」

「……おたくを、助けたいと思ったんだ」

「だから、なんで。あんた、マジで一体誰なんだ」

竜介の声に苛立ちがあらわになる。

進人は、相手のじりじりする思いを背中に感じながらも、答えられなかった。

「止めてくれ」

不意に竜介が言った。「小便だ、漏れちまう」

「あ……ちょっと待ってくれ」

待避所のような山側にえぐれている場所を見つけた。減速し、ハンドルを切る。ヘッドライトの光に、車一台分のアスファルト舗装の先が、深い森になっている様子が浮かび上がる。

車を止めたとたん、竜介が降りた。全身に痛みが走ったのか、短くうめきつつ森のほうへ歩いていく。

進人も尿意を催した。車を降り、竜介の姿を確認して、彼から離れた場所で、用を足す。

これからどうするか……助けたのが自分だと伝えるには、名乗らなければいけない。だが名乗っただけでわかるのか。過去の行いを話して、相手が冷静に話を聞くだろうか。

だったら、おまえが殺した男の息子だと言えばどうか。謝ってほしいのはこっちだと迫れば……いや、しばらく様子を見たほうがいい。運転席に戻り――思わず息を詰めた。

助手席に竜介が座っていた。ダッシュボードの上に置いてあった進人の財布を手にしている。

とっさに取り返そうとする。ナイフが喉元に突きつけられた。

竜介は助手席の下にあったナイフを拾い、レジ袋は足下に放っていた。彼が車内灯をつける。財布の中に収めていた免許証の写真と進人を見比べて、

「佐東進人か……道理でな。おかしいと思った。何が通りがかりの者だ」

竜介は冷たく笑い、「あの場所にいたんだな。それで？」

「それで、って何が……」

聞き返す進人の目の前に、竜介がぐっとナイフを突き出す。

「どうするつもりで、おれを連れ出した」

竜介は車の前後を注意深く確かめ、「どこで誰が待ってるんだ」

「……誰も待ってやしない。おれは、本当にあんたを助けたかったんだ。あのまま放っておいたら、警察に連れて行かれるだろうから。逃がしてやりたかった」

「車を出せ。ゆっくり出せ」

ナイフが目の前でひらめき、進人はエンジンをかけた。車が前に動きだす。

「ごまかすな。なんでおまえが？」

竜介が車内灯を消して、不審げに訊く。「なんで、おれを逃がそうなんてする」

車内に警告音が響いた。進人は運転しながら、シートベルトを締めた。

「おたくも締めなよ」

「指図すんな。聞いてんだろ。妹の人生をずたずたにして、おれら家族の生活もめちゃくちゃにしたおまえが、なんでだ」

キンカン、キンカン、と警告音が続いている。

「助手席もシートベルトを締めないと、鳴りつづけるんだ」

「答えろっ」

竜介は苛立って、「おれを、この先の山ん中で、殺すつもりか」

「はあ？　何を言ってんだよ」

「仲間はどこだ。どこで待ち伏せてる、おれを連れ出して、今度は何をする気だ」

「だから、あのまま放っておいたら、おたくは警察に捕まって、刑務所に送られちまうだろう。それをおれが、このおれが助けたんだ。おまえに、オヤジを殺されたのに……助けたんだ。わかれよ、なんでそんなことしたのか。おれが助けた意味を、わかれよっ」

言いながら、進人は初めて自分がなぜ彼を助けようとしたのか……自分が助けたのだと、彼にわからせようとしているのか……その意味がわかった。

「だから……もう、おれのした事を許せよ」

そうだ、もう許してほしかった……もう終わりにしてほしかったんだ。

「おれは、オヤジを殺されてんだ。オヤジを、あんたに、殺されてんだぞ」

ずっと父の死の実感はなかった。遺体を見ていないせいもあるが、あえて感じるのを避けていたとも言える。

自分の犯した罪のせいで、殺されたのかもしれないのだから……。

確かに悪いのは自分だ。期待をかけていた一人息子に裏切られたような想いがしたのだろう。父が狂ったように怒り、失望をあらわにしたのも仕方がない。レイプドラッグを入れたのは自分ではないと言っても信じてくれず、おまえの育て方のせいだと、母まで責めつづけられたのはつらかった。

それでも、幼い頃から大切に育てられてきた記憶がすべて消えてしまったわけではない。遊園地や動物園には何度も連れていってもらったし、家族旅行の楽しい思い出もある。高校受験に失敗したときは「そういうこともあるさ」と頭をくしゃくしゃと撫でられ、大学に受かったときは「一杯だけだぞ」とグラスにビールを注いで乾杯してくれた。その父が、殺されたのだ……。

不意に視界がぼやけた。荒く目もとを手で拭《ぬぐ》い、

「なのに、あんたを助けた……この先も助けてやれる。わかってんのか、おれしか助けられない。おれしか、あんたを警察から救えないんだ……だから、だからもう、おれのした事を許せよ」

「……おまえの言ってるのは、もしかして妹の事をか。ざけんなっ、誰が許すかよ」

「いいのか、死刑になってもいいのかよ」

「構わないさ。死んだって、おれは絶対におまえらを許さない」

「オヤジを殺されてんだぞ」

目がぼやけて、一瞬見えなくなる。片袖で目を拭う。警告音が耳につく。

「ちくしょう、シートベルトをしろよ。しろって」

手を伸ばして、助手席のシートベルトをつかもうとして、

「やめろ、危ねえだろうが」

竜介に肩を突き放され、ハンドルが大きく切れた。路肩にガードレールがない場所だった。闇の中に突っ込み、車体が一瞬宙に浮く。次には激しい衝撃が下から突き上げてきた。

4

伊崎由紀夫の遺体を確認した。小賢《こざか》しい男だったから、別人に自分の免許証を持たせて……という可能性も考えたが、間違いなく彼だった。

鞍岡が最後に彼に会ったのは、六、七年前だ。遺体だから仕方ないだろうが、頬の肉が落ち、目もとのしわが深く刻まれて、老けたと思った。ため息をつき、手を合わせる。どんな悪事を企んでいたのか知らないが――おい、あんまりつまらねえじゃねえか、と声をかけたくなった。

傷を診た医師によれば、背中のやや右側から中央へ斜めに入った刺傷痕は、直線的に深く刺してから、そのまままっすぐ抜いたものだろうという。左胸部の二カ所の傷は、心臓を狙ったと思われ、刺したあとに、そのまま抜かず、ねじり上げるようにしたらしい傷口に特徴がある。

医師の立場からは、加害者の意思までは口にしなかったが、

「強い殺意を感じますね」

という鞍岡の言葉に、反対はしなかった。

別の病院で入院治療を受けている余根田と楠元には、担当の捜査員が話を聞いていた。

竜介が使ったというナイフは、彼が所持していたリュックから取り出したものだった。

いきなり現れた男＝伊崎に殴られ、蹴られ、リュックは肩から外れて、地面に落ちた。竜介は、伊崎が余根田たちに金を要求している間に、リュックからナイフを出し、背後から刺したのだという。そのあと倒れた伊崎に覆いかぶさるようにして、二度胸にナイフを振り下ろした。かなり

激しい勢いだったし、あまりに突然で、余根田も楠元もすぐには止められなかった。

二人がようやく、やめろ、よせ、と声をかけると、興奮している様子の竜介が、足をよろけさせながら迫ってきて、ナイフを振り回した。どこをどう逃げたかも記憶になく、なんとか住宅街に隠れて警察に通報したが、現場にはほかに人はいなかったと話した。

竜介のものらしいリュックは、その後現場で見つかっている。

鞍岡は、余根田たちについている捜査員に、竜介が伊崎を刺したときの様子、また彼らに襲いかかってきたときの様子を、さらに詳しく尋ねておくように求めた。


午前二時過ぎに、能義から連絡が入った。

鞍岡と志波は、目撃者を求めて、現場近くで道路拡張の工事をしていた作業員や警備員に話を聞いていた。電話を受けて、人けのない道路脇に移動した。

「伊崎には、退職後も目をかけていたそうだ」

能義は、誰が、という主語を省いて話した。「刑事としての能力や、勘の良さ、そして冷淡さを買っていたそうだ。いまの調査会社も紹介した。実際いい人材だと思ったし、何かしら使えるとの算段もあった。政治家からの依頼で、公的機関では難しい調査事項があり、彼に任せてみたら、思いのほか良い働きをした。以後、たびたび政治案件で彼を利用した。もちろん逆にこちらをゆすろうなどと悪い気を起こしかねないネタは明かさなかったし、いざとなれば彼を挙げる安全装置は働かせていた。とはいえ、見張っていたわけでもなく、ほとんどの時間は、彼が自分の仕事のために自由に動いていたはず——とのことだ」

つまり、八雲刑事部長としては、今回の伊崎の行動は、あくまで彼の勝手な暴走であると言いたいらしい。

「例の、大学生四人による準強制性交の件は、余根田の祖父が、孫に前科がつかないようにしてほしいと、後援会副会長のコネを使って泣きついたため、当の政治家からの依頼で仕方なく、伊崎を使った。やり方は一任したので、細かい動きは知らない。裁判が回避されたことのお礼を、政治家から告げられたので、安堵し、それきり忘れていた。伊崎が、依頼した仕事を終えた後も大学生やその家族の秘密を探り、ゆすりのネタにしていたのは想定外だった。最近はまったく連絡していない——というのは、まず本当だろう」

「伊崎が、竜介と出会い、行動を共にすることができた理由は、ご存じでしたか」

鞍岡は尋ねた。

「いや。今回、伊崎の動きは把握されていないそうだ。これであの人の件は終わりだ、いいな」

「わかりました……ありがとうございました。このあと一度帳場に戻ります」

鞍岡は電話を切って、髪を荒く掻き、志波と顔を見合わせた。

「となれば気は重いが、こっちで一つ、謎をつぶしておくか」

「伊崎がなぜ、竜介の動きを知っていたのか、ってことですか」

二人は、現場周辺から回収もしくは提供された防犯カメラの記録検証に忙しい捜査本部に戻った。ちょうど目当ての人物が、ひと仕事終えて、仮眠に向かう途中だったので、先に行って待ってるからと、屋上に呼び出した。

夜明け前が最も空は暗いと言うが、静かなせいでそう感じるのかもしれない。今日はいつもより冷え込んでいて、クーラーの室外機も止まっている。

「何も聞かないんだな。なぜあいつなのか、と」

鞍岡は志波に声をかけた。

志波は、肩をわずかにすくめて、

「できる人はそう多くはないですからね」

「できる奴だとは思ってるんだ」

「でなきゃ、伊崎が頼らないでしょう」

屋上のドアが開く。

「クラさん、クラさん？　あれ、いないのかな、鞍岡警部補ぉ」

「おう。仮眠しなきゃいけないのに、呼び出して悪かったな」

「本当っすよ。早朝から伊崎の会社へ行って、いろいろ調べなきゃいけないんですから」

「だが、あいつが死んで、正直ほっとしてるところもあるんだろ、シノ？」

え、と篠崎巡査部長が言葉に詰まる。

「伊崎は、どうやって端本竜介の動きを知ったんだろうな。どこで待ってれば、彼に会えるかくらいは、頭を働かせたにしてもだ。そもそも竜介が、余根田や楠元たちに近づこうとして東京に出てきていたことは、捜査に直接当たっている人間から聞かなきゃ、わかるはずがない」

「あ……そんなのおれは、知りませんよ。まさか、疑ってるんですか」

篠崎が懸命に言い返す。「生活安全課《セイアン》には人間拡声器の戸並《となみ》がいるでしょう。伊崎と同じ署にいたこともあったし、あいつですよ」

「あんな奴を、伊崎が信用するか」

鞍岡は苦笑し、「自分のこともペラペラ話されるかもしれないんだぞ。捜一にいた伊崎と所轄のおまえは、帳場で組んだことがあったよな。奴がおまえを、捜査の筋読みがちゃんとできる奴だと、ほめていたのと……帳場がばらけたあとも、おまえに乞われて捜査についていろいろ教えてやっていると、話していたのを思い出してな」

篠崎がまだ何か言いかけて……諦めた様子で口を閉ざした。

「伊崎は、退職するときに、所轄の捜査資料が複数紛失した件も、自分の捜査に借用したまま、つい別の不要な書類と一緒にシュレッダーにかけてしまったと言い置いていったらしいな。こないだ奴のことを調べ直して、初めてそれを知ったんだが……所轄であの資料を実際に扱っていたのは、シノ、おまえじゃないのか。あいつに背負《しょ》い込んでもらったのか」

篠崎が深く息をつく。

「機捜に上げてもらえるって時期で、めちゃくちゃ忙しくて、書類があれもこれも溜まって、知らないうちにパニクってたのか、気がつくと、捨てちまってたみたいなんです」

覚悟を決めたのか、口調はサバサバして、「伊崎さん、帳場で組んでたときに、何度も警察法《サツポウ》すれすれのことを平気でやるし、それができる刑事《デカ》の証だって自慢げで……おれから教えを乞うたんじゃなくて、使えると思われたのか、あの人からたびたびネタを求められてたんですよ。だから、捜査資料を捨ててしまったのに気づいたとき、相談したんです。そしたらすぐに、おれに任せとけ、って言われて、三カ月後に辞めたとき、背負い込んでくれました。マジでいい人だと思ったんですけど……やっぱりそれも、あとで利用するためだったんですよね。食えない人だったなぁ」

「あいつは何を知ろうとしたんだ」

「佐東正隆の遺体が見つかったニュースを見て、どういう捜査方針で、誰をホシとして追ってるかってことです。まだ何も決まってなかったので、クラさんの筋読みを教えろ、クラさんの読みなら間違いないって。なので、端本竜介と佐東進人の名前を挙げました」

「直接会ったのか」

「電話だけです」

「おまえが二人の名前を教えたことで、今回のヤマが起きたとするのは酷だろう。おまえが教えなきゃ、伊崎は別口からネタを引き出しただろうしな。それでもだ」

「はい……わかってます」

篠崎が顔を伏せ、また深くため息をついた。「……辞めなきゃいけませんか、おれ」

「おまえが刑事になりたてのとき、指導を任されたのはおれだ」

「ええ。クラさんみたいな、真っ正直で、立派な刑事になりたいと思ってやってきました。なのに、なぜかあの人に引っ張られて……愚直にこつこつ歩き回るのは時代遅れだと言われて、そうかもと思い……気がつくと昇進試験も先送りにして、捜一にも上がれないままでした」

「つまり、おれの指導がいたらなかったってことだ。結果として、おまえが辞めるなら、おれも辞めなきゃいかんだろう」

「まさか、そんな……」

「おまえはどう思ってるんだ。もう警察の役にも、市民の役にも立てないのか」

「いえ、それは……自分なりに役に立てる自信はあります」

「だったら、自分で課長に話せ。おれや志波が知ってることは言わなくていい。誰もが知ってる話なのか、一部の上の者しか知らない話なのかで、処分が変わってくる。行って、やり直せ」

「……すみません。失礼します」

篠崎が硬い顔で敬礼をして、屋上のドアから中へ入ってゆく。

鞍岡は、背後で黙っている志波を振り返った。彼が見つめ返してくる。

「なんだ、何か言いたいことがあるのか」

「いいえ。あなたらしいな、と」

「おれの何を知ってる？」

「他人の過ちも、自分のせいにしてしまう」

鞍岡は眉根を寄せた。志波の前で、誰かの過ちを背負い込むような真似をしただろうか。思い出そうとするが出てこない。

不意に頬が冷たく濡れた気がした。雨か……。現場保存が難しくなるだけでなく、緊急配備に手間がかかり、竜介を逃がしてしまうかもしれない。

「ともかくおれは、真っ正直でもなきゃ、立派な刑事でもないってことだ」

雨粒が大きくなってきた。

「濡れますよ」

志波が中へと戻ってゆく。鞍岡もドアの内側に入ったところで、志波のスマホが鳴った。

「鑑識からのメールです」

メールを開きながら、志波が鞍岡に伝える。

「現場に残されていた缶コーヒーの件か？」

「ええ。缶に残されていた指紋……三年前の準強制性交の被疑者として採取された人物の指紋と、一致したそうです。あの場所に潜んでいたのは、佐東進人です」

5

ばらばらとドラムを打つような音が響く。

初めは小さかったが、次第に大きく、スマホのアラームよりうるさくなり、目を覚ました。

顔の前に白くて柔らかいものがあり、視界がやけに明るい。腹部と肩に激痛が走った。手をやると、シートベルトの感触がある。からだが不自然に前に傾いている。

なんだ、どうなってる……。

進人は、手を上げて車内灯をつけた。

車が斜めに傾いていた。顔の前を塞《ふさ》いでいるのは、エアバッグだ。手で脇にどける。ヘッドライトがまばゆく前方を照らしている。光がすぐ手前の何ものかに遮《さえぎ》られ、その反射で異様に明るいのだ。木の枝が方々に伸びているのが、かろうじて見極められる。

山道から飛び出したあと、弾みながら崖道を下り、木にぶつかって斜面で止まった――という状況を想像した。

そうだ、あいつは……。

隣を見た。膨らんだエアバッグに頭から突っ込む恰好で、竜介がいる。両手で頭を守るようにして、腰が完全に浮いている。エアバッグがなければ、車外に投げ出されていたかもしれない。

「おい、大丈夫か……おい、あんた、生きてるのか。どうなんだ、返事しろよ」

恐る恐る手を伸ばす。相手の脇腹の辺りにふれた。シャツ越しだが、体温を感じる。

そのとき車が急に動きだした。つっかいになっていた木が裂けたような音がして、斜めになったまま車が滑り落ちていく。嘘だろ、と慌ててハンドルを握る。今度はどこまで落ちるのか。本当に地獄へ行くのか、いやだ、死にたくない……と思ったとたん、どんと強い突き上げがあって、車体が水平になって止まった。

進人はからだが振られて、シートに背中を預けた。

隣の竜介も、からだが一度弾んだ後、エアバッグから離れて、シートに腰を戻した。目を閉じた竜介の顔があらわになる。鼻から血が出ている。

「おい、どうした、生きてるか、ハシモト、くん？　どうなんだよ、応えろよ」

恐る恐る彼の鼻のあたりに手を伸ばす。しばらく待つ。息づかいを感じた。ほっとして、手を戻し、あらためて前方を見た。フロントガラスが濡れ、景色がぼやけている。ワイパーのスイッチを入れるが動かない。どうにかシートベルトを外し、窓を開けてみた。

雨の音がする。ヘッドライトが照らしている先を見る。小石が転がっている平たい場所だ。

スマホを出し、ライトを灯し、慎重にドアを開けて外へ出る。からだの節々が痛いが、大きな怪我はなさそうだ。打ちつけてくる雨の冷たさが、身にしみる。

周囲には木が多いものの、正面には木がなく、小さな石や岩が転がる平地がつづく。雨とは別の音が、その先から聞こえる。近づいてみる。川があった。流れは早そうだ。

戻って、車の前を確かめる。ひどく潰れ、ヘッドライトも一つ壊れている。

落ちてきた道のほうをスマホのライトで照らす。若い木が横に倒れて、斜面のえぐれている場所は見えたが、上の道までどのくらいの高さなのかは、光が届かず、わからない。

ともかく助けを呼ぶしかない。いったん車内に戻り、確かめる。圏外だった。しかもバッテリーが残りわずかだ。

雨脚がいっそう強くなったのか、車体を打つ音が激しくなる。

不意に、ヘッドライトと車内灯が同時に消えた。

6

早朝の新幹線で、鞍岡と志波は仙台に向かった。

それより先、伊崎由紀夫が死亡した事件現場近くのコンビニの防犯カメラ映像で、佐東進人の姿が確認された。事件が起きる一時間ほど前だった。進人は、ミネラルウォーターや缶コーヒーなどを買っている。彼が駐車場に止めた車の、ナンバープレートも解析でき、レンタカーだとわかった。緊急配備中の警察官には、車の特徴とナンバーが伝えられた。また貸し出した店を割り出し次第、捜査員が当たることになっている。

進人が現場に潜んで、事件の一部始終を目撃後、竜介を連れて車で逃走した――という筋を実証するには、二人が映っている映像が必要だった。捜査本部では、さらに地域を広げ、防犯カメラ映像を、人手をかけて解析している。

また、あらためて余根田と楠元の供述が取られた。二人は、進人が現場にいたと聞いて、心底驚いた表情を見せた。ベテランの捜査員たちから見て、とくに楠元は嘘をうまくつけそうになく、知らなかったことは真実に思われた。二人が本来あの場所に呼ぼうとしていたのは、芳川拓海だった。

竜介が電話で、それを求めたのだという。現在は佐東と連絡が取れないだろうということも知っており、彼を除いた三人で来い、と指示してきた。

芳川には楠元が連絡を取った。当初は来ると話していたのに、当日になって『警察に見張られているから、行けない』とメールをしてきた。であれば芳川が、進人にあの場所を教えた可能性が高い。

鞍岡と志波が、仙台に両親と避難している芳川拓海に話を聞きに向かうと手を挙げた。順調にゆけば、昼過ぎにはまた東京に帰ってこられる。幹部たちは、許可する一方で、万が一に備えて拳銃を携行するように指示した。

寝ていなかった二人は、一時間半ほどの移動のあいだに睡眠をとった。仙台には、拓海の父方の実家があった。事前に捜査本部から電話連絡がいっており、駅からタクシーで直接向かった。

古くて立派な構えの農家で、心配そうな両親を交えて短く話をしたあと、拓海一人を広い庭に誘い出し、ハナミズキの木の下で詳しく話を聞いた。雨はまだ東北までのぼってきておらず、薄い陽射しが見られる。

「ぼくが、余根田たちから来るように言われた場所を、電話で、進人に教えました」

拓海は、もう観念した様子で、鞍岡たちの質問に素直に答えた。

進人の父親が亡くなった報道があったあと、進人から電話が来て夜の公園で会っていたことも、彼は話した。それもあって、連絡し合う関係が戻っていたという。

「余根田たちは、例の女性の兄に呼び出されたみたいでした。もちろん余根田の意向でしょうけど、楠元から強く求められて、初めはいやいや従うつもりでいたんですけど……進人に連絡して、話を伝えると、会う場所と時間をおれに教えて、おまえは行くな、って言ってくれて……ちょうど前日に、仙台に一時避難することも決まってたんで、進人にすべてを任せたつもりでいました」

「佐東は、教わった場所に出向いて、何をするつもりだったんだろう？」

鞍岡の問いに、拓海は首をひねった。

「わからないけど……なんとなく、ケリをつけたいのかな、という気はしました」

「ケリ、って何のケリ？」

「三年前の事件のです」

「どういう風にケリをつけるつもりだと、きみは思った？」

拓海は顔をしかめ、何か言おうとして、口を閉ざし、また考えて――ということを繰り返した後、「よくわからないけど」と苦しげに答えてから、

「ただ……あいつは、自分を嫌ってて……それは、ぼくも同じで……たった一度、勇気を持って、やめろ、って言えなかった。こんなことやめようって、ただそれだけのことを言えなかったために、あの女性をひどく傷つけたばかりか、周りの多くの人もつらい目に遭わせて、自分もだめにした……そういうのを終わりにできないかと、思ってる気がしたんです」

鞍岡は、顔を伏せて語る相手を見て、怒りを通り越して、やりきれなさをおぼえた。ため息をつき、隣の志波に、どう思うよ、と視線を向ける。彼もまた、怒りより、絶望的なあきらめにも似た、冷めた表情をしている。鞍岡は、拓海に顔を戻し、

「だったら、向かう場所が違っているだろう」

「え……」

「きみも同じような気持ちがあるんだろう？　だったら行く場所はどこだ」

「あ、え、どこって……」

「きみは、被害を受けた女性に、直接謝りにいくべきだとは思わないのか。それ以外に、どこへ行くんだ。こんな所まで逃げるより先に、向かう場所があったんじゃないのか」

「あ……でも、向こうは、会いたくないんじゃ、ないですかね」

「そんなことは行かない理由にならない。行きもしないで、どうしてわかる？　思いやるふりをして、面倒なことを避けようとしているだけだろう」

拓海が目をしばたたき、うなだれる。

「ご両親とよく話し合ってみるべきだ。きみたち四人の行為は、決して許されることではないが……親たちが、きみらのためを思ってしたことも、相手がどんな思いをするものだったか、考えてみたかね。きみには妹さんがいるね。もし妹さんが同じ目に遭ったらどうだ。そして加害者の親が、きみのご両親がしたようなことをしたら、どう思う……え、どうだね」

肩に手を置かれた。志波だ。つい熱くなって、追い込むような口調になってしまっていたようだ。鞍岡は恥じて、口をつぐんだ。

「きみ、芳川君」

代わって志波が、うつむいて肩を震わせている拓海に声をかけた。

「きみはまだ、何か話していないことがあるんじゃないのかな」

「え……」

「きみは、自分を嫌っているんだろう。そう口にしたよね。佐東進人も自分を嫌っているはずだから、ケリをつけるために、あの場所に行った――そう、きみは思った。でも、きみは自分を嫌いながら、ケリをつけるために何もしていない。何かきみなりに、ケリをつけるべきことが、被害者への謝罪とは別に、あるんじゃないのかな。でなければ、あんな言い方をしない気がするんだ。どうだろう、いま話してみないか」

　拓海が髪を掻き乱したり、首もとを荒くこすったりする。迷っている様子が伝わってくる。

「きみは、妹さんもつらい目に遭わせているね？　隠し事があるために、ケリがつけられないまま問題を長引かせ、前向きになれない。結果、家の中は暗く、妹さんを巻き込みつづけることにもなっている。そうじゃないのかな。いい機会だと思うよ」

　拓海が生唾を飲み、ズボンの脇に垂らした両手の拳をぎゅっと握る。

「あの、これは、このことはずっと……」

　と彼が切り出した。「ずっと言わなきゃと思ってたのに……怖くて、言えなかったんですけど……あのとき、あの夜、彼女が飲んだウーロン茶に薬を入れたのは、ぼくです」

　はっと声を呑む息づかいが聞こえた。鞍岡がそちらに視線をやると、拓海の両親が少し離れた場所に立って、話を聞いていた。拓海は、それには気づいていない様子で、

「進人じゃない。なのに、あいつのせいにした。怖かったから、ひどい嘘をついた。余根田たちが本当のことを話せば、ばれるはずだったけど……あいつらも面白がって、ぼくの証言の通りだと、答えたんだ……ごめんなさい、ごめんなさい、ごめんなさい」

　拓海が深く頭を下げ、力が抜けたように、その場にひざまずいた。

「……その言葉は、被害を受けた人に伝えなさい」

　鞍岡は彼に言って、両親のほうに視線を向けた。「ぜひ、ご両親と一緒に」

7

いつのまにか外が明るくなっていた。

どうしていいかわからない無力感と、疲れと、緊張と、恐怖と……ひとまず命が助かった安堵もあっただろうか。気がつくと、シートにもたれて眠っていた。

起きたのは、寒気もあった。山の中で、雨もずっと降っていたようだ。からだをぶるっと震わせ、両腕を抱いて、上下にさする。

夜が明けたのだろうが、ワイパーが動かないので、窓の外は明るくても、窓からの景色はにじんでいる。

声が聞こえた。はっとして隣を見る。竜介が顔をゆがめて、うめいていた。

「どうした、どこか痛むのかよ……おい、あんた、何とか言えよ」

相手のからだを見回す。反対側の腕が、変な角度で曲がっている。骨折が疑われた。

眠って、うなされているだけなのか、意識が混濁《こんだく》しているのか、よくわからない。

「おい、起きろ、おい」

竜介の頬を軽く平手で打った。「起きろって、大変な事になってるんだ」

「いてぇ」

と竜介がうめいた。「いてぇ……いてぇよぉ……」

「どこだ、どこが痛いんだ」

だが竜介は首をわずかに横に振るだけで、答えない。

「ちくしょう、どうすりゃいいんだ……助けとか来るのかな」

道路からここまで落ちた跡が残っているはずだ。もし上を車が通れば、気づくに違いない。もしかしたら、いままさに上から見ていないか……手を振れば助けてくれるだろうか……。

ドアを開けて、外へ出た。雨はまだ強い。すぐに全身が濡れてくる。

空一面黒い雲に覆われているが、視界は開けている。後ろを振り返った。

車が滑り落ちた斜面が、途中から垂直に近い崖《がけ》になっている。その上に通っているはずの道路までは、ビルの四階くらいの高さがある。まだこの程度だったから、助かったのだろう。だが簡単に登れる高さだとも言えない。車の音も聞こえてこない。雨で、車が落ちた形跡が消されている可能性もあった。

川の水音が、大きくなっている気がする。

不安になり、目に入る雨を手のひらでさえぎりながら、川に近づいてゆく。水嵩《みずかさ》が増し、濁った水がもう少しで川の縁を越えそうだ。

いきなり閃光《せんこう》が走った。一瞬の間を置き、激しい雷鳴が森と進人の身を震わせた。

8

館花は、捜査用の私服で、志波の指定した図書館を訪れた。

雨が降りつづいているせいか、館内には人が少なかった。館長に警察手帳を示し、協力を仰ぐと、こころよく応じてもらえた。

志波の求めた調べ物は、さほど時間のかかるものではなかった。二度確認して、結果を志波にメールで伝える。折り返し、志波から感謝の返事が来た。いま東京駅で新幹線を降りて、中央線に乗り換えるところだという。メールに保存のチェックを入れた。

署に戻ろうとしたところで、電話の着信があった。まさか志波だろうかと、あり得ないと思いながらも期待して、確かめる。安原宏江からだった。

「もしもし、館花さん、助けて。わたしも千晶も、殺されちゃう」

「えっ、どうしたんですか、何があったんです」

「あの人がまた飲んで、おかしくなったの……やめてっ、パパ、やめて、千晶っ」

彼女の悲鳴のあと、声が途切れる。

「安原さん、宏江さん、もしもし、もしもし、応えて、いまどこ、もしもし」

呼びかけながら、外へ飛び出しかけて、図書館に戻り、自分の携帯をつないだまま、電話を貸してほしいと求めた。まず上司の依田に連絡する。

「わかった。すぐにアパートの最寄りの交番に連絡する。わたしも直行するから」

依田に言ってもらえて、少し気持ちが落ち着く。携帯は切れていない。もしもし宏江さん、と呼びかけながら、借りた電話で鞍岡に連絡した。用件を伝えているところで、

「テレビ局に呼ばれたのは、受賞の話じゃなかったの」

宏江の声が戻った。ずっと話していたのに、逃げながらだったので機器が音声を拾えなかったのかもしれない。スピーカー機能に切り替えて、鞍岡にも聞いてもらう。

「最終候補に残ったけど、審査委員から、亡くなった著名な作家が若い頃に書いた埋もれた名作

の、人物名と風俗を少し変えただけの引き写しだって疑問が出されて、それで呼ばれて問い質《ただ》されたらしいの。あの人は最後まで認めなかったみたいだけど、結局盗作と判断されて、作品も返された。どこかでお酒を飲んで、酔って帰ってきて、テレビ局への文句を延々話して……済んだことは仕方ないじゃない、またチャレンジしようって、わたしが言ったら、いきなり全部おまえのせいだ、おまえがおれをダメにしたって暴れだしたの」

また彼女の悲鳴が上がった。「千晶っ、おいで、早く、千晶っ、走って」

子どもの泣き声が聞こえ、音声が途切れた。

館花は、タクシーで宏江のアパートへ急いだ。彼女との通話はつないだままでいた。

「もしもし、もしもし……館花さん」

また不意に、宏江の声が、手に握りしめたスマホから聞こえてきた。

「もしもし、宏江さん。無事なの？　いまどこ？」

「川沿いの土手の陰」

「住所はわかる？　目印とかでもいい」

「この辺りは確か……」

と、彼女が住所を口にする。彼女のアパートからさほど離れてはいない。「番地は違うかも。目印は……河川敷の公園のそば。あ、でも公園も川の水があふれて、危なそう」

雨の音が入って、聞き取りにくいのだが、声にも力がない気がした。

運転手に行き先の変更を告げる。警察も急行させたいが、電話を切ると、ふたたび宏江とつながるかどうか不安だった。運転手に手帳を示し、無線で本社に連絡して、警察と救急車を向かわせてほしいと依頼する。運転手は承知して、すぐ連絡してくれた。

「もしもし、宏江さん、怪我してます？　声に力がないけど、どこか痛みますか？」

「……あ、ちょっと刺されて、痛いかな」

「どこを刺されたの、出血は？」

「千晶は、逃げる途中の、アサヒなんとかってマンションの植え込みに隠してきたから。わたしが、千晶から離れれば離れるだけ、あの子は無事でいられる……」

「宏江さん、宏江さん。しっかりして。無理に動かないで。いま行くから」

ほどなく運転手が、宏江の告げた住所近くを通っていると告げた。

前方に盛り上がった土手が見える。その向こうがたぶん河川敷で、公園もあるのだろう。目の端に『朝日』という文字が見え、タクシーに止まってもらった。『朝日グランドコーポ』という名前のマンションで、ツツジの植え込みもある。館花はタクシーを降り、

「千晶ちゃん、千晶ちゃん、大丈夫よ、おまわりさんだよ、ママに聞いてきたの」

植え込みの陰で何かが動いた。駆け寄ると、千晶が膝を抱えて、しゃがんでいた。

「千晶ちゃん、もう大丈夫だよ。怖かったね。もう大丈夫だから」

すぐに携帯に向かって、「宏江さん、千晶ちゃんは保護しました。宏江さん……」

息づかいさえ聞こえない。

あらためて千晶の全身を確かめる。頬が赤く腫《は》れている。痛いところはないか尋ねると、首を横に振った。彼女を抱いて、タクシーまで連れて行く。

「ご協力をお願いします。もうじきパトカーや救急車が来るはずです。それまでこの子を車内で保護してくださいませんか」

中年の運転手は、わかりました、任せてください、と引き受けてくれた。

いったん宏江との電話を切り、依田に掛けつつ、土手に向かう。相手はすぐに出た。千晶を保護したことと、正確な住所を伝える。アパートから走って二十分程度の距離だ。

「館花、宏江さんの安全確保を第一に。いま向かってるから、無茶はしないこと。いいわねっ、きっとよ」

依田に返事をする自分の声が遠くに聞こえる。頬を赤く腫らした千晶の姿が、まぶたの裏で大きくなっていく。いつしか、頬を赤く腫らした幼い頃の自分の姿に重なっていた。

〈きみが、あの館花巡査長の娘さんか。お父さんは実に立派な警察官だったよ〉

〈館花巡査長のような誠実で優しいお巡りさんは珍しいと、地域住民からも感謝されていてね。きみもお父上を見習いなさい〉

その立派な誠実で優しい男が、家では、妻と娘を殴っていたのを知ってるの?

生かしちゃおかない……口の中で吐き捨て、土手をのぼってゆく。

土手の上の細い道を、足を引きずって歩く女性の後ろ姿を見つけた。宏江だ。雨は弱くなったが、まだ降っている。彼女のもとへ走っていく。すぐに追いつき、

「宏江さん」

声をかけて、よろける彼女の肩を抱いた。

「よかった。もう大丈夫よ。千晶ちゃんは保護しました。戻りましょう」

「本当に？　あの人は？」

「姿は見えませんでした。怪我はどこですか」

ブラウスの肩口が切れ、右のふくらはぎからは血が出ている。

「少し包丁がかすっただけだから、大丈夫」

館花は肩に提げたバッグからハンカチを出し、宏江のふくらはぎの傷に巻いた。

「あーあ、また失敗しちゃった。鞍岡さんに合わす顔ないなぁ。ちゃんと相手を見ろって叱られちゃう。もしかしたら鞍岡さんに叱られたくて、わたしってば毎回毎回――」

言いかけた宏江の言葉が途切れる。気配を感じて、館花は顔を起こした。

目の前に安原が包丁を手に立っている。目が据わっている。ぶつぶつ何かつぶやいている。ざけんじゃねえ、ばかにすんじゃねえ、と聞こえる。館花はゆっくり立って、

「包丁を手から離しなさい。包丁を下に置いて、両手を上げて」

身構えながら厳しい声を発した。拳銃は携行していない。鞍岡の注意を思い出し、相手の正面から少し脇にずれて、相手に近づく。同じ言葉を繰り返す。

ざけんなっ、てめぇっ、と安原が包丁を大きく振る。次に振り戻した瞬間を捉えて、包丁を握っている右の手首を摑んで、強くひねった。痛っと相手が叫んで、包丁を落とした。そのまま腕を決めようとしたが、地面がぬかるんでいて足が滑る。酔った相手がからだをぶつけてきたため、バランスを崩して膝をついた。安原はふらつきながらも立っている。

包丁を彼に渡してはいけない。落ちた辺りを目で追う。さっと拾い上げる手があった。

「生きてたら、千晶が殺される……千晶は絶対守る……千晶は渡さない」

宏江が包丁を持って立っていた。待って、やめて。

館花は素早く宏江の正面に立った。どんっと衝撃が腹部を貫く。目の前に、宏江の顔がある。

宏江の目が見開かれ、口を開いて、後ずさる。

館花が視線を落とすと、腹部から包丁がずずっと引き抜かれるところだった。

「あ、そんな……」

宏江がうめいて、その手から包丁が落ちた。合わせて、館花は足から力がすうっと抜けるのを感じた。館花の目の先で、ふたたび包丁が拾い上げられる。安原だった。

パニックに陥った宏江が、悲鳴を上げて逃げ出す。安原がそれを追いかけてゆく。

だめ、待って、やめて……手を伸ばそうとして、館花は意識が遠のくのを感じた。


「館花、しっかりして、館花っ、目を開けてっ」

依田が、館花の顔が濡れないよう、自分のブレザーで彼女の頭を包むようにして、心臓マッサージをしている。救命機器を抱えた救急隊員は、まだ土手の下にいる。

「こっちだ、こっちに早くっ、急げっ」

鞍岡は、救急隊員に手を振った。鞍岡たちの乗ってきたタクシーと警察車両と救急車が行き交い、制服警官たちは五歳の千晶を保護しているところだった。

一方に目をやると、志波が土手の上の道を早足で進んでいる。鞍岡はすぐに追って、

「何をしてる」

「雨で足跡が残ってます。乱れてる足跡が二つ、この先に向かってます」

「だったら走れよ」

「……お願いします」

「え……」

志波は前を向いたまま、

「走れないんです。以前、大きい怪我をして、膝と股関節に人工関節が入ってます。早く歩くの

が、精一杯で……すみません、黙ってて」

それで、進人が逃げたときに走らなかった、いや走れなかったのか……。プライドもあれば、プライバシーの問題もあり、打ち明けるには抵抗があったのだろう。

「あとから来い」

鞍岡は、それだけ言い置いて、先を急いだ。

前方の河川敷に公園がある。川の水があふれて、少し浸水している。二つの人影が見えた。

公園へと土手を駆け下りようとする。濡れた草に滑って、尻もちをつきそうになる。

気合いを入れて、逆にからだを前に投げ出した。柔道の受け身の姿勢で前に回ってゆく。起きては回り、起きては回って、土手の下に着いた。背広の上下がぐしょぐしょになったが、逃げる宏江を捕まえようとしている安原の姿をはっきりと捉え、

「安原ーっ、止まれーっ」

大きく声を発して、なおも走ってゆく。グラウンドがうっすら川の水で冠水している。

宏江が、足を怪我しているのか、疲れもあってか、ついに四つん這いになり、激しく肩を上下させている。安原が追いつき、男をばかにしやがって、と彼女の腹部を蹴った。宏江の体が仰向く。おまえは男をだめにする女だ、と、安原が宏江の脇腹を蹴る。

「安原ー、やめろーっ、やめんかーっ」

鞍岡は、腋《わき》の下に提げたホルスターから銃を抜いた。

安原は、眼鏡が曇るのか、外して宏江にぶつけた。おれを変えようとしやがって、変わるのはおまえだ、女だよ、と叫んで、また蹴った。さらに蹴ろうとする安原までの距離はまだ二十メートルほどある。鞍岡は、足を止めて、銃を空に向け、引き金を引いた。

銃声が雨音や川の音に消されて、近くにしか響かない。それでも安原は動きを止めた。

「安原、包丁を離せ。手を上げて、こっちに歩いてこい」

安原が、鞍岡のほうに顔を向け、目をすぼめた。見えないのだろう。

「誰だ……こいつの前の男か。世話になった刑事とか言ってたが、結局は男なんだろ……あいにくだな、こいつはおれの女だ。誰にも渡さない」

安原が、宏江の体をまたいで、腰を落とし、馬乗りになった。

「安原、撃つぞ、包丁を捨てろ。でないと、本当に撃つぞ」

射撃の成績はつねに最低だった。柔道や逮捕術で秀でていたから大目に見てもらっていたし、銃なんぞなくても何とかできると自分を過信していた。この距離では、手や肩を狙うなんてとてもできない。胴体を狙っても外すかもしれないし、宏江に当ててしまうことも恐れた。

「誰にも渡さない、永遠に、おれの女のままで、終わらせてやるよ」

安原が包丁を持った手を振り上げる。

鞍岡は、不確実な銃より、走ってタックルすることを選んだ。

「やめろ、そのまま動くな、やめてくれっ」

安原はへらっと笑った。両手で振り上げた包丁を、鞍岡の目の前で振り下ろした。

瞬間、安原のからだが後方に吹っ飛んだ。湿った銃声が雨音の向こうに消える。

そのまま駆け寄る。安原は仰向けに倒れ、腹部から血を流して動かない。

振り向くと、土手の上で志波が片膝をつき、銃を両手で構えた姿勢のままでいた。

第九章　暗闇のかなた

1

頭がずきずきする。目の奥が刺すように痛い。左腕と両足がしびれている。

おれはいまどこで、何をしている……どういう状態になっている。瞬間的に光がひらめくのを感じる。つづいてすさまじい轟音《ごうおん》が響き、自分のからだも震える。

頬に感触をおぼえた。

「おい、あんた……起きてくれよ……危ないんだよ」

耳鳴りの向こうから聞こえる声は、切迫した口調だった。

「雷がすごいし、雨もやまない。川の水があふれそうで、山崩れも起きるかもしれない」

夢なのか……だとしたら、どんな夢だ……。

〈謝罪なんか要るか、金を受け取りゃ済んだ話なのに、ばか野郎〉

男の声が不意によみがえった。

腹部に強烈な痛みを感じる。

〈こいつが二度と、おまえたちのところを訪ねていかないように、妹や家族を脅しておく〉

男の言葉に、怒りがこみ上げる……ふざけるなっ、妹のところへ脅しになんか行かせるか。

ナイフを握って、奴の前に立つ……不意にめまいに襲われる。

血の色が視界を染める。手に温かくて粘つく水が滴《したた》る。

〈とんでもないことをしたな、この人殺しっ〉

強い吐きけがこみ上げてきた。嫌な感じの塊《かたまり》が喉をほとばしる。

「……大丈夫か、あんた……ハシモト、くん?」

名前を呼ばれた。顔をゆっくり起こす。黒い影がこちらをうかがっている。

白い光がまたたき、相手の顔が浮かび上がる。見覚えがある。免許証の写真と見比べた記憶
……佐東進人。こいつに、おれは、殺される。恐怖が突き上げ、逃れようとする。

「やめろ、外へ出たら危ない、雷が次々落ちてるんだ」

次の瞬間、いままでにない閃光が辺りを包んだ。バリバリバリッと空気がひき裂かれ、かつて聞いたことのない音が目の前で轟《とどろ》き、その衝撃にからだが後方に飛ばされた。

2

まだ息はある。救急車を大至急回してくれるように連絡する。

安原のからだの半分がもう川の水に浸《つ》かっている。弾は貫通したのだろう、背中側からの出血によって辺りが赤くにじんでいる。動かしたくはないが、出血を止めたい。

「おい、安原、しっかりしろ、聞こえるか、安原、戻ってこい」

銃をホルスターに戻し、彼を抱き上げる。そばのベンチまで運んで、仰向けに横たえた。ベンチの上には大きな木の枝が生い茂って、雨はほとんど落ちてこない。

土手を見る。志波の姿はなかった。こちらに下りる階段は、土手の上の道をもと来たほうへ、かなり戻る必要がある。

「宏江、無事か……怪我の具合はどうだ。痛みは？」

倒れていた宏江は、咳《せ》き込みながらも半身を起こしていた。その様子を見るかぎり、ひとまず大丈夫そうだ。

鞍岡は上着を脱いで、安原の上にからだが冷えないように掛ける。ホルスターを取ってワイシャツを脱ぎ、くるくるっとまるめて、彼の背中の傷に当てた。腹部の銃創からの出血は多くない。一方で、背中に当てたワイシャツはすぐに赤く染まりはじめる。

「おい、安原、返事をしろ、安原っ」

耳元で大きく声を発し、頬を軽く叩く。

「鞍岡さん……」

そばに宏江が歩み寄ってきた。「間違って、若い女のおまわりさん、刺しちゃった」

「あれは、おまえなのか……」

「パパを……安原を刺そうとしたら、あの子、かばうみたいに、わたしの前に立って……」

「そうか……館花は、おまえを守ろうとしたんだろう」

鞍岡はうなずき、「おまえに罪を負わせたくなかったんだ」

「死んじゃう、あの子？」

「救急車が来てるから、助かる。助けてくれる。こいつもだ。死なせたくない。おまえもこいつに呼びかけろ。呼びかけると、助かる可能性が高くなる。経験があるんだ」

「いいよもう、助ける意味ないよ……生きてたら、また、わたしや千晶を苦しめる」

宏江の表情に怒りはなく、疲れと悲しみがにじんでいる。「この人だって、才能もないのにしがみついて、酔って女房や子どもを殴るのが関の山でさ……死んだほうがましじゃない？」

鞍岡は、彼女から顔をそむけ、安原の頰をまた軽く打った。

「安原、しっかりしろ、人は変われる、きっと生き直せる、安原っ」

隣のベンチに、宏江がすとんと力が抜けたように腰を落とした。

「甘いこと言わないで……そんなの無理に決まってる」

「おまえだって、こいつが死んだら後悔するぞ。こいつに惚《ほ》れてたことだってあるんだろ」

「わたしのは病気よ。だめ男ばかりを選んでさ。その人もわたしも、もう楽にしてよ」

「だめだ。こいつは死なせない。死なせたくない」

頸動脈《けいどうみゃく》に手を当てる。脈は取れる。「おれは、こいつに生き直す機会を与えたい。おまえも後悔させたくない。そして……あいつのためにも、死なせたくないんだ」

「……あいつ？」

「安原、生きろ、生きてろっ」

呼びかけてから、「死んだら、撃った相棒は警察を辞める……そんな気がする」

「相棒……って、撃ったおまわりさんは、こないだ一緒にいた人？　でも、わたしを助けてくれたんでしょ。それって、正当防衛ってやつなんじゃないの？」

「発砲は正当だ。おれが警告もした。だが、命を奪う重みを、あいつはまともに受け止めようとする……短いつきあいだが、そういう奴だとわかる。あの距離で当てられたのは、アスリートとして技術を磨《みが》いていたからだろう。その技術で、一人を救えたとしても、別の命を奪ったら、少なくとも警察は辞める形で責任を取る気がする。安原、生きるんだっ」

「気に入ってるんだ、あの人を？」

「いけ好かない奴さ……だが、警察には必要な人間だ」

「警察にだけ？　わたしが楽にして、と頼んでも……あの人を辞めさせないほうを選ぶんでしょ？　辞めてほしくないのは、鞍岡さんなんじゃないの？」

「安原、おまえにだってできることがある。死なないことだ、生きてることだっ」

呼びかけてから、鞍岡はうつむいて息を漏らし、「そうだ……おれも、あいつが必要だ。おれには、あいつが必要だ……」

宏江の、ふふと笑う息づかいがした。

「幸せな人だね、あなた……」

彼女が話しかけたのは、鞍岡ではない気がして、顔を上げた。

大木の茂った葉の蔽《おお》いから外れた場所で、志波がずぶ濡れになって立っていた。

3

館花未宇と安原幸造は、それぞれ別の救急指定病院へ緊急搬送された。安原には殺人未遂の容疑があり、警察官四名が同行、また管轄署の捜査員四名が病院で待機した。

安原宏江と娘の千晶も病院で治療を受けることになった。宏江には、過失致傷の容疑があり、警察官二名が同行した。

鞍岡と志波は、発砲の状況について捜査本部に報告したのち――いったん帰宅して服を着替え、あらためて本部に出頭するように、との命《めい》を受けた。

鞍岡の自宅には、平日の午後で誰もいなかった。玄関で濡れた服を脱ぎ捨て、下着姿で風呂場に向かい、シャワーを浴びた。雨に打たれ、足が長く川の水に浸かって冷え切ったせいか、左足首が軋《きし》むように痛んだ。二十代の頃の古傷だ。

五輪選考を兼ねた柔道の全日本選手権大会の前日――翌日に備えてランニング中、倒れている老婦人を見かけて、助けに走った。心肺停止状態だったので、心臓マッサージと人工呼吸を繰り返した。彼女はなんとか息を吹き返した。倒れた場所が、道路から石段をのぼった上だったので、到着した救急車まで彼が抱き上げて運んだ。途中、集まった野次馬に押され、バランスを失った彼は、老婦人を落とさないようにと踏ん張ったとき、左足首をひねった。

彼女が運ばれていくのを見送った後、くるぶしの辺りがみるみる腫れ上がったため、整形外科のクリニックでレントゲンを撮ったところ、剝離《はくり》骨折をしていた。医師からは安静を言い渡されたが、翌日の大会では、鞍岡と長年競《せ》り合ってきたライバルのどちらかが優勝すれば、そのまま五輪出場の内定が出されるとみられていた。警視庁代表としての彼に寄せられている期待も大きく、左足にきつくテーピングをし、痛み止めを飲んで出場した。

準々決勝と準決勝で足を攻められ、共に技ありを取られながら、それぞれ逆転の内股一本を取った。決勝の相手はやはりライバルだった。足の痛みは限界を超え、めまいと吐きけがした。それでもつねに自分から技を仕掛けた。気迫に押されてか、相手に指導が二度出された。巧く逃げ切れば勝てたのかもしれない。だがそれを自分に許せなかった。攻めつづけていたとき、突然足がついてこなくなり、膝をつきそうになったところを投げられ、あっけなく背中が畳についた。

見上げた会場の天井は、思った以上に高かった。届かない頂点……ということかと思い、かえってすがすがしく感じた。相手との挨拶のときには、メダルを取って来い、と気持ちよく伝えられた。記者たちに、足の怪我について問われ、勝敗にはまったく関係ないと答えた。敗因を問われ、未熟だからです、と返したのは、正直な気持ちだった。

自宅の風呂場で足を温めると、痛みはじきに引いた。新しい下着を着て、シャツに袖を通す。玄関先で脱いだぐしょ濡れの服を、バケツに押し込んでいるところに、息子の蓮が自分で鍵を開けて、帰ってきた。

「わっ、びっくりした……パパ、帰ってたの？」

「服を替えにな。もう出る。蓮は、早いな」

「たいていこんなもんだよ。このあと塾で出るし……って、パパ、だったら車で塾まで送ってくんない？　雨だからさ、バスに乗んなきゃなんだよね」

「そうなのか……けど、車はママが乗って行ってるんじゃないのか」

彩乃は、出産して間もない女性を、家事補助などを通じてケアする仕事をしている。家事に用いる道具を運んだり、食料の買い出しをしたりするのに必要らしく、車に乗って行くことが多い。

「いま行ってるお客さんのマンション、車を駐める場所が余分にないんだって。バス停の近くだし、仕方ないって今は電車とバスで通ってるよ」

「そりゃ不便だろうな」

「両手に荷物提げて、ブーブー言ってる。だから車は置いてあるよ」

「ああ……けど、今日もまた署に泊まり込みになる。こっちが乗っていくと、ママが必要なときに乗れないからな、タクシーで行くよ」

「じゃあタクシーで送ってよ、いいでしょ。ねえ、いいよねぇ」

つらい現実と向き合った直後だからか、我が子を甘やかしたくなる……いや、実は自分を甘やかしたいのだろう。わかったと、蓮に伝える。ラッキーと親指を立てる彼の笑顔に、ささくれていた気持ちが少し和《なご》む。

蓮が部屋に戻っている間に、拳銃を見せないように素早くシャツの上にホルスターを提《さ》げ、背広を着た。車庫をのぞくと、確かに車はある。彩乃は車を使えず、苦労しているだろう。明日は使うかもしれない。やはりタクシーを呼び、蓮と家を出た。

依田は、館花が搬送される救急車に同乗し、ERの医師たちに彼女が引き継がれたのを見届けてから、自宅に着替えに戻り、すぐにまた病院に詰めた。

館花はなお手術中だった。輸血する血液が足りなくなる可能性があると看護師に言われ、同じ血液型だったので、協力を申し出た。採血が終わって、手術室前のベンチに戻ると、館花の母親、良美《よしみ》が座っていた。

彼女には一度会ったことがある。館花の行動の背景を、上司として把握しておきたくて面会を申し込み、元警察官だった父親との仲など、家族関係について聞かせてもらった。

夫婦間DVや、デートDV、痴漢、盗撮、盗聴、虐待、同意のない性行為、児童買春、児童ポルノの製造販売、元交際相手のストーカー行為や暴力、不特定の女性や子どもを狙ったとみられる無差別な攻撃……性に関する偏向した考えや、無自覚な差別意識、古くからのゆがんだ性文化等に起因する犯罪は、多岐にわたり、ひとくくりにできる言葉はないが――これらの犯罪に対して、館花は強い拒否反応を示す傾向があった。新人のうちに感情をコントロールして捜査にあたる術《すべ》を身につけさせたかった。そのためには、当人の生活環境を知ることが必須に思えた。

「以前お会いしました八王子南署生活安全課の依田です。このような事態をまねき、誠に申し訳ございません」

依田の謝罪に対し、良美は無言で頭を下げた。心配のあまりか顔が青ざめている。

彼女はかつて警察病院の看護師だった。二歳年下の地域課の巡査が、彼女の勤める病院に骨折で入院したことが縁となり、彼からの積極的なプロポーズを受けて、結婚した。

結婚後、女は家を守るものだと、彼女は看護師を辞めさせられた。夫は、何かと男らしさを誇るところがあり、幼稚だけれど頼りがいがあるようにも感じていた。しかし、仕事でミスをした、上司に怒られた、昇進試験に落ちた、といったことが重なって、酒量が増え、家で暴力を振るいはじめた。生まれた子が、女の子だったことも不満そうだった。

良美ははっきり口にはしなかったが、しつけと称して、末宇も暴力を受けていたらしい。

夫は、未宇に幼い頃から柔道を習わせ、未宇が柔道の試合で男の子に勝つと、上機嫌になり、家の中でも優しくなった。未宇は強くなる努力を重ねた。無理しているように見えたので、母親として心配になり、ほどほどにしたらと未宇に言うと、「お母さんが叩かれないためには、強くならないとだめなの」と目に涙を浮かべて答えた。

夫が胃がんで六年前に死んだあと、良美は生活のために、近くのクリニックで看護師としてまた働くようになった。未宇が柔道でオリンピックを目指すと聞いたときは、素直に応援したいと思ったが、警察官を志望したときには、さすがに複雑な思いを抱いた。

警察官採用試験における面接で未宇は、女性や子どもが被害者となる犯罪を根絶したい、と志望動機を語った。父親のことは一切語らなかったが、身辺調査でわかり、あえて父親のことに触れなかった謙虚さが、採用する側の心証をよくしたとも聞いている。

だが彼女は、謙虚さが理由ではなく、心情的に父親のことを明かしたくなかったのかもしれない。父親の後を継ぐというより、むしろ見返したい思いのほうが強いのではないかと、警察官になって以降の、彼女の言動を見聞きしている依田には感じられる。

手術が終わるのを待つ間も、部下から連絡が入り、依田はたびたび席を外した。

安原宏江は、包丁による浅い切り傷が肩口とふくらはぎにあったほか、脇腹や背中に打撲傷が見られたが骨折はなく、入院するほどではないとのことだった。娘の千晶は、頬だけでなく、手足にも痣が見られた。精神的なケアは今後必要になるだろうが、ひとまず大事には至らないと聞いて、ほっとした。

今後のことについて部下と打ち合わせをして、手術室前のベンチに戻った。

「手術中」のランプが消えていた。ベンチには良美の姿がない。

どこからか、うめき声のようなものが聞こえてきた。

妙な胸騒ぎをおぼえ、声を追って、廊下の角を曲がる。トイレの入口の脇に、良美がうずくまって泣いていた。


署長室に呼ばれた鞍岡は、志波の発砲の正当性を述べた。

本庁から監察官が来ており、署長と、能義、小暮、巻目が同席していた。

館花と安原、それぞれの手術の結果はまだ届いていない。

鞍岡の説明が一通り終わったあと、監察官が質問を重ねた。

監察官が最も気にしているのは——鞍岡が、安原に警告して空に向けて威嚇《いかく》射撃をおこなったあと、彼みずからが撃たず、志波が安原を撃った、という点だった。

鞍岡は、それは自分の未熟さであって、志波警部補に落ち度はなく、むしろ自分も、安原宏江さんも、そして警察組織も、彼の発砲によって救われたと思っています、と述べた。

監察官の質問の途中で、宏江の供述が届いた。ほぼ鞍岡の話を裏付ける内容だった。供述には、命を助けてくださった刑事さんには心から感謝しています、との言葉もあった。

鞍岡が部屋を出て、外で待っていた志波が呼ばれた。

二人は一瞬視線を合わせたが、言葉は交わさなかった。

すでに番記者を中心に、この件の取材が始まっているという。警察官の発砲は大きく取り上げられるだろう。その際、被疑者が怪我をしたのか、あるいは死亡したのかで、報道の熱量は明らかに変わり、それによって発砲した警察官の処遇に影響が出るのは否《いな》めない。

鞍岡は廊下の隅で祈った。

志波が署長室に入って約一時間、鞍岡のスマホが着信を知らせた。篠崎だった。

「クラさん。安原幸造の件です。いましがた医者が手術室から出てきました」

「え……おまえ、病院についてるのか」

「本当は余根田と楠元の供述の裏取りです。けど、ひとまず優先順位はこっちが上だと思ったし、クラさんは監察に呼ばれてるでしょうから、あえて病院に詰めてました。たぶんいま能義さんのほうにも連絡がいってるはずですが……助かりましたよ、安原、手術成功です」

いったん息を詰めたあと、胸の底からふうっと息が漏れる。

「そうか……わざわざすまんな」

「いえ。これでおれは本分の仕事に戻ります。あと、おれの処分ですけど……次の定期異動のときに、どこかへ移されるみたいですが、ひとまず辞めずに済みそうです」

「わかった。よかったな」

「いろいろご迷惑おかけしました。あ、あと、余根田と楠元の供述での位置関係が気になるんで、事件当夜ドローンで上空から現場を撮った写真を拡大するよう、鑑識に頼んでます」

「了解だ。あとで受け取っておく」

4

目の前の大木に雷が落ち、木が二つに裂け、炎が上がった。

叩きつけてくる雨で、炎はまたたく間に消えていった。

意識が戻りかけたかに思えた竜介は、すさまじい雷鳴でシートに押さえつけられたようになり、また意識の底に沈んでいった。進人は幾度も呼びかけ、肩を揺すったり、頬を軽く打ったりしたが、竜介は多少うめき声を上げるだけで、目を開けなかった。

雨に濡れたせいもあって、やけに寒い。崖の上の道まで登り、助けを呼ぶことも考えながら、落雷が続いているあいだは、車から出られず、そのままじっと過ごしていた。

寒けもあって眠くなり、またさらに冷えてきて目を覚ますということを繰り返した。また眠気が襲ってきたとき、いきなり車が揺れ、フロントガラスに水しぶきが散った。

窓はもうスイッチを入れても開閉しない。電気系統はすべて使えなくなっている。ドアを恐る恐る開ける。足を出して……踏もうとする地面が見えず、茶褐色の水がドアすれすれのところで揺れていた。さらにドアを開いて、前方を確かめる。

川の水があふれたのだろう、地面はもうすっかり水で覆われ、どこが川で、どこが岸であったのかも見定められない。

上流から荒い波が、対岸の壁を削る勢いで下ってゆく。そのあおりがこちらに向かって波を作って寄せてきた。車の前方に当たって、しぶきがフロントガラスに散り、開けていたドアも押され、川の水が車内に入ってきた。慌ててドアを閉める。

とても外には出られない。だが水がドアの半分近くの高さまで来ると、水圧で開けられなくなると、テレビのニュースか何かで見た記憶がある。

どうする、どうすればいい……。

迷ううちにも、時間は過ぎて、不意に車が動いた気がした。

息を詰めて様子をうかがう。また川のほうから波が寄せてきた音がする。フロントガラスに以前より多くのしぶきがかかり、ふわっと車が浮いた気がした。そのまま少し移動する。

「まさか、車が流されてる……？」

5

鞍岡は、依田から送られてきたメールに目を落とした。

二度繰り返して……三度目、読もうとしたとき、屋上に通じるドアが開く音がした。雨は上がっていた。能義が姿を現す。鞍岡は、スマホをしまって、敬礼した。

「依田君からメール、来たか？」

「はい。さっき来ました」

「よかったな」

「はい。さすがにほっとしました」

館花の手術は成功していた。ただ、良いことばかりではなく、「神経の損傷がないかどうか、経過観察が必要とのことなので、オリンピックのほうは、今回は難しいでしょう」

「若いんだ、次があるさ。元気になったら、クラが鍛えてやれ」

「はい、そうします」

「過《あやま》って刺した安原宏江さんにも、連絡がいってる。随分心配していたというから、安心するだろう。ただ、刺された館花君の証言がないと、身柄はまだ自由にはできないが」

「いろいろと、ありがとうございます」

「安原幸造も助かったのは、聞いてるんだろ。こちらとしても安堵してる」

「で……志波の処分は？」

「ひとまず帳場から離して、本庁で書類整理となった。だったらと、彼が有休を願い出たので、許すことにした。今後は、マスコミを含めた世間の反応を見て、政治的な判断も仰ぎ、正式な処分が下される。ただ、市民の命を守るために必要、かつ正当な手続きに則《のっと》った行為であった点と、当の市民も感謝しているという点は、八雲さんが会見で述べるそうだ。安原が死んでいたら、警視総監が出なきゃいけなかった……よく生かしたな、クラ」

「安原自身に、やり直したい気持ちがあったからかもしれません」

能義はうなずいて、屋上の隅のほうへ進んだ。何か話したいことがある様子だった。

「志波のことを話しておいたほうがいいだろう。二人が組むことが決まったときには、すぐに空中分解すると思っていたんだがな」

「八雲さんは、なぜおれたちを組ませたんです？」

「志波が申し出たそうだ。なぜ志波がおまえを望んだのかは、八雲さんも知らない。おまえが奴に直接聞け。八雲さんが申し出を呑んだのは、おまえたちがホテルのラウンジで直接話をうかがえたのと同じだが――志波に負い目があるからだ」

「負い目……八雲さんが、志波に対して、という意味ですか？」

「志波は以前、八雲さんの娘さんと婚約していた」

「え……」

「乗馬を通じて、娘さんが彼のファンになったらしい。父親を説得して、見合いのような席を設けてもらって、交際が始まった。当時の志波は、いまみたいな斜《しゃ》に構えた感じではなく、明るい好青年で、頭はいいし、近代五種のホープだったからな。八雲さんも相当気に入って、自分の後継者のように周囲には紹介していたそうだ」

「……だとしたら、何があったんです」

「五年前、若い女性が二人つづけて灯油をかけられ、ライターで火をつけられる事件があった。亡くならずに済んだが、一人が重度の火傷を負い、連続性もあるので要注意だった。志波のいた署が管轄でな。クラは、例の連続殺人を追ってたから、覚えてないか」

「はい。あの頃は、ほかの事件は頭に入ってこなかったですね」

「聞き込みから、ゴミの集積所に放火を繰り返していた二十代前半の男性が被疑者《マルヒ》として浮かび上がった。彼には軽い知的障害があった。一方で志波は、過去に遡《さかのぼ》って調査を進め、隣県で類似事件を起こしていた男を見いだした。だがその男にはアリバイがあった。署の幹部たちは、障害のある男性を引っ張り、自供に追い込んだ」

「……しかし、知的障害が認められる人物は、強く求められたり責められたりすると、相手の言い分を認めてしまうことがあるので、気をつけないと」

「幹部たちもそれは承知していたと思うんだが、被害者《マルガイ》の一人が、ホシに似ていると証言したのが大きかった。アリバイもなかったしな。当時刑事部の参事官だった八雲さんは相談を受け、立件に賛成だった。志波にも、折れるように秘《ひそ》かに説得したらしい。だが志波は、一人で自分の筋を追い、捜査対象者《マルタイ》のアリバイを崩した。彼から金を借りていた知人が、軽い気持ちで嘘をついていたんだ。追い詰められた男は、知人に志波を呼び出させ、後ろから車ではねた……。男はそのあと逃走中に車を電柱にぶつけて重傷を負い、逮捕にいたった。奴のスマホに、女性に灯油をかけて火をつける映像が、二件とも残されていた」

「……で、志波は」

「腰から足にかけて大怪我を負って、一時は下半身不随かとも言われたらしいが、何度か手術を受けて、歩けるようになった」

「人工関節が入っていて、走れないと言ってました」

「……で、もう一つ、これは非常に微妙な問題で、医者も個人情報なので迷ったらしい。八雲さんは、警視庁刑事部として、当人への補償や職場でのサポートに必要であるのはもちろん……個人的に彼の婚約者の父親であり、若い二人の将来に関わる問題でもあるからと、強《し》いて説明を求めたようだ。聞かされた八雲さんは、ショックで、一人の秘密にしておけなかったのか、わたしにだけ打ち明けた。それをおまえに話す」

「なぜおれに」

「志波は優秀だが、繊細で、不安定なところがある。だがおまえと組んで、成果を上げている。おまえを信頼してもいるようだし……勝手な言い分だとは承知だが、おまえには知っておいてもらったほうがいい気がする」

能義は、周りに誰もいるはずがないのに、周囲を見回し、耳打ちをするように、鞍岡の耳もとで、ある秘密を打ち明けた。

鞍岡は屋上の手すりにもたれた。

ああ、そうか……と、ため息が漏れる。志波の言動の幾つかが、腑《ふ》に落ちる。だから、というわけではなくても、影響はあるに違いない。

能義が屋上を去っても、なお鞍岡は一人で残っていた。

しばらくして、志波から電話があった。声が自然な感じで出るように、二三度咳払いをしてから、もしもし、と応えた。

「休みをもらいました」

志波の声はからりとしていた。

「おう。うらやましいな」

明るく応じた。「旅行にでも出たらどうだ」

ガールズ・サンクチュアリの代表をしている彼女さんと一緒に……という軽口は、言っていいのかどうかためらった。

「なので、鞍岡さんが、安原宏江さんについて話していたことを実践しますよ」

「はあ、何の話だ……？」

「彼女がどうしてそういう生き方をするのか、生まれ故郷へ行って調べて、しっかり向き合わせられたら……というようなことを、話していたでしょう。わたしは今回の事件で、ある二人の行為が、なぜそうなのかと、ずっと疑問だったんです。この機会に、二人の出身地を調べてみたら、同郷だったんです。だから、いまからそこへ行ってきます」

「誰だ、二人って」

「空振りだと恥になるんで、また伝えます。鞍岡さんは、どこを当たるんですか。一人だと、どこに行けばいいか迷子になるんじゃないですか」

「ざけんな。余根田と楠元の聴取に加わるように言われてる……じゃあ、忙しいから切るぞ」

次第に胸が締めつけられ、うまく言葉が出ない気がして、返事も待たずに電話を切った。

手すりをつかんで、雨上がりの空を見上げる。

一時的に晴れ間がのぞいたが、また西に暗い雲が見える。奥多摩辺りは、いまも雨なのだろう。

能義の言葉がよみがえる。

〈志波は、性行為も不能になったそうだ……。八雲さんは婚約を白紙に戻した。理由を伝えると、娘さんは同情して結婚すると言いそうなため、好きな女ができたと言ってほしいと、志波に頼んだ。娘さんは去年結婚して、赤ちゃんも生まれたらしい〉

突然言葉にならない感情がこみ上げ、鞍岡は手すりを激しく叩きつけた。

6

進人は膝まで水に浸かって、助手席の竜介を、車から出そうと試みていた。

彼のからだを横にして、両脇の下に手を入れ、手前に引っ張る。車が不安定に揺れる。

車は一度川の水に押し流され、杉の大木に引っかかる形で止まっていた。流れの勢いが増してくれば、さらに下流に流されていきそうだ。

進人は、水の下で足を踏ん張り、からだを後ろに倒すような恰好で竜介をさらに引っ張った。

開け放していたドアに、進人の肩が当たり、車のバランスが崩れたのか、ぐらっと車が揺れて、杉の木から外れた。進人は、懸命に竜介を自分のほうに引き寄せた。彼の足が車から抜けて、水の中に落ちる。車はそのまま流されていった。

進人は、竜介を斜面の上へと引きずった。まだ水が来ていない場所まで上がったところで、疲れから足がもつれて、彼を抱えたまま後ろに倒れ込んだ。落雷はやんだが、雨はまだ降りつづいている。なんとか木の陰に入っておきたくて、また身を起こし、竜介のからだを引いていく。

顔を上げると、車は二十メートルほど下流で、ほぼ水没していた。

竜介を横にしたままだと、背中や頭が濡れるため、木の幹に背中をもたせかける。

「おい……ハシモト、おいって、目を覚ませよ、リュウスケ、リュウスケっ」

下の名前を呼ぶと、少し首を振って、ああ、とか、うう、とか呻《うめ》いた。ジーンズの後ろポケットに入れたスマホを出して確かめる。やはりまだ圏外だ。ずっと空が暗かったからわからなかったが、夕暮れどきを迎えている。いてもたってもいられず、

「おーい、おーい、ここにいるぞー、おーい、ここだー」

と上に向けて叫んでみる。雨と濁流の音にかき消されるのがわかり、むなしくなって口をつぐんだ。

7

佐東進人が訪れたレンタカーの店が判明した。書類に記載された携帯番号に何度掛けても、電源が切れているか電波の届かない場所にいる、との音声が返ってくるばかりだった。

車は、返却後にカーナビを解析すれば、どこを走ったかがわかる機能はあるものの、プライバシーの問題もあり、現在どこにいるかを調べられる機能はついていないという。

鞍岡は、まだ若い佐東と端本が冷静に行動できるとは思えなかった。少なくとも土地勘のあるほうへ向かうのではないか……そう帳場に進言して、幹部たちも納得し、進人の実家や竜介の実家がある方面の防犯カメラが、優先的に解析されている。

余根田と楠元はまだ入院していた。鞍岡が病院に着いたときは、もう三度、捜査員による事情聴取がおこなわれていた。彼らの保護者から、怪我人なのだから休ませてほしいと求められ、担当医の判断もあり、さらなる事情聴取は翌日に回された。

今夜はもうすることがなく、鞍岡は館花が入院している病院へタクシーで向かった。

面会時間は過ぎている。警察手帳をナースステーションで示した。

「先にお見えですよ」と、夜勤の看護師に言われた。

病室の前に進むと、ドアが開き、見覚えのある若い男が出てきた。

相手は、驚いた様子だったが、鞍岡を認めて、慌てて敬礼をした。

生活安全課の河辺翔《かわべしよう》巡査だった。児童ポルノを製造販売しているグループの摘発に向かう際に車を運転し、防刃《ぼうじん》ベストを着ていなかったので、鞍岡が貸した覚えがある。

「どうした、何かあったのか」

「いえ、館花巡査が勤務中に大怪我を負ったと聞きましたので、お見舞いに。依田課長には許可をもらっています。まだ話せないとは伺ったのですが、顔だけでもと……」

「そうか……下の待合室で待っててくれ」

鞍岡は、ドアをノックして、病室の中に進んだ。館花の母親がベッドのそばについていた。

館花の顔には苦悶《くもん》の表情はなく、静かに寝ているので、あらためて安堵した。

「きみは、車で来ているのか」

待合室で河辺に訊いた。

自分の車で来ている、このあと別に用はないと言うので、

「捜査に協力してもらえないか」

進人と竜介がいまどこにいるのか、あてはない。だが、じっとしてもいられず、少しでも車を走らせ、自分なりに捜してみたかった。

進人が借りた車の特徴と実家の住所を河辺に伝え、帳場に進言した通り、ひとまず進人の実家のある練馬方面へ走ってもらう。

「館花とは、付き合ってるのか」

「え……いや、なぜですか」

「こんな時間にわざわざ見舞いに来るのは、普通じゃない」

「あ、仕事終わってからなので、たまたまです。彼女とは、ただの同僚です」

焦って言いつくろう彼の首まで赤くなる。まだ片想いということらしい。

帳場からメールでPDFが届いた。余根田と楠元の事情聴取を、捜査員たちが文書に起こした内容だった。だが、スマホでは読みづらい。

「タブレットで読まれますか？　転送してくだされば、すぐに開けます」

信号で止まった際に、河辺に彼のアドレスをスマホに打ち込んでもらい、転送した。タブレットを借り、余根田たちの供述を読んでゆく。気になる点はメモした。しばらくして、

「着きました」

河辺が車を止めた。「おっしゃってた車が駐まってますけど」

鞍岡が視線を向ける。

進人の実家には灯りがついていない。車庫には家の車が駐まったままだ。進人の借りたのと同じ車種だった。つまり彼は運転し慣れた車を借りたのだろう。

「訪ねますか」

「いや。進人の母親は、神奈川の祖母の家にいるはずだ」

「じゃあ、そっちへ回りますか？　それとも甲府まで行きますか。自分は構いませんけど」

そのとき帳場の巻目から電話があった。

「防カメの解析で、進人のレンタカーが、奥多摩方面へ向かったことがわかった。青梅署の奥多摩交番にも、協力してもらえることになったところだ」

同交番は、奥多摩方面の山岳救助の本部も兼ねている。

「じゃあ、いまからそっちへ回ってみます」

「いや、それが今朝からの豪雨で、奥多摩から先の道路が土砂崩れで通行できなくなっているらしい。交通遮断の規制がかかってる。明朝から、手を打つしかない状況だ」

鞍岡は、それでも河辺に言って、奥多摩へ向かってみた。

奥多摩交番の前には、警察車両が集まっていた。都内では降っていない雨が、こちらでは小雨ながら降りつづいている。

交番内で事情を聞き、交通遮断の規制がかかっている場所まで案内してもらった。

車から降り、規制線の先を見る。街灯もなく、真っ暗闇だった。雨の音と、道路のはるか下を流れる増水した川の音ばかりが耳に届く。この先に、進人と竜介がいるのかどうか……。

鞍岡はいったん河辺の車に戻り、能義に連絡した。

「奥多摩のほうは任せるしかないようです。自分は、明朝一番の、楠元恵太郎の事情聴取を任せてもらえますか。供述を読み返してみて、気になる点があったので」

8

地方都市の駅の周辺には、ホテルが三軒しかなかった。幸い観光シーズンでも、週末でもないため、当日の電話で部屋が取れた。

ツテをたどって聞き込みをおこない、一つの事件にたどり着いた。当時の経緯や状況を知る警察官にも会うことができた。ずいぶん昔のことで記憶が鮮明でなかった上に、事が事だからと相手の口は重かったが、事実に関しては認めてもらえた。翌日には、当事者の親戚とも会う約束が得られた。ようやくホテルの部屋に戻ったのは、午後十時過ぎだった。

備え付けのデスクの上でノートパソコンを開き、わかったことをランダムに打ってゆく。頭の中でもやもやしていたものが、実際の文字になると冷静に整理がつけられる。時系列に沿って並べ直した文章を繰り返し読んで――志波は、深々とため息をついた。

携帯が鳴った。着信の音色で、来宮環紀《くるみやたまき》だとわかる。もしもしと応えた声が暗かったのか、

「どうしたの、倫吏。何かトラブルでもあった？　大丈夫？」

ガールズ・サンクチュアリの代表である彼女の、いたわりに満ちた優しい声を耳にして、ざわつく感情が癒やされるように感じる。デスクの前を離れて、ベッドに倒れ込んだ。

「いいときに電話をくれたよ……眠れなくなるところだった」

「本当？　わたしもこのままだと眠れそうにないなって思って、声を聞きたくなったの」

「そうか。何があったか聞くよ。大変な子がいたの？　モンスターな親とぶつかった？」

「ううん、倫吏の声が聞ければいいの。倫吏は？　つらい事件があったの？」

「いや、おれも、環紀の声が聞きたいだけだ」

ふふ、と彼女の笑う声が耳をくすぐる。

「お互いに、お互いを、必要としてるんだね」

「……ああ。必要だよ」

「人にさ、必要とされるのって、すごく嬉しいよね」

「……ああ」

一瞬、雨の中で聞いた鞍岡の言葉がよみがえる。「……嬉しいもんだな」

「倫吏。いろいろ忙しくして、あなたのための時間を作れなくて、ごめんね」

「忙しいのはこっちこそだろ。それより……」

つい言いよどむ。「環紀は、本当に、おれでいいのか……おれは……」

声の調子で、彼女なりに察したらしく、

「また、それ？」

軽い吐息が返ってくる。「愛してる者同士の関係って、それだけじゃないでしょう？　男の人って、そういうことにこだわり過ぎ」

「……かもしれないけど」

「ねえ……枕、近くにある？　できたら、おっきいやつ。わたしだと思って、抱いてみて。わたしも、倫吏だと思って、おっきい枕を抱くから」

言われたとおりに、ホテルの大きい枕を抱く。

「わたしの背中を撫でるみたいに、枕を撫でてみて、優しく。……どう、撫でてる？」

「うん、撫でてるよ。……環紀は今日もいろいろあったんだろ？　よくがんばったな、お疲れさん、えらかったね」

環紀が腕の中にいるように、枕を抱きしめ、ねぎらいの想いを込めて、優しく撫でる。

「ああ、伝わる……倫吏のあったかい心と、思いやりと、大きな手のぬくもりが伝わってくる。わたしの手はどうだろ、伝わるかな、伝わるといいけど……。倫吏はずうっと無理してがんばってきたよね。弱音を吐けない人だから、がんばり過ぎちゃうんだよね。でもいいんだよ、わたしには少しも構えなくていいの。どんなあなたも好きだから。今日はもうゆっくりやすんで。ずっと我慢して、ずっとずっとがんばってきたんだから……」

電気を消し、恋人の声を耳もとで聞きつつ枕を撫でる。

やがて、彼女の背中を撫でていると同時に、自分の背中を優しく撫でられている気がしてくる。

「ああ、伝わってくる……あったかくて、気持ちいいよ、安らぐ」

「ね、これだけで満たされるでしょう。これだけで、一緒にいる意味があるのよ。わかる？」

「ああ……わかった。ありがとう」

「倫吏、愛してる」

「うん……環紀、愛してるよ」

暗闇の中で、恋人の甘いささやきが胸の内を満たす。背中を撫でる指先から、彼女の愛が伝わってくる。この世界に一緒にいられる、ただそれだけで喜びがあふれてくる。

9

あまりの寒さに、からだの震えが止まらない。こんなところで何をやってる。許されたいとか、助けたいとか……ばかじゃないのか。死んだら終わりだろう。

隣に横たわっている竜介にふれる。ぞっとするほど冷たかった。ポケットからスマホを出して、ライトを灯した。青白い顔をしている。頬を叩き、声をかける。

「リュウスケ、おい、応えろよ、リュウスケ、寝ちゃまずいって。なあ、リュウスケっ」

相手が力なく呻いた。助けるために連れ出したと言いながら、逆に死なせてしまいそうで、恐怖を感じる。

ライトの光で足下を照らす。雨は止んでいるが、すぐそばまで水が来ていた。

頭の上を照らす。斜面は急だが、登らないときっと助からない。

スマホをポケットに戻し、手探りで、竜介の腕を捕らえる。彼の左腕の怪我の状態はよくわからない。ともかく自分の肩の上に、彼の両腕を置き、前のめりになって、彼を腰にのせた。

支えとなる木の位置は確認しておいた。その木に手をつき、からだをゆっくり回し、斜面をのぼってゆく姿勢を取った。背中が竜介の体温で温かくなる。

左手で竜介のももをつかみ、右手を地面について、一歩というより半歩ずつ足を出す。

「マジかよ……他人をかついで、本気でここを登んのか……」

ここにじっとしてたらおれも、リュウスケも死ぬ。

おれは、友だちとも呼べない連中に気をつかい、情けない臆病さと、卑怯な気後れから、あの人の人生をめちゃくちゃにした。あの人が幼い頃から思い描いていたであろう未来を奪った。あの人の夢を、穏やかな日常を、殺した。なのに、あの人に許しを乞うていない。いや、許されるはずもないが、せめて、あなたは少しも悪くなかったのに、本当にひどいことをしました、取り返しのつかないことをしてしまいましたと、頭を下げなきゃいけない。それさえしていないのに、あの人の兄貴に許されようとして……叶わないばかりか、逆に殺してしまうなんて、ありえないだろう。

「なんでこうなんだ。おれはなんで、いつも間違えてばかりいるんだよ……全部、おれのせいなのか……」

そうだ、全部おれがしでかしたことだ。なのに、ずっと誰かのせいにしてきたんだろう。

「けど……なんでこいつを助けるんだ……おれの父親を殺した奴だぞ」

そう思ってるだけだろう。はっきりしてるのは、彼女の兄貴だってことだけだ。

おまえが人生を壊し、未来を奪った人の兄貴だよ。だから助けようとしたんだろ？　死なせて、どうするよ……。

足が滑った。右手一本では支えきれず、頭から落ち、額と鼻を地面に打ちつける。泥が口の中に入ってくる。右手と額でからだを押し上げ、泥を吐き、荒く息をつく。

こんなことして何の意味がある。学校も仕事も続かない。夢もない。あの人の人生だけじゃなく、おれ自身も、周りもみんなだめにした。

もうあきらめろ。生きてても何もできない。おれにできることなんて、もう何も……。

背中が温かかった。リュウスケの体温だ。

まだ彼は生きている。彼の体温で、自分も生かされているように思う。

……おれにもできることが、まだあるのかもしれない。


不快な揺れを感じる。胸から腹の辺りが押されて、吐きけがする。

かがみ込もうとして、頭が硬い何かに当たる。

「いって……なんだよ」と、思わずつぶやく。

「え……起きたのか、リュウスケ、大丈夫なのか？」

すぐそばで声がした。「よかった……けど、動くなよ。ここまで来て、落ちたくない」

荒い息づかいの声を聞いているうち、視界が開けてくる。

目の前で、人の頭が動いている。その先に茶褐色の地面らしきもの。自分のからだが変な恰好で運ばれている感覚がする。手足を動かそうとした瞬間、

「ああっ」

相手が叫んで、竜介のからだが小さく跳ね上がり、ずるずるっと下方に落ちてゆくのがわかった。竜介の下にいる人物が、うめきながら手足を突っ張り、なんとか落下が止まる。

「動かないで……頼む……二人とも死んでしまうから……」

どうやら相手に背負われているようだとわかった。なぜこんなことになっているのかはわからないが、ともかくからだを動かさないよう静かに首だけ後ろに振り向けた。

辺りはぼんやり白んでいる。後ろの正面は森が連なり、奥は白い雲のようなもので隠れている。

下方に視線を落とすと、急な斜面の下に、池なのか、水が張っている。斜面を十メートル程度下れば、水の中に落ちてしまう。

顔を戻し、視線を上げる。斜面はあと五メートルほどのぼった先で切れている。そこまでのぼれば、助かるということか……。

「……どういうことだ、これ」とつぶやく。

「あとで話す……だから、いまは動かないでくれ……」

「おまえ……もしか、佐東か……何だよ、下ろせ。下ろせよっ」

相手を突き放そうとしたが、逆に両ももをぐっとつかまれた。相手は頭を地面につけている。

「このまま上がらせてくれ……頼む、おれにはすることがあるんだ……まだしなきゃいけないことがある……」

「ふざけんなっ、おまえのことなんか知るか、離せっ」

「謝りたいんだっ」

「はあ？」

「謝らせてほしい……あの人に、妹さんに、謝りたい。許されることは望んでない。ただ、あなたは少しも悪くないと伝えたい。すべておれたちのせいだと……ひどいことをして、つらい思いをさせてしまって、ごめんなさいと、心から謝りたい。それだけじゃすまないのもわかってるけど、ともかくあの人にできることは、まず謝ることだから。でも……死んだら、それができない。だから、頼むよ、動かないでくれ……」

何を言ってる、何だよこいつ……心が複雑に乱れ、動くと危ないとわかってはいたが、身を任せている状態にも耐えられない気持ちがつのり、無意識に身を反《そ》らした。

とたんに、進人がバランスを崩したらしく、斜面をずるずるっと二人して滑り落ちた。

最終章　それぞれの明日

1

「もう一度、端本竜介が、男を刺したときの様子を話してもらえますか」

鞍岡は、楠元恵太郎に尋ねた。彼の傷は浅く、午後には退院が予定されている。病室は狭いので、院内の小会議室を借りていた。

楠元からすでに三度話を聞いている帳場の捜査員二人と、楠元の母親も同席している。父親は仕事で来られないという。母親の同席は、鞍岡のほうから、「ご心配でしょうから」と求めたものだった。

「事件当時のように、二人の前に立って、どんな風だったか教えてください」

捜査員の一人を竜介役に、もう一人を伊崎役にして、竜介が後ろから伊崎を刺すところを、楠元の前で演じさせる。伊崎役が背中を押さえて、膝から崩れる。

「このままだと、刺された男は前のめりに倒れます。お母さんもそうお思いでしょう？」

あえて楠元の母親を話に引き入れ、楠元が供述から逃れられないようにする。

「あ、ええ」

と、楠元の母親がうなずく。

「前のめりに倒れる、つまりうつ伏せだと、犯人は胸を刺すことができないんですよ」

鞍岡は楠元を見つめた。相手は不安げに目を伏せて、

「犯人は、男が膝立ちになったところを、前に回って、押し倒したんです。だから……」

「確かにそれで仰向けになりますが、なぜうつ伏せではだめだったんでしょうね？」

「さあ……心臓を刺したかったのかな。かなり興奮して、絶対殺す気みたいだったから」

「なるほど。ただですね。あなたの話した通りだと――犯人は、男を後ろから刺して、その後わざわざですね、膝立ち状態の男と、あなたたちのあいだにまで進んできて、そこで男のほうに向き直り、肩か頭かを押して、仰向けにさせたことになるわけです」

鞍岡の話にそって、竜介役が、膝立ちになった伊崎役の脇を通り、楠元と向かい合う。そこからくるっと半回転して伊崎役に向き直り、肩を押す。伊崎役は仰向けに倒れた。

「なぜ、犯人が正面から来たとき逃げなかったんです？　ねえ、お母さん。目の前で人を刺した男が、ナイフを手に自分たちのほうへ迫ってきたわけです。怖くて、ふつうは逃げるでしょう？」

楠元の母親はうなずくが、困って、我が子を見つめる。楠元も困って、目を伏せる。

「ちなみにね、現場の写真をもとに、さっき証言してもらったわけですが……あなたたちの立っていた場所と、犯人が男を刺した場所を、証言の通りだとしますとね……」

鞍岡は、ドローンで上から撮影して、大きく引き伸ばした現場写真を、楠元に、さらに母親にも見せて、「男の遺体を警察官が発見した場所と矛盾してしまうんですよ。いまの状態だと、男はあなた方から遠い位置で仰向けに倒れます。ですよね？　でも見つかったのは、あなた方に近い位置です。つまり、こうだとつじつまが合う」

伊崎役が立って、楠元に背を向ける。楠元の隣から、竜介役が飛び出して、伊崎役の背中を刺す。伊崎役が膝から崩れる。竜介役が、伊崎役の前に回って肩を押す。伊崎役は、立っている楠元の足もとのほうに倒れ込んだ。楠元は小さく悲鳴を上げて、飛び退《の》いた。

「さあ、このあとどう胸を刺したんですか。あなたの三度の供述とも、犯人は立ったまま覆いかぶさるようにして、男の胸を二度刺している。それで間違いないですよね」

「……間違いないです。立ったまま胸にナイフを突き刺しました」

「膝もついていないんですね。突き刺したのは、片手ですか、両手ですか」

「片手です。一度刺して……おれたちが、よせ、とか、やめろ、とか言ったんで、もう一度刺すと、わけもわからない様子で、わーっとこっちにナイフを振り回してきました」

「刺された男はね、シャツの上に背広を着てました。ひと突き目は背広にも痕が残ってます。それでもナイフの根元まで刺したと思われるほど傷が深い。お母さん、わたしたちは実験しました。立ったままだと無理なんです。こんな風に刺さないと、傷口と合わない」

竜介役が、伊崎役に馬乗りになり、両手でナイフを心臓に向け振り下ろす真似をした。

「さらに刺した後で、ねじり上げるようにしている。これは片手では無理です」

竜介役がナイフをねじり上げる真似をする。立って、片手では、難しい動きに見える。

「そして次は、背広が邪魔だったのか、よけて、シャツの上から二度目……そのとき、あなたたちは、逃げずに、止めるんですよね。二度目の傷も、深く刺し、ねじり上げている」

竜介役が、伊崎役に馬乗りのままで同じ真似を繰り返す。

「すごい殺意、完全に殺す気です。わけもわからないという状態で、できることではない。しかも馬乗りから、あなた方に向かってくるまで、あなたたちに逃げる間《ま》は十分ある」

竜介役がナイフを抜く。息をつき、馬乗りから立ち上がる。楠元のほうに向き直るまでに、時間がかかる。楠元はずっと目を伏せて、肩を震わせている。

「あなた、いまの供述のままでいいですか。この殺人の現場には、目撃者がいるんです。あなたのかつての同級生だった佐東進人君が見ていた可能性が高い。彼の証言で、きっと何があったかわかるでしょう。彼の証言を聞いてからにしますか、それともあなたがいま真実を話しますか。それは裁判での、あなたの立場を左右するかもしれませんよ」

「あの、弁護士さんを……」

楠元の母が恐る恐る口にした。鞍岡は彼女に向き直り、

「ええ、呼びましょう。ただ、もう前のように逃げることはできません。本来は、あのときしっかり罪と向き合っていれば、今回のことは起きていないんです。親としてお子さんに、自分のとった行為の責任をどう取るべきなのか、教えてあげてください」

捜査本部が沸き立った。

「楠元が落ちた。伊崎殺しのホンボシは、余根田だ」という声が室内に飛び交う。

真実は、途中までは余根田と楠元のこれまでの供述通りで――ちゃんと謝罪するなら金は要らない、と竜介が言うと、伊崎が物陰から現れ、竜介を殴り、蹴る。伊崎が余根田たちに金を要求し、二度と竜介が顔を出さないように家族や妹を脅しておくと口にする。すると竜介が、リュックからナイフを出して、大事なのは謝罪だ、と伊崎を脅すように言う。

ここから先が異なる。伊崎は笑って、竜介のほうに向き直り、彼の腹を蹴って、ナイフを奪い、後方へ投げる。そのナイフを余根田が拾って、まだ竜介を蹴っていた伊崎を背中から刺した……。

楠元の話では、余根田は以前から突然不思議な感じで、思いもかけない大胆な行動をとることがあったという。

膝から崩れた伊崎を、余根田は前に回って、肩を蹴って仰向けにして、馬乗りになって二度、強い勢いで刺し、ねじり上げるようにした。「完全に死なせないと、面倒になるからよ」と余根田はつぶやいた。つづいて楠元に近づき、「動くなよ」と言って、彼の脇腹を切った。次に、自分の左肩と、左腕を切った。「ちょっとその辺を転げ回れ。血とか土で、服が汚れるように」と余根田は言い、みずから地面やコンクリートの上を転げた。楠元も言われた通りにした。

そのあと余根田は、倒れていた竜介の腕をつかんで引き起こすと、伊崎の流した血溜まりの中に突き転がして、腹部を蹴った。

さらに、使ったナイフの指紋をシャツで拭ったあと、伊崎の血で刃や柄を濡らして、竜介の手に握らせた。「これでもう、金も謝罪も要求されることはねえだろう」と余根田は笑い、楠元と現場を去って、警察に電話した。

「ですが、余根田はまだ落ちていないんでしょう?」

小暮管理官が捜査員たちに問う。

「楠元の自供が漏れたのか、奴はいま弁護士に完黙《かんもく》で通すよう言われてるみたいです」

巻目が答える。「急に面会謝絶となって、鞍岡たちも近づけていません」

「カギは佐東だね」

能義が言った。「彼の目撃証言をぜひとも取らなきゃならん」

「しかし、目撃してるんなら、なんで佐東は端本を連れて逃げたのかなぁ」

八王子南署の署長が疑問を口にする。「二人はやはりグルで、佐東の父親も二人で共謀してやったので、警察に捕まりたくなかったのか……」

「いや。端本は伊崎と組んでいたので、佐東と組んでいた線は薄くなりますね」

能義が首をひねり、「あるいは佐東は、芳川から、端本と余根田たちが会うと聞いて、何事だろうと潜んでいた。そこで事件を目撃した……しかし証言は信じてもらえないと思った」

「そりゃまたなぜです」

と、巻目が問う。

「前の準強制性交のときに、薬を入れたのは自分じゃないと何度も主張したのに、信じてもらえなかったそうだ。それが影響していたのか……ほかにも理由があるのか」

能義は薄い髪を掻き、「しかし今回は、いろんなことがつながってやがるな」

「ともかく、佐東正隆殺害に関しても、これで余根田という線が出てきたな」

署長がやや気負って、「被害者の体内から、奴のDNAが出てこんもんかね」

「前にもご報告しましたが、二度の検査の結果、他者の体液は検出されておりません」

巻目があらためて署長に伝える。「痛めつけるためだけに、やったんでしょう」

「よし、それでは余根田の線をあらためて洗い直します」

小暮が捜査員たちに向けて声を張った。「被害者《マルガイ》が殺害された前後の余根田の動き、当日のアリバイ、関係性を示すもの、すべて予断なく取りかかってください」

伊崎殺害のホンボシが余根田という知らせは、すでにメールで入っていた。

楠元を落としたのは鞍岡だという。

「お手柄ですね」

志波は、ベンチの隣に腰掛けている鞍岡に言った。

「まだ何一つ解決しちゃいない。で、どこへ行ってたんだ」

余根田が入院している病院の中庭で、二人はベンチに並んで座っていた。

楠元はすでに退院して、任意同行の形で八王子南署に母親と共に向かっている。その情報が余根田に届いて、弁護士も駆けつけ、突然の面会謝絶となったらしい。

「これを見てもらえますか。今回の旅で発見した事実です」

志波は、ベンチの上に置いたノートパソコンの画面を鞍岡に向けた。

鞍岡は、内容を読んで、眉間にしわを寄せ、口を開き、息を詰め……画面から顔を起こして、志波を見つめた。

「つまり、これは、どういうことだ」

「二人の、他の人とは違った反応が、この事実によって納得いきませんか」

「ああ、確かに。だが、それが今回のことにつながるのか」

「まだわかりません。ただ……進人は何もかもうまくいかずに自暴自棄になっていた。それを父親にひどく叱責されていた、というより執拗に責められていた。一方、伊崎は金に困っていた上に、佐東正隆の弱みを握っていた……」

あっ、と鞍岡が叫んで、いきなりベンチから立った。

「おれは……証拠を見ていた。おまえも一つは見ている。だがおれはもっと決定的なものを見ていた。そうだ……動機も知っている。なのに、なんてことだ……なんてことだ……」

2

道路の端に手が掛かった。足を踏ん張り、懸命にからだを引き上げる。

背中の竜介も右手を伸ばし、道路の端に指を掛け、道路のほうへ身を引き寄せる。

進人はようやく斜面をのぼりきり、力尽きて道路にうつ伏せた。竜介が彼の背中からごろりと下り、仰向けに横たわる。

雨は上がり、太陽は雲に隠れているが周囲は明るい。

二人の荒い息づかいに、鳥の声が重なって聞こえてくる。しばらくして、進人は濡れた道路に手をついて、からだを起こした。胸が大きく上下している竜介に、

「大丈夫か」と、声をかける。

「……ああ」と、彼が答えた。

「戻ったら……まず妹さんと、ご両親に謝りにいく。許してもらえるとは思ってない。でも、謝りたい。謝ることしか、まだいまのおれにはできない」

「……おまえの良心の痛みをやわらげるために、謝ったって意味はねえんだよ」

「そんなつもりはない。謝っても、痛みがやわらぐなんて思ってない。むしろ強まる気がする。相手の顔を見て謝るというのは、そういうことなんだと思う。どう償えるのか、これから考えていきたい。そのあと、警察に行き、見たことをすべて話すよ。おまえはやってない。余根田がやって、おまえに罪をなすりつけようとした。おれが言っても、警察は信用しないだろう……おれは、妹さんの飲んだウーロン茶に薬を入れてない。誓って本当だ。ただ何度もそう言ったけど、信じてもらえなかった。芳川や余根田や楠元たちのほうを信じた。だから、おれの言葉は届かないだろうけど……ちゃんと撮ってあるから、このスマホで――」

進人はジーンズの尻のポケットに手をやった。感触がない。

「え、あれ……うそだろ……」

周りを見ても、何も落ちていなかった。道の端から顔を出して、確かめる。斜面の途中で、スマホが小さな岩に引っかかっていた。あっと、身を乗り出したとき、手元の土砂が落ち、たままスマホに当たった。スマホは岩から離れ、そのまま斜面を滑ってゆき、水の中に落ちた。

「やべっ、取ってくる」

足を斜面に下ろして、ふたたび下りていこうとする。

竜介が右手を伸ばし、進人の肩をつかんだ。

「行くな。危ないだろ、戻れ」

「え、だって……」

「いいから、上がれ。道に戻れって」

強く言われて、進人は道路に戻った。

「でも、あれに証拠が……」

「おまえが見たんだろ。見た通りに、警察に話すんだろ」

「いや、けど、警察はきっと信用しないから——」

「おれが信用する。おれを助けようとしたおまえを信用する。おまえのことは許さない。許さないけど……おまえの言うことは信用する。だから、行くな」

強い調子の言葉に、進人は熱いものが胸の底からこみ上げてくる気がした。いままで誰も、信用してくれなかったのに……。涙がこぼれそうになるのをこらえて、深く息をつき、

「一つ、一つだけ、答えてほしいことがある」

相手の目を見つめ、「おれのオヤジを……お父さんを、殺したのか？」

竜介はまっすぐ進人を見つめ返し、静かに首を横に振った。

「殺してない。おれは何もしていない」

進人の目から涙がふきこぼれた。こらえていた感情が堰《せき》を切ってあふれ出した。

命が助かり、また命を助けることができた安堵なのか……ともに危機をくぐり抜けた相手が、父を殺したわけではないと知って気持ちが緩《ゆる》んだのか……信用された喜び、あるいは、父の死の悲しみが揺り戻してきたのか……進人自身にもよくわからない涙だった。

雲が切れ、朝の陽射しが斜めから二人を照らした。鳥の声が谷間を渡っていく。

やがて、遠くから車の音が聞こえてきた。

3

鞍岡は、志波と並んで強い陽射しの下に立ち、能義に電話で頼み事をしていた。

「いや、そりゃ、おまえの見立てだから、鑑識を出してもいいが……本当なのか、クラ？」

「志波の見立てでもあります。ですので、鑑識、よろしくお願いします」

二人から少し離れた場所で、「ではお預かりします」「どうぞよろしくお願いします」と挨拶が交わされ、車椅子を後ろに載せたワンボックスタイプの車が走り出す。

「しかし信じられんよ、クラ。さすがに落ちるまでは、誰にも話せんな」

「おれも信じられませんが……間違いないと思います。のちほど同行させます」

志波に肘でつつかれ、電話を切って、顔を上げる。

「どうもお待たせしました」

佐東恵麻《えま》が、車を送り出して戻ってきた。うかがうように鞍岡たちを見て、

「では本当に、進人は大丈夫なんですね、無事なんですね？」

「はい。低体温と脱水の症状が見られ、擦り傷や打撲もかなりあるそうですが――命に別状はなく、意識もあって、会話も普通にできると、連絡が入ってきました」

「だったら、本人が連絡してくれればいいのに……」

「スマホをなくされたそうです。治療の後、警察の事情聴取もありますから」

「そうですか……でも、とにかく無事でよかった」

恵麻は心底ほっとした様子で、「あ、お待たせして。どうぞお上がりください」

鞍岡たちは、彼女につづいて、家の中に入った。神奈川の彼女の義母の家であり、義母はいま介護施設の車で運ばれていったところだった。一週間の体験入居で、気に入ればそのまま同じ部屋に居住しつづけることができるコースで契約したのだという。

「わざわざ進人のことを知らせに来ていただいて、本当にありがとうございました。このあと進人のところへ行けますかしら……ああ、まずはお座りください、いまお茶を」

リビングから台所へ進もうとする恵麻を、鞍岡は手で制し、

「大切なお話があってまいりました。どうぞお座りください。どうぞ」

強く言って、ダイニングテーブルをはさんで向かい合わせの椅子に腰を下ろした。

「進人君について、もう一つ大事なお知らせがあります。進人君は、自分を含めた人の命の重みと貴さを、まさに死ぬか生きるかの状況で深く認識されたのでしょう。いますぐ犯した罪を心から謝りたい……被害を受けた女性に、また彼女のご両親に、直接謝りに行きたい、今後も償いの道を求めて生きていきたい……と、そう話されているそうです」

「まあ……」

恵麻は嬉しそうに目を見開いて、口もとを手で押さえた。「本当ですか……進人が本当にそのようなことを……直接謝って、今後も償いの道をと……」

「はい。何度もその事を、事情を尋ねる警察官の目をしっかり見て、話していたそうです」

「よかった……本当に、よかった……」

恵麻の目から涙がこぼれた。間違いなく喜びの涙に見えた。

「佐東恵麻さん……まさにそのことが、夫の正隆さんを殺した動機ですね」

遠回しに訊くより、彼女にはそのほうがよいと思い、ストレートに切り出した。

うつむいて涙を拭いていた恵麻が、一拍の間を置いて、顔を起こした。涙も喜びの表情も引いていた。

「あなたは要介護認定5の義理の母親を介護なさっておられた。毎日車で練馬から神奈川へ通われていたと、ご近所の証言もあります。でも正隆さんが行方不明になられたあと、車に乗られた様子がない。ご近所の方も、張り込みの捜査員も、車はずっと車庫に置かれたままだったと述べています。こちらへは電車とバスで通われていたし、最近はもうここに泊まり込まれていた。介護にはいろいろな道具が必要でしょう。食料品の買い出しも車があれば便利です。でも使われなかった。なぜか……それは、使えなかったからではないですか。正隆さんの遺体を運んだ車なので、恐ろしくて」

恵麻が静かに目を閉じた。

「このあと警察が、車を調べさせてもらいます。タイヤなどに残っている泥が、正隆さんの遺体が遺棄された現場の泥と一致しないか。車の後部の荷台に、遺体運搬に使われた物や、正隆さんの体液などが残されていないか、確認していきます。当初、八十六キロの男性を裸にして、後ろに手を回して手首をガムテープでとめ、絞殺後、遺体を殺害現場から遺棄現場まで運ぶのは、単独では難しいのではないかと考えられていました。ですが、遺体からは睡眠導入剤の成分が検出されています。自宅で、睡眠導入剤入りのアルコールを飲ませて眠らせ、裸にすることは、妻のあなたにはさほど難しいことではなかったでしょう。紐を用いて絞殺するのも、たとえば紐の一端をテーブルの脚に縛り付け、もう一方を両手で強く引けば、女性でも十分可能だったと思います。死後に彼の直腸内を、どういった道具で傷つけたのかはわかりませんが、あれは捜査対象を男にすることが目的だったのでしょうか。『目には目を』と書いた紙を残したのも、やはり捜査の攪乱《かくらん》を狙ったものですか」

彼女は目を閉じたまま口を開かない。鞍岡は続けることにした。

「遺体を運び出すことは、最も大変だったろうと思います。たとえばテーブルでお酒を飲む彼を、そのまま椅子の上で眠らせておいて、床にブルーシートを敷く。その上に彼を寝かせて、以後の作業をすれば——運び出すときにも遺棄するときにも都合がよかったでしょう。むろん、車の荷台まで運び上げることと、荷台から下ろすまでの作業は、女性の力では難しい。けれどあなたには経験があった。道具もあった。いまもまだ置いてありますか」

鞍岡は、椅子から立って、襖《ふすま》を開け放したままの次の部屋に入った。

介護ベッドには、以前訪れたときのように高齢の女性の姿はない。だがベッドの脇には、鞍岡が目にしたときと同様、幾つかの介護用品と一緒に、パワーアシストスーツが置かれていた。

要介護者をベッドや車椅子に移乗させたり、トイレや入浴させたりする際の介助など、介護者の力仕事をサポートする装置だった。動力型と呼ばれるモーター式なので、非力な者でも体重の重い相手を持ち上げられる。

「こちらのお宅に初めてうかがった夜——細身のあなたが寝たきりの母親を介護するには、なるほどこうしたアシストスーツが必要だろうと思ったのですが、愚かにもそのまま忘れてしまっていました。あなたには長い間、このアシストスーツを使って介護されてきた経験がある。八十キロを超す遺体を、車の荷台に上げるだけでなく、暗くて細い道で下ろすのは、簡単なことではなかったでしょう。ですが、介助のコツを知っているあなたがこのスーツを使えば、可能だったろうと思います。遺棄した現場は、目撃される危険が少ない場所として以前から知っていたのですか。朝、夫が出勤したように偽装をし、会社とのやり取りでは嘘をつき通した。交番に通報したのもあなたでしょう。早く発見してほしかったのですか」

鞍岡は、椅子に戻って、腰を下ろし、彼女の言葉を待った。

恵麻が長く静かに息を吐いた。張り詰めた力が抜けたように、肩が落ちる。

「アシストスーツを使って介護したのは、姑《しゅうとめ》だけではありません。舅《しゅうと》も十年介護しました」

恵麻は以前、義母《はは》と呼んだが、いまは硬い呼び方をして、「二人は元々病気がちでしたから、結婚した当初からと言っても過言ではありません。姑のときに比べ、舅の頃のアシストスーツは、ゴムバンドのような貧相なもので、夫はまったく手伝ってくれませんでしたから、本当に大変で、介助のコツもしぜんと身につきました。夫を死なせた方法は、ほぼおっしゃった通りです。眠剤は、長年不眠でクリニックに通うわたしに処方されていたものを使いました。棄てた場所は、以前道を間違えたときに知って、心に留めていました。交番に電話したのは、夫がさすがに憐れに思えて、早く見つけてあげてほしかったからです」

彼女の声は淡々として、感情が少しもこもっていないように聞こえた。

「ある日、男の人が夫を訪ねてきました。ふてぶてしい印象の人で、玄関先にわたしも呼んで、夫に愛人がいたという話をして、写真を見せました。それを会社でばらまく、ネットでさらす、息子にも見せると言って、金を要求しました。夫は、銀行のカードを複数持って男と出てゆき、少なくない額のお金を渡したようです。男はそれきり現れませんでした。でも、わたしの気持ちは収まりませんでした。結婚して以来ずっと夫の両親の看病、さらに介護と、一人で担ってきました。夫は、それは女の仕事だと、一切助けてくれませんでした。なのに愛人を囲っていたなんて……たまりにたまった不満が爆発したような感じでした」

「なぜ、いろいろな細工をしたのです」

「息子がいますし、姑の介護もあるので、捕まるわけにはいかないと思ったのです。本当に申し訳ありませんでした。進人も無事見つかったし、姑も施設に出せました。このまま施設にいさせてもらえるよう依頼します。そのための預金は十分余裕がありますし。いまから出頭するのでしょうか……少し用意しますので、このままお待ちいただけますか」

彼女が立ち上がろうとするので、

「佐東さん、そうではないでしょう。そんなことが理由ではないでしょう」

鞍岡は押しとどめる勢いで語気を強めた。彼女のほうへ身を乗り出し、

「あなたは、わたしに話しましたよね。行方がわからなくなっていた進人君が、この家を訪れ、警察の気配で逃走したあとのことです。あなたは進人君に、お父さんに手を合わせて、今後のことをちゃんと考えていこうと諭《さと》したのだと……。『目には目を』というメッセージが遺体に残されていたことを伝えて、進人君が〈おれのせいで、お父さんが殺されたと思ってるんだろ〉と、大きな声を発したとき――そんな風に考えるのは、あなた自身が悪いことをしたと考えているからで、被害に遭った女性や親御さんに、心から謝っていないことを悔いているからでしょう……だから、いまからでも謝りにいこう、心の底から謝り、償えなくても相手のためになることを行動で示そう……そして自分の人生を建て直していこう……そう勧めたのだと。それこそが、本当の動機だったんじゃないですか」

恵麻が目を伏せ、唇を噛みしめているのがわかる。

「あなたは、こうも進人君に言われた。彼が〈お父さんや弁護士は絶対に謝るなって言ったじゃないか〉と反論した後でしたか――被害に遭われた女性のことは考えないのかと。そして、わた

しにこう言われたのです。自分のことしか考えない情けない息子だけれど、そんな子どもに育てたのは、親の罪ですと。これこそが、あなたが夫を殺すに至った真の動機だったのではないですか。被害者に真摯《しんし》に謝ることを妨《さまた》げ、息子の更生を、人生を建て直すことを邪魔する夫の存在を犠牲にして……我が子に、自分の犯した罪をちゃんと受け止め、被害女性のことを真剣に考え、償える人になってほしいと、そう願ったのではないですか。あなたに初めてお会いした日――正隆さんの体から、『目には目を』と書かれた紙が出てきたと話したとき、あなたはいきなり立ち上がり、進人君の名前を口にして気を失った。あれは演技ではなく、進人君に向けて、立ち直って、と祈るような想いがあって、思わず言葉が漏れたのではないですか……同時に、我が子のためとはいえ、許されない罪を犯した自責の念の重さから、意識を失ったのではないでしょうか」

恵麻はうつむいたまま動かない。

「佐東恵麻さん」

志波が静かに切り出した。「わたしは、四人の大学生の親たちの中で、どうしてあなただけが謝ろうとしたのか……実際に訪ねてきた端本竜介に、あなたは、夫や弁護士からの忠告も無視して、心から謝ってもいる。なぜそうなのか、と考えました。そして、佐東正隆氏は、なぜ、被害者に謝ろうと息子さんに勧めたあなたを、端本竜介に実際に謝ったあなたを、厳しく責めたのか……。第三者からすれば、あなたの考え方のほうがまともでしょうが、息子さんのためには直接謝らないほうがよいと、弁護士から止められていれば、通常はそれに従うでしょう。一方、正隆氏は、会社では冷静に仕事ができる人だと聞いています。なのに、このことにはとても感情的です。加えて、なぜ彼があのような異常な殺され方をしたのか。何が、あなたや正隆氏を、他の人たちとは違えているのか……それを調べるため、お二人の出身地へ行ってきました」

「えっ……」

恵麻が顔を上げた。目を見開いて、唇が叫び出しそうに震える。

「お二人の過去……二十九年前の出来事について知ることができました」

彼女が茫然とした様子で椅子から立った。目が血走っている。

鞍岡は、彼女が失神するのではないかと危ぶみ、彼女の後ろに回って、肩に手を置き、椅子に腰を下ろすように促した。彼女は力なく椅子に腰を戻し、うなだれた。

志波が鞍岡を見た。鞍岡は首を横に振り、志波はそれに対してうなずいた。

二十九年前の出来事を、あえて言葉にして、彼女に聞かせる必要はない。

恵麻は大学二年生だった十九歳のとき、五人の大学生から暴行を受けた。

時間が経過しているので詳細はわからないが、大学生たちは結局起訴猶予になっている。

たぶん加害者とその親は、被害者である恵麻に直接謝ってはいないだろう……当時のことを記憶にとどめていた元警察官は、そう話した。

〈被害者の名前は、昔のことだからしぜんと広まってね、彼女から誘っただの、悪女だのと、けっこう二次被害もあったよ。つらい目に遭った女の子に同情せず、悪いことをした男たちをかばう大人が多くてさ。中には、若い者《もん》はそのくらいの元気があった方がいい、なんて発言した地元の政治家もいてね。世間てのはひどいもんだと思って、覚えてんだよ〉

当時すでに恵麻は正隆と交際していたらしい。正隆は就職して神奈川に住んでいたので、遠距離恋愛だった。恵麻の中学時代、大学生だった正隆が家庭教師をしていたという話が、正隆の親戚から聞けた。

二十五年以上も付き合いは絶えているという正隆の亡くなった叔父の妻によると――正隆の周

囲の者は、暴行被害を受けた娘を嫁にすることを、「なんでわざわざ」と懐疑的にみていたが、正隆がそれを押し切って結婚したのだと話した。

〈責任を感じたのかね。その娘さんの父親は高校の頃に亡くなり、結婚前に母親も亡くなってたしね。正隆の両親がもともと病気がちで、結婚前からその娘がよく家を訪ねて、世話を焼いてたのよ。悪さをしたのは、高校の教師だった正隆の父親の教え子でね。よくその家に遊びに来てたそうだから、そこで彼女に目を付けたみたい。父親の教え子だから、訴えづらいところもあったらしくて……正隆にもそうした負い目があったから、結婚したのかしらね〉

結婚を機に、正隆は両親も関東に呼び寄せ、故郷とはほぼ縁を切る形になったという。

息子の進人が、同様の事件の加害者になったと知ったときの、恵麻の驚きと絶望感はどれほどだったろう。暴行の記憶にさいなまれつつ、ようやく生まれた子どものことを深く愛していたに違いない。その子が女性を暴行するなんて……。育て方が悪かったのか、何が間違ったのかと自分を責め……一方で、被害者にはちゃんと謝ってほしかったはずだ。

「進人に、被害者に誠実に謝り、人生を見つめ直して、立ち直ってほしかったのです」

恵麻がささやくように話しはじめた。「でも夫は、被害女性に謝ることを受け入れられなかったし……進人を更生の道に導くより、感情的に責め、無意識だったのかもしれませんけど……それこそ、あの子が自殺でもしかねないほどに追い詰めていました」

あまりにむごい運命を呪いたくなったのは、恵麻だけではなく、正隆も同じだったろう。

正隆には、我が子が、恋人を暴行した男たちと重なって見えたのかもしれない。激しく責め、言い訳を認めず、薬を入れていないという話も信じようとしなかった。同時に、あの当時恵麻も自分たちも、加害者たちから一切謝られていないのに……なぜ今回、自分たちが謝らなければばいけないのか、という思いも抱いたのかもしれなかった。

「夫の両親の看病や介護は、どれほど大変でも耐えられました。夫に女のひとがいるのは知っていました。それも、わたしみたいな女を妻にしてくれたのだからと、我慢できました。でも……息子の人生の立ち直りを支えるのではなく、責めつづけ、まして自暴自棄になるまで追い詰めるなんて、さすがに許せませんでした。あなただって、本当は進人にしっかり生きてほしいでしょ、立ち直ってほしいのでしょう……だから親の役目として、子どもの犠牲になってください……そう念じて、心の中で謝って、計画を進めました」

鞍岡は、志波が恵麻の話を録音しているのに気づいたが、黙っていた。

「進人に罪の重さを改めてわかってもらうには――誠実に責任を取ろうとしないせいで、父親が殺されたのだ、と思うようなカタチにするのがよいと考えました。刑事物のドラマなどを見て、おおかたの計画を立てました。夫が暴行されているように見せたのは、犯人に強い恨みを抱かれている、と思われることを願ってでした。手近な道具を使ったと思いますが、覚えていませんし、そのときすぐに捨てたはずです。紙を体内に残したのも、同じ理由です。『目には目を』という言葉は、考えもなく、すっと出た思いつきでした」

「体内に残した紙が、警察で発見されないことは、考えなかったのですか」

鞍岡の問いに、恵麻は首を傾げた。

「いいえ、警察の方は優秀なので、すぐに見つけるだろうと思ってました」

もしかしたら犯人は警察のことをよく知らない人間かもしれないと話し合ったことを、鞍岡は思い出す。そしてあえて問わなかったが、夫が暴行されているように見せかけたのは、強い恨みを抱いている犯人像を偽装するためだけだったのか……。

彼女の心の底にある、暴行された当時の怒りや復讐の念が、その一瞬に噴き出した、ということもあるのではないか……。

夫婦生活では、夫が暴行した男たちと重なって、恐ろしい記憶がよみがえりながらも、夫婦だからと、つらい時間を耐えつづける経験があったのかもしれない……また、夫のほうが、夫婦生活に応えられなかったり、つらそうな様子を見せたりする妻に、つい責めるような言動をしたこともあったのかもしれない……。

そうした長年積み重なっていた憤懣《ふんまん》も、その瞬間に、無意識のうち外に現れた可能性が——どんな道具を使ったか覚えていないのに、すぐに捨てたという言葉や、「目には目を」というメッセージが考えもなく、すっと出た、という供述から感じられた。

恵麻がいきなり両手で自分の顔をおおった。泣くのをこらえているのか荒い息をつき、いきなり首を激しく振って、手を下ろし、「いいえ、だめです。お願いです。進人には話さないでもらえませんか。かつて自分の母親がされたことを、自分が加害者としておこなったと知ったら……きっと激しいショックを受け、立ち直れなくなるかもしれません。わたしがかつてされたことを、いまも激しく痛む傷を、晒《さら》さないでいただけませんか」

「進人に、わたしの昔の事件のことを話すのですか……わたしがされたことを……」

彼女の震える声を聞いて、二十九年前に受けた大き過ぎる傷は、いまも血を流し、強い痛みを発しつづけていると伝わってきた。

さらに傷を広げることに、どんな意味があるだろうか……我が子に、その傷を知られたくないという母としての想いも理解できる。

志波が、鞍岡を見て、録音を止めた。それが彼の了承だと受け取った。

「佐東さん、実は志波は休暇中なのです。あなたの出身地に行ったのは職務ではありません。ですから、その地で見聞きしたことは、どこにも報告する義務はないのです」

え……と恵麻が、不思議そうに鞍岡を見て、志波に視線を向ける。

「これから警察署に同行していただきます。あなたが初めに供述された、舅と姑の介護を長年一人で続けてきたのに、夫が愛人を作っていたことがわかり、たまりにたまった不満がついに爆発し、犯行におよんだ……息子がいるし、姑の介護もあるので、犯人がわからないように細工をした……その話を、別の捜査員に、また検察官にしてください」

「え、あの……それは……」

「我々が、証拠として取り上げられる事実からは、その供述にしか至れません。ただ」

鞍岡は深く息をつき、「それでも、愛する母が父を殺したわけですから、進人君には大変なショックだと思います。あなたの親としての責任は、まだ終わりません。面会に訪れる彼を励まし、また手紙などでずっと導いてあげる必要があります。そして、出所後は……」

鞍岡は、はからずも胸が詰まり、しばし言葉が出なかった。「出所後は、あなたを迎える進人君と一緒に、被害を受けた女性と、その家族のもとへ、謝りにいってください。償いを、少しでも果たしてください」

恵麻は、目に涙を浮かべ、唇を固く結んで、頭を下げた。

鞍岡はもう言葉が出ない。

「休暇中ですので」

志波が口を開いた。「警察官としてではなく、一人の人間として言わせてください」

恵麻が少しだけ目を上げる。

「あなたは決して悪くないのに、重い傷を抱え、それを負い目にさえ感じながら、義理の父と母をずっと看病し介護なさったこと。夫につかえ、我が子を大事に育てて、家を支えてこられたこと。本当に大変だったと思います。そのつらさ、痛みは、わたしには察してあまりあります。よくこらえて、生きてこられました。本当によく生きてこられました」

志波が丁寧に頭を下げた。

恵麻の目から涙がこぼれた。こらえようとして、こらえられなかったように、その口から声があふれた。幼い女の子のように、彼女は顔を押さえることもなく、声を上げて泣いた。

もしかしたら、被害に遭った二十九年前からずっと泣けずにいたものが、いまようやく、すべての我慢を解いて、感情のままに思い切り泣けているのかもしれなかった。

4

依田は、部下の河辺を連れて、千葉市内のマンションを訪れていた。

「言い忘れてたけど、館花は、昨日もう病院内の庭を散歩したそうよ」

エレベーター内で、依田は河辺に伝えた。

「え、本当ですか。それは……よかったです」

「館花が怪我をする直前に調べてきたことなんだから、彼女をがっかりさせないのよ」

「はい。できるだけ相手の気持ちに配慮して、やってみます」

「きみ、館花の入院先で鞍岡警部補と会ったんですって？」

「あ、はい、たまたま……」

「職務外のことをさせて申し訳なかったと、謝っておられた」

「……あの、おっしゃっていたのはそれだけですか」

「それだけって？」

「いえ、なんでもないです」

河辺は赤くなってきた頰を両手で軽く叩き、「例の伊崎殺しの件はどうなったんですかね。病院でお会いしたあと、鞍岡警部補を車に乗せて、奥多摩まで行ったんです」

「あの件は、川の水が引いてから佐東進人のスマホが無事に回収されて、映像が復元されたそうよ。佐東や楠元の証言通り、余根田の犯行の一部始終が映ってたみたい。とにかく、いまは目の前の自分のことをしっかりね。さ、行くわよ」

エレベーターを降り、芳川拓海の叔母の部屋を訪ねる。通されたリビングには、拓海の妹の遥花がソファに座って待っていた。拓海の叔母に勧められて、依田と河辺が遥花の向かいに座り、遥花の隣に叔母が座った。挨拶をすませ、近況をしばらく尋ねたあと、

「本日は、カッターナイフで刺されたぬいぐるみの件で、お訪ねしたんです」

河辺が切り出した。「あのときは不安だったかと思います。警察でもいろいろと調べました。遥花さんは、あの日、学校が午前中で終わった後、図書館に寄って、午後二時に帰宅されたとお話しされましたよね。ですが、おっしゃった当の図書館の防犯カメラを丹念にチェックしたのですが、遥花さんの姿は確認されませんでした」

「え、それはどういう……」

と、叔母が河辺と遥花を交互に見る。

「あのぬいぐるみは正規のものではなく、模造品です」

河辺は構わずつづけた。「ご存じですよね？　お父様が四年前、おみやげとして買ってきた物で、あなたはすぐに模造品だと見抜き、お父様に怒って、でも捨てるのも悪いと思い、押し入れの奥の古いオモチャを入れておくケースに押し込んだ……これは、ご両親から証言を得ています。その模造品のぬいぐるみがいまもあるかどうか、ご両親に調べていただくこともできますが、もうお話を直接伺ったほうがいいだろうと、お訪ねしました。遥花さん、あなたが模造品のぬいぐるみをカッターで刺し、脅迫文も添えて、箱に詰め、伝票を貼って、自宅の玄関先に置いたのですね」

遥花は唇を引き結び、腕を組んでそっぽを向いている。

「わたしは、いまの十代の女の子が何を考えているのか、わかろうとする前に、面倒くさがって、どうせわからない、と決めつけてきたところがあります。それでも、もしわたしが、あなただったらと、できるだけ考えてみました。お兄さんの件で、さぞ悲しい思いをされたのでしょう。学校でもつらい目に遭い、高校に入る前には、ご両親がいったん離婚の形を取って、あなたはお母様の姓で、離れている地域の高校に入られたと聞きました。それなのに最近落ち着いてきたようだからと、ご両親は復縁される予定だったとか……わたしだったら、ふざけるなと思います。いままでどんな思いをしてきたか、わかってるのかって。高校でもまた、あいつの妹だ、などと言われるかもしれない。その恐怖、その不安をどう考えてるのか……でもそのことを、あなたはご両親に伝えられなかった。それは、あらためて結婚しようとしているご両親の仲を邪魔することになってしまうから。だから我慢して、でも怖くてたまらなくて、なんとかいまは復縁を思いとどまらせたくて、あることを思いついた……間違っていますか。間違っていたら」

依田が、河辺の肩に手を置いた。河辺は話すのを止めた。

そっぽを向いている遥花の目から、涙がこぼれ、頰を伝い流れた。

一つの犯罪が、なんと多くの人を傷つけ、悲しませるのだろう。それはこの種の犯罪の特徴なのかもしれない。暗澹《あんたん》たる想いに、依田は深く息をついた。

5

秋の陽射しの下、新宿歌舞伎町の病院の敷地に置かれたガールズ・サンクチュアリのキャンピングカーの前をステージにして、ダンス・パフォーマンスが披露されていた。

これまでなんらかの形でガールズ・サンクチュアリが関わってきた少女や少年たちが、それぞれ練習を重ねてきたパフォーマンスを多くの人に見てもらう機会だった。

日曜日ということもあり、芝生のステージの前には、パフォーマーたちの家族や友人、また通りすがりの人々が、思い思いの恰好で座り、拍手をしたり、応援の声をかけたりして楽しんでいる。すぐそばのキッチンカーが、飲み物と軽食を提供していた。

このあと、鞍岡の娘の悠奈が、友だちの石園真緒ら同級生のグループと、ヒップホップダンスを披露する予定だった。鞍岡の妻と息子は、すでに最前列に陣取っている。

鞍岡は、キッチンカーの前に置かれた高いテーブルのところに、志波と、依田、そして館花と共に立って、ステージに視線を向けていた。

志波は、真緒が心配で見に来たのだという。依田と館花は、生活安全課として以前からガールズ・サンクチュアリの活動に興味を持っていたらしい。たまたま志波とガールズ・サンクチュアリの話になり、「今度のイベントで、鞍岡さんのお嬢さんが踊りますよ」と聞いて、館花のリハビリがてら、依田が連れてきたということだった。

「で、本当のところ、からだの調子はどうなんだ。こんな遠出をしても大丈夫なのか」

鞍岡が館花に訊いた。

「はい、神経への影響もなかったらしくて、あとは体力が回復すれば仕事に復帰できます。少し甘やかしてしまったので、ピッチをあげないと、次のオリンピックにも間に合いません」

「完全復帰したらビシビシ鍛えてやるから、焦らず、じっくりからだを戻していけ」

「はい。そう言えば宏江さんも、焦らずに、千晶ちゃんと故郷でやり直すと言ってました」

「ああ。過失致傷は起訴猶予になったし、離婚も決まって、彼女も心機一転だな」

安原幸造は、鞍岡の勧めを素直に聞いて、宏江との離婚届に判を押した。いまは拘置所で裁判を待っているが、反省して、これまでとは別の道を進むつもりだと話している。

佐東恵麻も拘置所で裁判を待つ身だった。介護疲れと嫉妬から、長年堪《こら》えていた感情が爆発したという供述にそって起訴されている。拘置所内では毎日、夫のために祈っているという話だった。

息子の進人は、こまめに母の面会に訪れている。甲府の端本家へも、謝罪のために訪れたらしい。被害女性には会わせてもらえなかったが、竜介の仲介もあって、彼女の両親に誠意を込めて謝罪をしたと聞いている。これからも、おりにふれ謝罪に訪れるつもりだし、償いになる行為を考えていきたいと述べたという話だった。

竜介の怪我は左腕の骨折だけですみ、脳震盪《のうしんとう》の後遺症もなかった。警察で、伊崎との関係について何度も聴取を受け、脅迫ととられかねない行動に対して注意を受けたが、罪には問われなかった。いまは、元の運送会社に勤めながら、地元の性犯罪被害者の会や当事者グループに両親と参加し、妹のためにできることを模索しているという。

余根田俊文は殺人で、楠元恵太郎はその共犯で、共に起訴されていた。ことに余根田は、偽装工作の件もあり、かなり厳しい刑が下されることが予想されている。余根田の祖父の、政治家とのコネはさすがにもう効かなかったばかりか、後援会をはじめ周囲からすべての縁を切られたという。むろん当の政治家にも八雲にも、この件では一切傷はついていない。

「あの、千葉にいる遥花ちゃんは、その後、大丈夫なんですか」

思い出したように館花が訊く。

「ええ、問題はなさそうですって」

依田が答えた。「いまも叔母さんのお宅から、お母さんの姓のままで高校に通ってる」

芳川拓海の妹遥花は、警察から注意を受けただけで、立件は見送られていた。

拓海とその両親は、端本家に連絡をして、近々そろって謝りにいくらしい。

「お待たせしましたー」

ガールズ・サンクチュアリの代表である来宮環紀が、四人分の飲み物をトレイにのせて運んできた。「わざわざお越しくださって、ありがとうございます」

志波が無言でトレイから飲み物を取り、それぞれの前に置いていく。環紀と彼との親密な距離感で、館花も事情を察したのか、小さなため息をついた。

「石園真緒ちゃんは、いまもシェルターのマンションにいるんですよ」

環紀が鞍岡に話しかけた。「女の子六人の集団生活だから、寮みたいだなんて明るく笑うことも増えました。お母様との話し合いは、長期戦になりそうですけど」

「あの、この団体のことについて、少しお話を聞かせていただいてもよろしいですか」

依田が環紀に話しかけた。館花と共に、ガールズ・サンクチュアリの活動に耳を傾ける。

鞍岡は、志波の肘をつついて、三人から少し距離を取り、

「教えてほしいことがあるんだがな」

と、ステージに目を向けたままで相手に話しかけた。「今回の帳場で、おれとおまえを組ませたのは八雲さんじゃなく、おまえの希望だったと聞いた。なぜだ」

「ああ……かつて捜一では有名だったんで、どんな人かと興味があっただけです。あと、ずっと昔、オリンピックの内定をかけた柔道の選手権試合を見た記憶があって、あれで名前がインプットされてた面もあるのかな……あの試合、ひどい負け方でしたね」

鞍岡は、頭をごしごしと掻き、

「おまえそんときゃまだ小学生だろ。ったく、いやなところを見せちまったな」

「足を引いてたじゃないですか。どうしたんですかアレ。能義さんから、前日のランニング中に人助けをして、怪我をしたと聞きましたけど。肝心なときに何やってんですか」

「能義さんもまた要らないことを。それは全然関係ない。おれがただ未熟だっただけでな。まあ、オリンピックなんて器じゃなかったってことだろう」

「まったく、あなたって人は……」

志波は顔をそむけ、鞍岡を置いて、ステージのほうに向かって歩いた。

あの日――十二歳だった志波は、祖母と散歩をしていた。突然祖母が倒れ、おばあちゃん、と何度呼びかけても返事はなく、周囲に声をかけても、誰も気がついてくれなかった。

そのとき一人の青年が、どこからか駆け寄ってきた。祖母の様子を見て、ポケットから携帯電話を出し、「救急車を呼んで」と志波に渡し、心臓マッサージを始めた。祖母の息が止まっていたのか、口から息を吹き込むことも心臓マッサージと交互につづけた。「ぼく、おばあちゃんに声をかけろ、こっちに戻ってきてって声をかけつづけろ」と青年は言った。志波は懸命に祖母を呼んだ。やがて救急車が到着したとき、祖母は息を吹き返した。

周囲には人だかりができていた。その場所は石段の上で、救急車が近づけない。「おれが下ろす」と青年が祖母を抱き上げた。石段を下りていくとき、野次馬の誰かが、「あんた柔道の鞍岡だろ、明日のオリンピックの選考、がんばれよ」と声をかけた。それを聞いた何人かが、「え、誰」「オリンピック?」と、知りもしないのに確かめようと身を寄せてきた。志波はその人たちに押され、転びそうになって、とっさに青年の腕を摑んだ。青年は祖母を抱えていたので、バランスを崩し、踏み出した足を明らかにひねった。

つっ、と青年が息を詰めたのが、志波にもわかった。「大丈夫ですか」と泣きそうになりながら尋ねた志波に、青年は「全然大丈夫」とほほえみ、周囲に「危ないので道をあけて下さい」と呼びかけ、下で待っていた救急隊のストレッチャーに祖母を下ろした。「おばあちゃんについていけ」と青年に言われ、志波は救急車に乗った。青年は笑顔で、ガンバレと拳を握って見送ってくれた。祖母は病院で意識を取り戻した。

翌日テレビでオリンピックの選考を兼ねた柔道の選手権大会が放送されるのを知った志波は、食い入るように画面を見つめた。「警視庁の鞍岡」と何度もアナウンスされた選手は、間違いなく祖母を助けてくれた青年だった。

青年は左足にテーピングをしていた。志波は懸命に彼を応援した。足を傷めているのに、痛いそぶりも見せず、青年は準々決勝も準決勝も逆転で勝利し、あと一歩でオリンピック内定というところまで進みながら、ついに足が動かなくなり、一本を取られた。彼はしばらく大の字になっていた。志波は泣いた。人助けをしなければきっと勝てたと、さぞ悔しがっているだろうと思ったのに、立ち上がった青年はからりとした笑みを浮かべていた。インタヴューで、足の怪我は関係ないと答え、敗因は自分が未熟だからですと、まっすぐな目をして答えていた。

祖母はそれから十年生きた。志波にとって鞍岡という名前は、ずっと憧れだった。警察官の道を選んだのも、彼に会って、お礼を言いたかったからだ。自分がオリンピックに出られそうになったとき、選手に選ばれたら堂々と鞍岡の前に立てるし、立とうと思った。オリンピックに出られるのは、その人のおかげです、とインタヴューで鞍岡の名前を告げたかった。けれど夢は叶わなかった。大怪我がもとで、屈折した生き方をしてきたが、今回鞍岡と同じ捜査本部で捜査をすることになると知り、ぜひ組みたいと願った。彼と組むことで、原点を思い出し、自分を変えられるのではないかと期待した。

「倫吏、どうしたの」

不意に、肩に手を置かれた。環紀が身を寄せて、「急にこっちに歩き出しちゃって、鞍岡さん、ぽかんとしてたよ。何かあった？」

「いや……思い出しただけだ。必要な人に、必要だと言われるのは、嬉しいものだって」

「もう、なに言ってんの」

環紀が照れたように志波の肩を叩く。「ねえ。最近、倫吏、明るくなったね」

「え……そうかな？」

「うん、いい感じ……あ、悠奈ちゃんたちの番だ」

踊っていたグループがステージから下がって、悠奈や真緒のグループが出てくる。

「パパーッ」

観客の最前列にいた鞍岡の息子の蓮が振り返って手招く。妻の彩乃も振り返っている。

鞍岡が、手を振り返しながら、志波のいる辺りまで歩いてきた。不意に眉をひそめて、

「おいおい、あの子たち、ヘソが見えてるじゃないか、だめだろ」

志波は思わず笑って、

「まったく、あなたって人は……また口をきいてもらえなくなりますよ」

鞍岡が「うっせ」と苦笑して、さらにステージに近づいていく。依田と館花もステージのほうへ歩きだし、志波と環紀もつづいた。ヒップホップの明るい音楽が、秋空の下に流れはじめた。

初出　オール讀物　二〇二二年十二月号〜二〇二三年九・十月合併号
単行本化にあたり、加筆、修正しました。

謝辞

ほぼ二十五年前——子どもの頃に虐待を受けた三人の男女を中心に据えた物語を発表した。虐待だけでなく、いまで言う様ざまなハラスメントを受けていた人物が複数登場する、虚構のミステリー小説ではあったが——できるだけ現実に即した、身体だけでなく、精神的にも人々を苦しめつづける被害を取り上げるように努めた。

執筆の過程で、いわゆる日の当たる側からは見えていなかった多くの虐待やハラスメントの、起きた〈当時の被害〉はもちろん、起きた後に続く〈その後の被害〉も、同様に深刻である事実を知ると同時に——そうした被害を生む土壌というのか、文化的背景が、〈当時の被害〉にも〈その後の被害〉にも、存在していることに気づかされた。

国全体、社会全体に、連綿として受け継がれてきた男女間の差別……また、差別とは言えないまでも、長年、常識・慣行とされてきた決まり事や、暗黙の了解による、男女それぞれの役割、「らしさ」といった振る舞い方や、その受け止め（られ）方などが、それである。

当時、ジェンダーという言葉は一般には使われていなかった。表す言葉がないと、実態を知りながらも、人や社会にうまく伝えられず、もやもやとした、やるせない違和感を、内に抱えつづけることになる。それが犯罪や犯罪に準ずる行為だと、被害者は、された行為を他者に伝えきれないまま、ただ我慢するか、本来悪くもない自分を責めてしまう恐れがある。たとえばセクシャルハラスメント＝セクハラという言葉が生まれる前が、そうであった。

私は当の物語において、〈当時の被害〉と〈その後の被害〉を、読者に届けることに専心し、それぞれの被害を生む土壌、文化的背景の存在については、具体的な形にして主題として押し出すには至らなかった。力量不足はもちろんだが、ジェンダーや男女性差という言葉が一般的ではなかった時代では、表現し得ても、読者には十分に伝わらない懸念があった。

主人公の一人が出会う、性被害を受けた過去を持つ女性が、〈わたしの主人はわたしだから、夫のことを「主人」とは呼ばないことにした〉というエピソードに、文化的背景の一つを象徴的に表現したが、拙著の紹介や取材等でそれについて取り上げられたことはなかった。


それから四半世紀――テレビの街頭インタビューなどを見る限り、若い女性が、夫の事を「うちの主人」と呼ぶことは減った気がする。代わりに「うちの旦那は」といった言い方を耳にする。むろん「旦那」も、本来は対等の関係を表す言葉ではない。そして年配の女性たちがなお習慣的に、「うちの主人は」と口にするのを聞くたび、気持ちがふさがる。

そうした対等ではない関係を裏に秘めた言葉を、無意識に使う（暗に求められている）文化が、女性や子どもが被害を受ける犯罪やハラスメントを生む要因の一つになっている……と言われても、多くの人は戸惑うばかりだろう。

だが言葉は、人の暮らしや社会の在り方を、縛ったり、ある方向へ導いたりする力がある。ささやかでも、呼び方一つの影響はきっと小さくない。

そんなことを鬱々と考えている日々のあいだにも、女性が被害に遭う事件が次々と起こっていた。しかも、マスコミや一部の政治家・文化人は、加害者ではなく、むしろ被害に遭った女性を責めるという、信じられないような不条理な事態も生じていた。

やりきれない思いを抱きながら、それらの現象の背景を物語に昇華するすべに思い悩んでいた頃、文藝春秋オール讀物の担当編集者だった川村由莉子さんから次作のヒントに、と数冊の書籍が送られてきた。

中の一冊『説教したがる男たち』（レベッカ・ソルニット／ハーン小路恭子訳／左右社）を、タイトルに惹かれて開いてゆくと、脳内にスパークが生じた感覚で、内面に渦巻いていたものが物語の形をとり、始まりから終わりまで整然と展開していくのを感じた。

ああ、これなら、長年の違和感や鬱屈の元を具体的な主題に据えたエンターテインメント小説を、読者に届けられると思った。川村さんにプロットを話すと、彼女が女性として幼い頃から現在に至るまで、体験し、悩み、日々の暮らしにおいても感じていたジェンダーに関する問題の多くが、物語に内包されていることを請け合ってくれた。それが本作の原型である。

川村さんを引き継がれたオール讀物の嶋田美紀さん、単行本担当の内藤淳さんに、作品に対する有意義な意見・感想だけでなく、女性として体験し、見聞きしてきたジェンダー・ギャップを感じさせる出来事を、詳しく聞けたことも大きな助けとなった。

また同社の秋月透馬さん、武田昇さんからも真摯な忠告をいただいた。校正の方々は、いつもながら的確な指摘と提案とによって、たびたび表現を助けてくださった。

この物語をスタートする際、イラストレーターの山瀬尚子さんの絵を拝見した。ことに、ピュアな美しさと複雑な内面を感じさせる女性の絵に惹かれ、物語を飾っていただきたいと切望した。オール讀物連載時の美しくも刺激的な扉絵につづき、本作のカバーも現代社会の問題を表徴化された素晴らしい絵で飾っていただけて、本当に嬉しく思っている。

文藝春秋のスタッフの方々、山瀬さん、家族友人をはじめ支えてくださった方々……そして、この物語を書かせてくれた多くのめぐり合わせに、心から感謝申し上げます。

天童荒太

天童荒太（てんどう・あらた）
一九六〇年愛媛県松山市生まれ。八六年「白の家族」で野性時代新人文学賞を受賞。九三年『孤独の歌声』が日本推理サスペンス大賞優秀作となる。九六年『家族狩り』で山本周五郎賞、二〇〇〇年に『永遠の仔』で日本推理作家協会賞、〇九年に『悼む人』で直木賞受賞。一三年に『歓喜の仔』で毎日出版文化賞を受賞。ほか著作に『あふれた愛』、『包帯クラブ』、『静人日記』、『ペインレス』、画文集『あなたが想う本』（舟越桂と共著）、対談集『少年とアフリカ』（坂本龍一と共著）、荒井良二画の絵本『どーしたどーした』、新書『だから人間は滅びない』などがある。近著に『巡礼の家』。

ジェンダー・クライム
二〇二四年一月十五日　第一刷発行

著　者　天童荒太《てんどうあらた》
発行者　花田朋子
発行所　株式会社 文藝春秋
〒一〇二―八〇〇八
東京都千代田区紀尾井町三―二三
電話　〇三・三二六五・一二一一（代表）
印刷所　TOPPAN株式会社
製本所　加藤製本株式会社
組　版　株式会社ディグ

万一、落丁・乱丁の場合は送料小社負担でお取替えいたします。小社製作部宛、お送りください。
定価はカバーに表示してあります。

ISBN978-4-16-391794-8